Monika Feth

Das blaue Mädchen

cbt

Foto: © privat

DIE AUTORIN

Monika Feth wurde 1951 in Hagen geboren. Nach ihrem literaturwissenschaftlichen Studium arbeitete sie zunächst als Journalistin und begann dann, Bücher zu verfassen. Heute lebt sie mit ihrem Mann und ihrem Sohn in einem kleinen Dorf in der Voreifel, wo sie für Kinder, Jugendliche und Erwachsene schreibt. Ihre Bücher wurden vielfach ausgezeichnet.

Weitere lieferbare Titel von Monika Feth bei cbt:
Der Erdbeerpflücker (30258)
Der Mädchenmaler (30193)
Fee. Schwestern bleiben wir immer (30010)
Nele oder das zweite Gesicht (30045)

Monika Feth

Das blaue Mädchen

cbt

cbt – C. Bertelsmann Taschenbuch
Der Taschenbuchverlag für Jugendliche
Verlagsgruppe Random House

Personen und Handlungen, insbesondere der Aufbau und die Lehrsätze der hier beschriebenen Sekte, sind frei erfunden. Etwaige Ähnlichkeiten mit Personen oder Organisationen sind nicht beabsichtigt, sondern rein zufällig.

Umwelthinweis:
Alle bedruckten Materialien dieses Taschenbuches sind chlorfrei und umweltschonend.

1. Auflage
Erstmals als cbt Taschenbuch Dezember 2005
Gesetzt nach den Regeln der Rechtschreibreform

Lektorat: Marion Schweizer
Umschlagfoto: Rotraut Susanne Berner
Umschlagkonzeption:
init.büro für gestaltung, Bielefeld
st · Herstellung: CZ
Satz: Uhl + Massopust, Aalen
Druck und Bindung: GGP Media GmbH, Pößneck
ISBN-10: 3-570-30207-5
ISBN-13: 978-3-570-30207-1
Printed in Germany

www.cbj-verlag.de

Für Hans und Hanno,
die Jana und mich geduldig auf unserem Weg
begleitet haben

Offensichtlich ist es gar nicht gut, empfindsam zu sein!

Rolf Dieter Brinkmann

☽ 1 ☾

Die Stille war schrecklich. Sie schien von dem Sonnenlicht, das durch die hohen Fenster fiel und sich bunt auf dem hellen Granitboden brach, noch verstärkt zu werden. Keine Bewegung. Kein Laut. Nur die schwere, lastende Stille, die sich über den Raum gelegt hatte wie eine unsichtbare Decke.

Als wäre die Zeit stehen geblieben.

Jana hielt die Luft an. So musste es sein, wenn man aus einem Boot fiel und lautlos niedersank, über sich das Licht und unten die dunkle Tiefe.

Sie erlebte es immer wieder in ihren Träumen. Musste es immer wieder erklären. Obwohl sie lieber nicht darüber geredet hätte. Alles wollten sie wissen. Was war das Besondere an diesem Traum? Was quälte sie darin am meisten?

Und Jana musste Antworten finden.

Nicht das Fallen, nicht das Niedersinken machte ihr in diesen Träumen zu schaffen. Was sie vor allem entsetzte, war die furchtbare Stille.

Aber das hier war kein Traum, es war die Wirklichkeit. Aus den Augenwinkeln beobachtete Jana die anderen. Alle hatten den Kopf gesenkt, genau wie sie. Die Arme waren über der Brust gekreuzt, genau wie ihre.

Nur eine hatte die Arme erhoben. La Lune.

Vor ihr kniete Mara in ihrem schlichten blauen Gewand, die Hände auf dem Boden, ein Opferlamm. Sie kniete reglos und wartete. Und alle warteten mit ihr.

☽

Marlon trieb den Pfahl mit wenigen kräftigen Schlägen in den Boden. Der Regen der vergangenen Tage hatte die Erde aufgeweicht, das erleichterte ihm die Arbeit. Sein Vater saß auf dem Traktor. Er hatte sich halb umgedreht, den rechten Arm über der Lehne des Fahrersitzes, und sah seinem Sohn zu.

Seit einiger Zeit hatte er Probleme mit dem Rücken und konnte nicht mehr so gut arbeiten wie früher. Aber er hielt nicht viel von Ärzten und ging erst hin, wenn er, wie seine Frau es ausdrückte, den Kopf unterm Arm trug. Solange er noch kriechen konnte, würde er keinen Fuß in die Praxis von Doktor Jahn setzen.

Sie hatten erst etwa vierzig Meter geschafft. An die zweihundert lagen noch vor ihnen. Und nirgendwo Schatten, überall pralle Sonne.

Im letzten Sommer hatten sie den Zaun immer wieder flicken müssen, notdürftig, weil kein Geld für einen neuen da war. Beinah jede Woche hatten sie nach Kühen suchen müssen, die ausgerissen waren und sich dann verlaufen hatten. Dabei wuchs ihnen die Arbeit sowieso schon über den Kopf. Auf solche Zwischenfälle konnten sie verzichten.

Die meisten der alten Pfähle waren morsch gewesen. Sie hatten sie entfernt und beim Hof gelagert. Immerhin konnten sie sie wenigstens noch als Brennholz benutzen. Das Holz war teuer geworden. Das ganze Leben war teuer geworden. Man sah es an dem erbärmlichen Zustand des Hauses. Feuchte Wände, ein schadhaftes Dach und tausend andere Stellen, die dringend renoviert werden mussten.

Marlon liebte körperliche Arbeit. Sie war ein guter Ausgleich zu den Stunden in der Schule und zu Hause am Schreibtisch und tat ihm gut. Sein Körper war daran gewöhnt. Es machte ihm nicht viel aus, dass solche Arbeit nicht mehr sehr angesehen war. Bauern wurden immer gebraucht. Ohne Getreide kein Brot und kein Kuchen. Die Menschen tranken weiterhin Milch, aßen Eier, Fleisch und Gemüse. Und trotzdem sahen sie verächtlich auf die Bauern herab, die ihre Grundnahrungsmittel produzierten.

Marlon war bis an den Traktor herangekommen und sein Vater wartete, bis er eine Reihe neuer Pfähle vom Anhänger abgeladen hatte, dann tuckerte er mit dem Traktor ein paar Meter weiter.

Sie unterhielten sich kaum. Hin und wieder ein Wort, knapp, nur das Notwendigste. Marlon war es recht. Er misstraute den Plapperern, die das Herz auf der Zunge trugen. Bei Licht besehen, verloren viele Worte an Gewicht.

Der Schweiß lief ihm über Stirn, Schläfen und Kinn, tropfte auf seine Stiefel. Das Hemd klebte ihm am Körper. Fliegen umsurrten seinen Kopf. Er schlug nach ihnen, vertrieb sie alle paar Sekunden. Ohne Erfolg. Von Jahr zu Jahr wurden sie aggressiver. Neuerdings gab es welche, die richtig bissen. Die Bisse – oder waren es Stiche? – schwollen übel an. Tagelang war die Haut heiß und gerötet und nicht einmal Essigumschläge verschafften Erleichterung. Selbst Marlon, der nicht zu Allergien neigte, hatte nach einem solchen Biss unterhalb des Knöchels neulich einen Tag lang mit hohem Fieber im Bett gelegen.

Er nahm die Kappe ab, wedelte sich ein wenig Luft zu und setzte sie wieder auf. Noch eine Stunde, dann würden sie zum Kaffeetrinken fahren. Seine Mutter hatte Rosinenbrot gebacken. Schon am Morgen war der Duft durch das Haus gezogen. Die Mutter machte nahezu alles selbst, um zu sparen. Und das Ersparte ging sofort wieder drauf. Heute war es der neue Zaun, morgen ein Ersatzteil für eine der Maschinen. Sie konnten die Löcher gar nicht so schnell stopfen, wie sie entstanden.

Marlon holte aus und schlug, holte aus und schlug. Pfahl für Pfahl trieb er in die Erde. Wenn er Glück hatte, würde es heute vielleicht noch für ein, zwei Stunden am Schreibtisch reichen.

Er hatte große Pläne, aber die konnte er nur in die Tat umsetzen, wenn er dafür lernte. Mehr als die andern, denn er hatte weniger Zeit.

Und plötzlich hatte er es eilig, mit der Arbeit voranzukommen. Er steigerte sein Tempo, holte mit dem Hammer aus und schlug und schlug, bis er die Muskeln in seinen Armen nicht mehr spürte.

☽

In dem Moment, als Jana meinte, es keine Sekunde länger aushalten zu können, genau in diesem Augenblick senkte La Lune die Arme und legte Mara die Hände auf die Schultern.

Zitterte Mara? Schwankte sie nicht sogar ein wenig?

»Du bist in die Irre gegangen«, sagte La Lune sanft.

Der Klang ihrer Stimme war das Zeichen.

Jana hob den Kopf. Vor, neben und hinter ihr hoben sich die anderen Köpfe. Nur Mara blieb in der Stellung, in der sie sich befand.

»Du hast dich von unseren Gesetzen entfernt«, sagte La Lune.

Jana war froh, dass die Stille durchbrochen wurde. Gleichzeitig empfand sie ein tiefes Gefühl der Scham, denn La Lune würde Mara bestrafen. Es gab keinen Grund, froh zu sein, wahrhaftig nicht.

Das Ausmaß der Strafe hing von vielen Dingen ab. Vom Gesetzbuch. Vom Stand der Gestirne. Von der Stimmung La Lunes. Und von der Stimmung der Mitglieder des engsten Kreises.

La Lune hatte sich mit ihnen beraten. Diese Beratungen fanden meistens in der Nacht statt. La Lune hieß nicht umsonst La Lune. Der Mond war die Quelle ihrer Weisheit, ihrer Inspiration.

»Bist du dir dessen bewusst?«, fragte La Lune.

Mara durfte sich jetzt aufrichten, durfte La Lune ansehen und ihr antworten. Aber sie durfte sich nicht erheben, noch nicht.

»Ja«, sagte sie.

Sie sagte es leise, flüsterte es beinah.

La Lune runzelte die Stirn, aber nur kurz, dann breitete sich ein Lächeln auf ihrem Gesicht aus, dieses verständnisvolle, gütige Lächeln, für das man sie einfach lieben musste. Ein Lächeln, von dem man sich, nachdem es einmal einem selbst gegolten hatte, wünschte, es würde niemals mehr aufhören.

Mara begann zu weinen. Man konnte ihre Tränen nicht sehen, weil sie der Versammlung den Rücken zugewandt hatte. Aber Jana wusste, dass Mara weinte. Sie waren Freundinnen. Niemanden kannte Jana besser als Mara. Es war, als könnte sie Maras Tränen in der Kehle spüren.

Sie widerstand dem Impuls, zu ihr zu laufen und sie in die Arme zu nehmen. Das würde nur die eigene Bestrafung nach sich ziehen. Niemandem wäre damit geholfen, schon gar nicht Mara. Im Gegenteil – ihre Strafe würde nur umso härter ausfallen.

»Was muss ein Kind des Mondes tun, das sich von den Gesetzen entfernt hat?«, fragte La Lune mit ihrem verstehenden Lächeln.

Sie sah wunderschön aus. Die Sonne spielte auf ihrem schwarzen Haar und ihrem ebenmäßigen Gesicht. Das weiße Gewand floss an ihrem Körper herab. Auf dem Ring an ihrer linken Hand glomm der große Mondstein.

»Bereuen«, sagte Mara.

»Und was ermöglicht die Reue?«, fragte La Lune.

»Die Bestrafung«, sagte Mara.

Es lief Jana kalt über den Rücken. Das war nicht Maras Stimme. Das war die Stimme einer Schlafwandlerin, schleppend, fern, gar nicht bei sich.

Die Mitglieder des engsten Kreises erhoben sich, traten auf La Lune zu und bildeten einen Halbkreis um sie. Auch sie trugen weiße Gewänder. Das Gewand La Lunes jedoch war von Goldfäden durchwirkt, das der Mitglieder des engsten Kreises von Silberfäden.

»Ich werde dir jetzt deine Strafe verkünden«, sagte La Lune. »Bist du bereit?«

»Ja«, sagte Mara mit dieser sonderbar fremden Stimme.

»Du wirst für dreißig Tage ins Strafhaus verbannt«, sagte La Lune. »Nutze die Zeit.«

Mara sackte in sich zusammen. Jetzt konnte man hören, dass sie weinte.

Jana spürte Übelkeit in sich aufsteigen. Sie atmete flach, ihre Fingernägel gruben sich in ihre Oberarme. Dreißig Tage! Ein ganzer Monat!

Man konnte eine Welle der Unruhe spüren.

Das Ritual war noch nicht zu Ende. Mara musste sich für die Strafe bedanken.

La Lune sah auf sie hinab. In ihr Lächeln hatte sich Traurigkeit gemischt. Es fiel ihr nicht leicht, zu strafen, das sagte sie immer wieder. Jedes Mal sei es, als schnitte ihr etwas ins Herz.

Mara richtete sich auf.

»Ich danke dir, La Lune, und der Mondheit«, sagte sie.

Zwei Gesetzesfrauen traten an sie heran, fassten sie an den Armen und führten sie hinaus. Ihre roten Gewänder glühten im Sonnenlicht.

☽

Als sie Mara hinausführten, suchte sie meinen Blick. Ihre Augen waren voller Tränen. Ich weiß nicht, ob sie mich wirklich gesehen hat.

Hätte ich ihr nur ein Wort sagen können!

Dreißig Tage ohne Mara. Dreißig Tage ohne die Möglichkeit, mit ihr zu sprechen.

La Lune ist die Güte.

La Lune ist das Verständnis.

La Lune ist unser Leben.

Ich darf nicht zweifeln.

☽

Die Gesetzesfrauen sprachen kein Wort, auf dem ganzen Weg nicht. Sie hatten Mara losgelassen, gingen jedoch dicht neben ihr, Karen rechts, Elsbeth links. Ein Fluchtversuch war undenkbar.

Wohin hätte Mara auch fliehen können? Beinah das ganze Dorf gehörte den Kindern des Mondes und in den wenigen Häusern, die noch von den ursprünglichen Dorfbewohnern bewohnt wurden, wäre sie nicht willkommen gewesen.

Jeder, der versucht hatte, die Gemeinschaft zu verlassen, war wieder zurückgebracht worden. Die Strafe, die auf einen Fluchtversuch folgte, war wesentlich härter als das Strafhaus. Mara hatte welche nach ihrer Bestrafung gesehen. Gebrochene Menschen. Sie hatte sie nicht wiedererkannt.

Vorm Kinderhaus spielten die Kinder, ein fröhliches Gewimmel von orangefarbenen Hosen, Röcken und Pullis. Die Kinderfrauen saßen im Schatten eines Kastanienbaums und beaufsichtigten ihre Schützlinge.

Die Kinder sind unser kostbarster Besitz. Die Kinder sind unsere Zukunft. Die Kinder sind die Strahlen des Mondes.

Auch Mara war einmal ein Kind gewesen. Sie hatte nur wenige Erinnerungen daran. Erinnerungen führten fort von der Gegenwart. Sie waren nicht auf die Zukunft gerichtet. Erinnerungen konnten gefährlich sein. Besonders für die Älteren. Es gab welche, die ein Leben vor La Lune gehabt hatten.

Der Weg zum Strafhaus war viel zu kurz. Die Sonne brannte von einem ganz und gar blauen Himmel. Mara hob den Kopf und sah nach oben. Wieder kamen ihr die Tränen, diesmal von der blendenden Helligkeit. Die Vögel zwitscherten. Von weitem konnte Mara ein Hämmern hören und das Tuckern eines Traktors. Sie sog die Geräusche und den Duft des Sommers in sich ein. Das würde sie nun lange nicht mehr können.

☽

Marlons Mutter hatte das Rosinenbrot in dicke Scheiben geschnitten und sie in den Brotkorb gelegt. Sie hatte Butter, Quark und Hagebuttengelee auf den Tisch gestellt und schenkte nun den Kaffee ein.

Marlon rieb sich die schmerzenden Hände. Er hatte Handschuhe benutzt, so waren ihm wenigstens Blasen erspart geblieben. Sein Vater las Zeitung. Die Zwillinge machten sich über das Brot her. Sie pulten die Rosinen heraus, die sie seit neuestem nicht mehr mochten, schichteten sie vor ihren Tellern zu kleinen Häufchen.

Greta und Marlene waren wie eine Person mit zwei Körpern. Sie teilten alles miteinander, einschließlich ihrer Vorlieben und Abneigungen. Für Außenstehende waren sie nicht zu unterscheiden, selbst ihre Stimmen hatten denselben Klang, ein

Vorteil, den sie in der Schule hemmungslos ausnutzten. Sie zogen sich nie gleich an, aber sie tauschten oft ihre Kleider untereinander aus. Und so war es mit den Jahren nicht leichter geworden, sie auseinander zu halten, eher schwerer.

Trotzdem hatte Marlon niemals Probleme damit gehabt. Er hätte nicht erklären können, wie er die beiden unterschied. Er wusste ganz einfach, wen er gerade vor sich hatte. Auch die Eltern verwechselten die Zwillinge nie. Deshalb gab es kein Versteckspiel innerhalb der Familie, keine Täuschungsmanöver.

Marlon nahm sich zuerst die Rosinen von Marlene, dann die von Greta und steckte sie in den Mund. Wie konnte man Rosinen nicht mögen?

»Ihr könntet mal ein bisschen bei der Arbeit mit anpacken«, sagte er. »Wieso renn ich mir eigentlich die Hacken ab und ihr macht euch ein gemütliches Leben?«

»Weil du der Hoferbe bist«, sagte Marlene.

»Das verpflichtet«, sagte Greta.

»Scheiß drauf«, sagte Marlon.

»Euer Bruder hat Recht«, mischte die Mutter sich ein. »Ihr könntet ruhig ein bisschen mehr Interesse für andere Dinge aufbringen als immer nur Jungs und Make-up und die neuesten Frisuren.«

Sie hatte im Garten gearbeitet. Unter ihren Fingernägeln waren schwarze Ränder. Auf ihrer Nase zeigten sich Spuren eines Sonnenbrands. Marlon betrachtete ihre kräftigen braunen Hände und dann die Hände seiner Schwestern, hell und feingliedrig, ein Unterschied wie Tag und Nacht. Die Zwillinge waren richtige Schmarotzer. Nahmen sich von jedem, was sie kriegen konnten, und gaben nur selten etwas zurück, hielten sich abseits, verkapselt in ihrer eingeschworenen Gemeinschaft.

»Wenn's ihm doch Spaß macht…«, sagte Marlene.

»…und uns nicht…«, ergänzte Greta.

Selbst ihre Sätze teilten sie sich mitunter. Als sie noch klein gewesen waren, hatten sie eine eigene Sprache erfunden, die sie noch ab und zu benutzten, seltsam verkürzte Sätze und kompliziert verschlüsselte Wörter, die keiner außer ihnen verstand.

Marlon nahm sich die vierte Scheibe Rosinenbrot. Er konnte essen, so viel er wollte, es setzte nicht an. Kein Wunder bei seinem Arbeitspensum. Alles, was er zu sich nahm, verwandelte sich in Muskeln. Ein Fitnessstudio hatte er nicht nötig.

»Hier steht wieder ein Artikel über die Irren drin.« Der Vater faltete verärgert die Zeitung zusammen. »Die reinste Lobeshymne. Wahrscheinlich haben sie inzwischen sogar die Leute von der Presse gekauft.«

Mit den *Irren* meinte er die Mitglieder der Sekte. Auch ihn hatten sie schon zu kaufen versucht. Sie wollten das Land und den Hof. Einen verführerisch hohen Preis hatten sie geboten, doch der Vater hatte ihnen die Tür vor der Nase zugeschlagen. Immer wieder machten sie Vorstöße. Aber der Vater blieb hart.

»Jeder hat seinen Preis«, hatte Heiner Eschen vom Nachbarhof neulich gesagt. Er kam abends hin und wieder vorbei, um mit dem Vater ein Bier zu trinken.

»Da würd ich meinen Arsch nicht drauf verwetten«, hatte der Vater erwidert. »Es gibt einen Preis, den kann keiner zahlen, nicht mal die da.«

So bezeichnete er sie am liebsten. *Die da* waren etwas ganz Unbestimmtes, etwas beruhigend Vages. Dadurch verloren sie ihre Bedrohlichkeit.

Heiner Eschen hatte das Thema gewechselt und der Vater hatte ihm ein neues Bier hingestellt.

Viele waren schwach geworden. Hatten Land verkauft, mehr Land, noch mehr Land und schließlich sogar ihren Hof. Waren in die Stadt gezogen und hatten den Kindern des Mondes im wahrsten Sinn des Wortes das Feld überlassen.

Marlon wusste, dass sein Vater nicht käuflich war. Niemals und unter keinen Umständen. Lieber würde er mitsamt seiner Familie verhungern, als *denen da* auch nur einen Misthaufen zu überlassen. Marlon war sich jedoch nicht sicher, ob das auch für ihn selbst galt. Hatte er einen Preis? Wenn ja, wie hoch wäre er?

Nach dem Kaffeetrinken legte sein Vater sich hin. Sein Rücken brannte, wie er sagte, und Marlon fuhr allein wieder auf die Weide hinaus, um weiter am Zaun zu arbeiten.

Von weitem sah er das Haus mit den vergitterten Fenstern und er bekam trotz der Hitze eine Gänsehaut. *Strafhaus* nannten sie es. Niemand im Dorf wusste, was dort vor sich ging, aber jeder hatte seine Vorstellungen davon.

Das Gebäude war im Stil aller Gebäude der Kinder des Mondes gebaut, ebenerdig, mit weichen, abgerundeten Formen. Es schmiegte sich an den Hügel wie ein großes Tier, das nicht entdeckt werden will, und war in diesem kalten, milchigen Weiß verputzt, als schiene mitten am Tag der Mond mit seinem unwirklichen Licht darauf.

Die Frauen, die darin ein und aus gingen, trugen rote Gewänder, aber es war kein heiteres Rot, es war das erschreckende Rot einer frischen, klaffenden Wunde.

Plötzlich kam Marlon die Stille des Nachmittags bedrohlich vor. Er stellte sich den ersten Pfahl zurecht und holte weit mit dem Hammer aus. Brach die lähmende Stille mit seinen Schlägen auf.

Dann, irgendwann, hörte er nur noch, wie der Hammer gleichmäßig auf das Holz traf.

Plock. Plock. Plock.

Was gingen ihn diese Verrückten an?

☽ 2 ☾

Jana entschied sich für Hose und Bluse. Das Gewand war nicht Vorschrift, obwohl einige es immerzu trugen. Nur an den Mondtagen und bei Veranstaltungen war es Pflicht, das Gewand anzuziehen.

Die Mondtage waren das, was in der Welt draußen die Sonntage waren. Die Welt draußen war eine verkehrte Welt, sagte La Lune. Eine gesetzlose Welt ohne Moral. Viele der Regeln, die man sich dort geschaffen hatte, konnten mit Fantasie und Geschick beliebig umgangen, sogar gebrochen werden.

Und die Menschen in der Welt draußen, sagte La Lune, waren verlorene Seelen. Sie betrogen einander, unterdrückten einander, schlugen sich die Köpfe ein. Die Politik, die das Zusammenleben lenken sollte, war nicht mehr als ein Zirkus der Mächtigen.

Brot und Spiele. Bestechungen. Affären. Skandale.

Es ging um nichts als das eigene Wollen.

Bei den Kindern des Mondes war eigenes Wollen undenkbar. Es gab nur einen Willen und das war der Wille der Mondheit, repräsentiert durch La Lune.

Die Mondheit war weder Mann noch Frau. Sie war eine Gottheit mit zwei Gesichtern. Ihre Statuen standen überall, ein Gesicht nach rechts gewandt, eins nach links, der Ausdruck des einen voller Güte, der des anderen abweisend und streng.

Jana beeilte sich. Sie verlor sich oft in Gedanken und war deshalb immer in Gefahr, zu spät zu kommen. Sie warf noch rasch einen Blick in den Spiegel. Die Farbe der Mädchen war blau. Nicht das zarte Blau des Himmels an einem Sommermorgen, sondern das tiefe Blau von Kornblumen. Jana war froh darüber, denn dieses Blau passte gut zu ihren Augen, die mal blau waren, mal grau. Es hing von ihren Stimmungen ab.

Heute waren sie grau.

Jana war zu eitel, das hatte La Lune ihr schon mehrmals gesagt. Sie betrachtete gern ihr Gesicht, mochte ihr Spiegelbild. Manchmal beneidete sie die Dorfmädchen, die sich kleiden durften, wie sie wollten, denen es sogar erlaubt war, sich zu schminken und das Haar kurz zu tragen.

Es gab Zwillingsschwestern im Ort, die ihr besonders gefielen. Sie waren nicht voneinander zu unterscheiden. Beide hatten blondes, streichholzkurzes Haar und dunkle Augen. Fast immer waren sie zu zweit, und schon bevor man sie sah, hörte man ihr Lachen und ihre hellen Stimmen.

Im Sommer trugen sie kurze Hosen oder Röcke, ihre langen Beine waren sonnengebräunt. Ihre Lieblingsfarbe schien Schwarz zu sein und Jana fragte sich oft, wieso die beiden sich für eine einzige Farbe entschieden (die noch nicht mal eine war), wo sie doch die Wahl hatten. Sie konnten alles tragen, Rot, Blau, Gelb, Weiß, Orange, Grün oder Pink. Sie konnten die Farben sogar mischen.

Man will immer das, was man nicht darf, dachte Jana. Es juckte ihr in den Fingern, ihr Tagebuch unter der Wäsche hervorzuziehen und zu schreiben. Aber dazu würde sie erst später Zeit haben.

Späterspäterspäter.

Sie hasste es, immer alles aufschieben zu müssen. Und da war er schon, der Gongschlag, der durch das Haus hallte. Wenn sie sich jetzt nicht beeilte, würde sie wirklich zu spät kommen und alle würden sich nach ihr umdrehen.

☽

Mara hatte schlecht geschlafen und wirr geträumt. Im Traum war sie durch das Dorf geirrt und dann durch eine kleine Stadt. Obwohl die Sonne geschienen hatte und überall Sand lag wie in einer Wüstenstadt, hatte sie vor Kälte gezittert. Und dann hatte sie bemerkt, warum. Sie war nackt. Und überall standen Männer und starrten sie an.

In einer verlassenen Scheune fand sie ein Kleid und zog es an. Mitten im Traum wunderte sie sich darüber, dass ein so prächtiges Kleid in einer aufgegebenen, leeren Scheune hing. An einem goldenen Bügel. Es war ein Kleid, wie es die Frauen in alten Romanen auf Bällen trugen, seidig glänzend, weit ausgeschnitten, der Rock in üppige Falten drapiert. In einem staubigen Spiegel hatte sie sich betrachtet, die Arme gehoben und getanzt. Denn plötzlich war auch Musik da gewesen. Und dann, als sie sich gedreht und wieder dem Spiegel zugewandt hatte, war hinter ihrer Schulter La Lunes Gesicht aufgetaucht.

Da war sie zum ersten Mal wach geworden. Voller Angst war sie aufgeschreckt und hatte sich kaum getraut, wieder einzuschlafen.

Sie hatte den Traum weitergeträumt. War aus der Scheune gelaufen und in einen Wald gekommen. Schlangen hingen von den Bäumen wie abgeknickte Äste. Sie musste durch einen See schwimmen, um die Welt draußen zu erreichen. Aber das Kleid sog sich mit Wasser voll und zog sie in die Tiefe.

Wieder war sie entsetzt hochgefahren und wieder hatte sie den Traum weitergeträumt. Sie sank auf den Grund, konnte dort merkwürdigerweise atmen und sich bewegen, als befände sie sich gar nicht unter Wasser. Ein Dschungel, dessen grüne Arme hin und her wogten. Viele Stimmen riefen ihren Namen. Sie waren weit weg, leise, und trotzdem ganz nah.

»Ich heiße nicht Mara«, beteuerte sie. »Ich habe meinen Namen weggeworfen.«

Die Stimmen glaubten ihr nicht. Sie glaubte sich selbst nicht.

Aber La Lune glaubte ihr. Sie erschien in all dem dunklen Grün, ihr Gewand blendend weiß, nur auf den Schultern Algen wie ein Pelz, sah durch Mara hindurch, als wäre sie mit einem Mal unsichtbar geworden, drehte sich um und ging davon.

Mara war wieder aufgewacht und hatte sich im Bett aufgesetzt, um bloß nicht wieder einzuschlafen. Vielleicht wäre La Lune zurückgekehrt. Sie wünschte sich, der letzte Teil des Traums wäre Wirklichkeit. Dann wäre sie frei.

Aber die Wirklichkeit war anders. Mara befand sich im Strafhaus und würde einen langen Monat dort bleiben müssen. Ohne Jana. Ohne Gespräche mit ihr. Ohne ein Gespräch mit irgendjemandem außer den Gesetzesfrauen und die waren alles andre als gesprächig.

Die Nacht war vergangen. Mara hatte im Sitzen vor sich hin gedöst. Jetzt fühlte sie sich müde und zerschlagen. Die ersten Geräusche wurden wach. Das kalte Licht des Morgens sickerte ins Zimmer. Die Welt gehörte den Vogelstimmen, die anders klangen als am Tag, irgendwie hohl, als würden sie von irgendwem nur nachgemacht.

Vielleicht werde ich allmählich verrückt, dachte Mara. Wer sollte denn die Stimmen von Vögeln nachmachen? Sie hatte plötzlich Sehnsucht nach der Musik, die sie im Traum gehört hatte. Und nach ihrer Mutter.

Sehnsucht nach den Eltern war streng verboten. Obwohl sie ebenfalls Kinder des Mondes waren. Sehnsucht überhaupt war verboten. Bedeutete sie nicht, dass man nicht glücklich und zufrieden war? Kinder des Mondes waren aber glückliche, zufriedene Menschen.

Mara versuchte, den Traum zu vergessen. Sie wusste nicht genau, was er verriet, aber sie ahnte, dass er zu viel preisgab und das war nicht gut für sie. Solche Träume durfte sie nicht haben, Träume vom Nacktsein, von fremden Männern. Und dann das Kleid auf dem goldenen Bügel! Die Flucht!

»Ich habe nicht geträumt«, flüsterte Mara. »Ich habe nicht geträumt.«

Erschrocken sah sie nach oben, suchte im grauen Dämmerlicht Decke und Wände ab. Vielleicht konnten sie draußen hören, was sie sagte?

Ihre Augen fanden nichts Verdächtiges, aber vorsichtshalber dachte sie von jetzt an nur noch: Ich habe nicht geträumt, nicht geträumt, nicht geträumt.

Als die Gesetzesfrauen sie zum Morgengebet abholten, war sie so erleichtert, dass sie ihnen am liebsten um den Hals gefallen wäre.

☽

Die Tür knarrte und alle Gesichter wandten sich ihr zu. Jana wurde rot und ärgerte sich darüber. Was war denn schon dabei, sich eine Minute zu verspäten? Selbst La Lune passierte das hin und wieder. Dann war sie, wie sie erklärte, von einer Inspiration aufgehalten worden. Gut, dachte Jana, hatte ich eben auch eine Inspiration. Sie hob trotzig den Kopf und ging zu ihrem Platz.

Jeden Morgen hatte sie Mühe, das Gebet zu überstehen, weil sie so hungrig war, dass ihr der Magen wehtat. Meistens sprach La Lune das Gebet. Ganz selten kam es vor, dass sie ein Kind des Mondes nach vorn bat und ihm diese Aufgabe übertrug. Es war eine Ehre, eine Belohnung, die man sich verdienen musste.

Jana hatte noch nie das Gebet gesprochen. Allerdings hatte

sie auch kein Bedürfnis danach. Wenn sie in der Schule etwas vortragen musste, verhaspelte sie sich jedes Mal. Allein die erwartungsvollen Blicke machten sie nervös.

Nach dem Gebet sangen sie ein Lied, die Stimmen noch morgendünn und von Schlaf belegt, danach verließen sie das Gebetshaus und gingen in den Speisesaal.

Endlich durfte gesprochen werden und Stimmengemurmel erfüllte den riesigen Raum. La Lune saß mit den Mitgliedern des engsten Kreises an dem runden Tisch in der Mitte. Um diesen Kern herum waren strahlenförmig die langen Tische der Erwachsenen, der Jugendlichen und der Kinder angeordnet. Männer und Frauen, Jungen und Mädchen saßen voneinander getrennt.

An diesem Morgen hatte Jana die Aufsicht am Tisch der Kleinen. Sie freute sich immer darauf. Wenn La Lune nicht eine andere Zukunft für sie plante, würde sie gern Kinderfrau werden und im Kinderhaus arbeiten. Vielleicht auch Lehrerin, aber im Augenblick hatte sie genug von der Schule und konnte sich nicht vorstellen, als Erwachsene dorthin zurückzukehren.

»Ich hab keinen Hunger.« Miri schob ihren Teller weg.

Eigentlich hieß sie Miriam, aber sie hatte beschlossen, ihren Namen abzukürzen, und es gab inzwischen kaum noch jemanden, der sie beim vollen Namen nannte.

»Wie wär's mit einem leckeren Honigbrot?«, versuchte Jana, sie zu locken.

»Bäh!« Miri verzog das Gesicht. »Wieso muss ich essen, wenn ich keinen Hunger hab, und wenn ich dann Hunger hab, krieg ich nichts?«

»Weil das die Regel ist«, sagte Jana ohne viel Überzeugungskraft. »Ich muss zum Beispiel auch lernen, wenn ich gerade mal keine Lust dazu habe, und habe ich später am Tag Lust zum Lernen, muss ich was anderes machen.«

»Ich hab Lust zu spielen«, sagte Miri. »Und dann hab ich vielleicht Lust zu essen. Aber vielleicht auch nicht.«

»Du wirst Hunger bekommen«, probierte Jana es noch mal. »Bis zum Mittagessen dauert es ganz lange.«

»Egal«, sagte Miri. »Jetzt ist mein Bauch noch voll jedenfalls.«

Manchmal benutzte sie die Wörter wie Bauklötze, setzte sie zusammen, wie es ihr gerade in den Kopf kam. Jana hörte ihr gern zu. Sie war überhaupt sehr gern mit Miri zusammen. Viel zu gern. Sie hütete sich davor, es jemandem zu erzählen. Die Kinder des Mondes liebten alle Menschen gleichermaßen, sie bevorzugten keinen.

»Und dann heulst du wieder, weil du was essen willst«, sagte Indra. »Du bist sowieso eine Heulsuse.«

»Bin ich nicht!«

»Bist du wohl!«

»Hört doch auf zu streiten«, sagte Jana. »Kinder des Mondes streiten nicht.«

»Tun sie wohl«, sagte Miri.

»Tun sie gar nicht«, sagte Indra.

Miri rückte ganz nah an Jana heran. »Muss ich Indra auch lieb haben?«, flüsterte sie ihr ins Ohr.

»Ja«, flüsterte Jana zurück.

»Wenn ich die aber nicht leiden kann?« Miris Atem floss wie eine kleine warme Welle an Janas Hals entlang.

»Kinder, die flüstern, lügen«, sagte Indra.

»Und Kinder auch, die nicht flüstern«, sagte Miri.

Jana tastete unter dem Tisch nach ihrer Hand und drückte sie zärtlich.

»Jetzt ess ich was«, sagte Miri.

Jana schob ihr den Brotkorb hin und sah zu, wie sie eine Scheibe Brot umständlich mit Butter bestrich und dann Honig darauf träufelte.

Drei Mahlzeiten am Tag, daran hatten sich alle zu halten. Auch die, die morgens keinen Bissen herunterbekamen. Denn sie alle waren Teile einer Gemeinschaft, keine Individuen. Zumindest sollten sie keine sein. Sie lernten, sich zurückzunehmen, ein Glied in der großen Kette der Kinder des Mondes zu werden. Und ein Glied der Kette musste haargenau so sein wie das andere, sonst wäre die Kette nicht vollkommen.

Eine Kette, dachte Jana, während sie ihren Tee trank, kann einen Hals schmücken. Eine Kette kann aber auch Hände und Füße fesseln. Unter dem Tisch spreizte sie die Beine und wackelte mit den Füßen, um sicher zu sein, dass sie sich noch bewegen konnte.

☽

Marlon fuhr mit dem Roller zur Schule. Er hatte ihn gebraucht gekauft und wieder auf Vordermann gebracht. Stunde um Stunde hatte er daran herumgebastelt. Technische Dinge gingen ihm leicht in den Kopf, auch der Traktor und die Maschinen mussten so gut wie nie in die Werkstatt, weil Marlon sich darum kümmerte. Wenn er nicht mehr damit zurechtkam, konnte man davon ausgehen, dass auch in der Werkstatt nicht mehr viel zu machen war.

Es würde ein heißer Tag werden. Schon jetzt tanzten die Mücken und es war drückend und schwül. Marlon schwitzte unter dem Helm. Er nahm ihn ab, hängte ihn an den Lenker und ließ sich den Fahrtwind um die Nase wehen. Am liebsten wäre er immer weiter gefahren, nicht nur bis in den Nachbarort, in dem sich die Schule befand.

Er hatte bis Mitternacht über seinen Büchern gesessen. Sie würden heute eine Deutschklausur schreiben. Die Lehrerin hatte eine Kurzgeschichte von Böll angekündigt. Interpretationen waren für Marlon ein Drahtseilakt. Ohne Netz. Was ein Autor zu sagen hatte, stand doch in der Geschichte. Warum Worte dazu machen?

Nachkriegszeit.

Trümmerliteratur.

Marlon grinste, als er daran dachte, was er sich zuerst darunter vorgestellt hatte. Eine zertrümmerte Literatur, vielleicht wie die der Dadaisten, aus Lust zerstört, zerhackt, die Kapitel in großen Brocken auf dem Boden liegend, die Sätze in Scherben, die Worte in Splittern. Das würde ihm Spaß machen, hatte er gedacht, eine zertrümmerte Geschichte wieder zusammenzusetzen, so wie er einen auseinander genommenen Motor wieder zusammenbaute, Stück für Stück, ruhig und gelassen, eins nach dem anderen.

Interpretation funktionierte genau andersherum: Die Geschichte wurde zerlegt, man pickte sich Stücke heraus, drehte und wendete sie – und dann bekam Marlon sie nicht wieder zu einem Ganzen. Jedenfalls nicht zu irgendwas, mit dem seine Lehrerin zufrieden war.

Für ihn ergaben seine Gedankengänge durchaus Sinn, doch was er in der Geschichte gesehen hatte, war niemals das, was andere darin sahen. Dabei war es mit einer Geschichte doch nicht anders als mit einem Bild – es sagte jedem Betrachter etwas anderes.

Auch in Kunst hatten sie interpretiert. Stauffer hatte ein Bild an die Wand gepinnt und sie aufgefordert, es zu deuten. Marlon hatte schweigend dabeigesessen. Fasziniert hatte er den anderen zugehört und sich darüber gewundert, was sie alles entdeckten. In ihm selbst wurden nur diffuse Gefühle ausgelöst, die er nicht in Worte fassen konnte.

In der Oberstufe hatte er Fotografie gewählt. Auch dieser Kurs wurde von Stauffer geleitet. Marlon sei begabt, hatte er ihm neulich gesagt. Das Lob hatte Marlon verlegen gemacht. Er hatte schnell gelernt, mit der Kamera umzugehen, und es war ihm fast peinlich, wie einfach die Bilder zustande kamen.

Eine ganze Serie seiner Aufnahmen schmückte inzwischen den Flur zur Aula. Es waren Dorfbilder, nichts Besonderes eigentlich. Schläfrige Höfe in der Nachmittagssonne. Morgendunst auf den Weiden. Ein Baum, dessen Stamm in den Stacheldraht eines Zauns gewachsen war. Die vom Wetter gegerbten Gesichter der Dorfbewohner, ihr Lachen und ihr Ernst. Aus einiger Entfernung die Gebäude der Kinder des Mondes, die tatsächlich ebenso gut auf dem Mond hätten stehen können, bizarr und unwirklich, beinah wie geträumt.

Auf Marlons Lieblingsbild sah man im Hintergrund das Mädchen in der blauen Hose und der blauen Bluse, wie sie einen Hügel hinaufstieg.

Dieses Foto hatte Marlon eigentlich gar nicht abgeben wollen. Dann hatte er es doch getan. Weil Stauffer es schon gesehen hatte und der Meinung war, es gehöre unbedingt dazu. Für Stauffer war es nur irgendein Mädchen aus der Sekte.

Für Marlon nicht. Jedes Mal wenn er an dem Foto vorbeiging oder wenn er auch nur daran dachte, hüpfte etwas in ihm auf. Er hatte das Mädchen oft gesehen, wenn er auf der Weide beschäftigt war, die dem Gelände der Sekte am nächsten lag. Er kannte ihren Gang und die Art, wie sie manchmal den Kopf in den Nacken legte und ihr Haar ausschüttelte, das ihr bis zu den Schulterblättern reichte. Er kannte auch ihre Stimme, hatte sie ein paar Mal gehört, wenn sie jemandem etwas zurief.

Und ihr Lachen, das ihn an den Flug eines Vogels erinnerte. Es schwang sich auf und schien hoch in der Luft zu zerplatzen. Es war häufig vorgekommen, dass Marlon sich länger auf der Weide zu schaffen gemacht hatte als nötig, nur um dieses Lachen zu hören.

Was er nicht kannte, war die Farbe ihrer Augen, aber er hätte wetten mögen, dass sie blau waren, vielleicht mit einem Stich ins Graue.

☽ 3 ☾

Nach dem Morgengebet war Mara wieder in ihr Zimmer zurückgebracht worden. Sie hatte seine Ausmaße in der vergangenen Nacht gründlich erforscht, war es unzählige Male abgegangen. Sechs Schritte von der Tür bis unter das Fenster. Fünf Schritte von der einen Wand bis zur anderen. Acht Schritte in der Diagonalen. Ein kleiner Raum ohne eine Spur von Leben darin.

Geweißte Wände. Das kleine Fenster weit oben eingelassen in das dicke Mauerwerk. Der Himmel dahinter von schwarzen Gitterstäben zerschnitten. Die Einrichtung bestand aus einem schmalen Bett mit weißem Laken und weißer Wäsche, einem Tisch aus gescheuertem Holz und einem Stuhl. Eine runde Deckenleuchte. Wie der Vollmond, ihr Licht genauso kalt. Holzdielen auf dem Boden, angenehm unter den nackten Füßen. Und auf dem Tisch das Buch, das La Lune geschrieben hatte.

Kein Blatt Papier, kein Stift, nichts, womit Mara sich in dem Monat, der vor ihr lag, hätte beschäftigen können. Außer La Lunes Buch, der Bibel der Kinder des Mondes.

Mara hatte es noch nicht angerührt. Sie wusste nur zu gut, warum es dort hingelegt worden war. Es sollte ihr helfen, sich zu läutern, sich von dem Vergehen zu reinigen, das sie hierher gebracht hatte. Und deshalb würde sie es nicht aufschlagen, und wenn ihr Hunger nach Worten noch so groß werden würde.

Nebenan befand sich ein winziges, fensterloses Badezimmer

mit Toilette und Waschbecken. Sobald man das Licht anknipste, fing die Lüftungsanlage an zu surren. Zwei weiße Handtücher hingen an silbernen Haken. Über dem Waschbecken war kein Spiegel angebracht. Für vier Wochen sollte alles ausgelöscht werden, sogar Maras Spiegelbild.

Das Morgengebet hatte in einem speziellen Raum des Strafhauses stattgefunden. Er war vollkommen rund und ganz ohne Möbel. Auch hier waren die Wände nackt und weiß und die kleinen Fenster weit oben in die Mauern eingelassen. Sieben Fenster waren es. Mara hatte sie gezählt, als sie hineingeführt wurde. Sie hatte sie gezählt, wie um sich an etwas festzuhalten.

Sieben. Sie hatte über die Zahl nachgedacht, während Karen in schleppendem Tonfall vorgebetet hatte. Eine ungerade Zahl. Eine Zahl, die nur durch sich selbst teilbar war. Eine störrische Zahl und deshalb liebenswert.

Siebenhundertsiebenundsiebzig. Wie viel war das mit sieben multipliziert?

Im Kopfrechnen war Mara schwach. Sie konnte beim anschließenden Lied nicht mitsingen, weil sie immer noch rechnete. Fünftausendirgendwas. Sie verhedderte sich jedes Mal.

Karen brachte sie wieder in ihr Zimmer zurück. Ihre Lippen waren dünne, farblose Striche in einem völlig ausdruckslosen Gesicht. Mara fragte sich, was sie wohl gerade dachte, ob sie überhaupt etwas dachte. Die Schlüssel, die Karen am Gürtel ihres Gewandes trug, klimperten leise.

Wortlos hielt sie Mara die Tür auf und schloss hinter ihr ab.

Kurze Zeit später kam Elsbeth mit dem Frühstück. Auch sie hatte den Schlüsselbund am Gürtel befestigt. Mara konnte den Blick nicht davon abwenden. Ihr Weg in die Freiheit, sicher verwahrt in den Falten zweier roter Gewänder.

Elsbeth stellte das Tablett auf dem Tisch ab und ging wieder hinaus, ohne ein Wort zu sagen, ohne Mara auch nur anzusehen. Einer der Schlüssel drehte sich im Schloss und Mara hörte, wie Elsbeths Schritte sich entfernten.

Sie würde sich im Schweigen einrichten müssen.

Apfelsinensaft, Brot, Butter und Honig. Und Tee. Starker, heißer, wundervoller Tee. Dankbar trank Mara ihn und wärmte sich daran. Ihr war so kalt vom Alleinsein.

Sie aß und trank, stand dann auf und ging im Zimmer umher. Durch das Fenster konnte sie ein Stück Himmel sehen, blau und schön. Sie wünschte, sie wäre ein Vogel. Das Fenster war gekippt. Ein kleiner Vogel hätte leicht hindurchgepasst.

Mara setzte sich auf das Bett und zog die Beine an. Sie legte den Kopf auf die Knie und dachte über Vögel nach. Ein Adler wäre viel zu groß. Obwohl sie sich gern in einen Adler verwandeln würde. Auch Schleiereule, Bussard oder Falke kamen nicht infrage.

Wellensittich? Zu geschwätzig. Kanarienvogel? Zu zart. Und beide für die Freiheit nicht geeignet. Rotkehlchen? Zu große Ähnlichkeit mit dem Rot der Gesetzesfrauen. Spatz? Nichts Besonderes. Keine Schönheit und nicht eben der Inbegriff von Würde. Aber klein, frech und robust. Und unauffällig. Spatzen kamen durch jeden Winter. Im Frühling bauten sie ein Nest und kümmerten sich um die Aufzucht ihrer Jungen.

Stimmte das? Mara wusste nichts über Spatzen. Sie wäre jetzt gern in die Bibliothek gegangen, um in einem Lexikon nachzusehen. Überhaupt hätte sie jetzt gern etwas getan. Die Stille dröhnte ihr in den Ohren, die erzwungene Untätigkeit machte ihr Arme und Beine schwer.

Jana, dachte sie. Rede mit mir.

Sie nahm die Wanderung durch das Zimmer wieder auf. An den Wänden entlang. Kreuz und quer. Sie beschleunigte und verlangsamte ihre Schritte. Begann zu hüpfen. Auf dem rechten Bein, dem linken. Auf dem linken funktionierte es nicht so gut. Sie verlor immer wieder das Gleichgewicht. Das würde sie üben. Dann hätte sie etwas zu tun.

Elsbeth holte das Tablett. Schweigend.

»Elsbeth«, flüsterte Mara, als sie wieder allein war. »Karen.« Sie hatte Wände und Decke im hellen Morgenlicht noch einmal untersucht und war beruhigt – sie wurde nicht abgehört. »Els-beth. Ka-ren. Ka-beth. Els-ren. Ren-beth. Kar-els. Beth-els. Ren-ka.«

Sie sagte die Namen von hinten auf: »Htebsle. Nerak.«

Und setzte sich wieder aufs Bett.

Welchen Unsinn würde sie noch ausprobieren, um in den vier endlosen Wochen nicht durchzudrehen?

☽

Alle Lehrer waren Kinder des Mondes. Die Schüler ebenfalls. Und daran würde sich, wie La Lune immer wieder betonte, niemals etwas ändern. In mancherlei Hinsicht musste man mit den Menschen draußen und ihren Gesetzen kooperieren. Diese Schule hatte offiziell anerkannt werden müssen, um existieren zu können. Doch im Rahmen dieser erzwungenen Kompromisse gab es jede Menge Spielraum.

Die Jungen und die Mädchen wurden getrennt voneinander unterrichtet. Darauf legte La Lune großen Wert. Sie vertrat die Ansicht, dass nur so ihre unterschiedlichen Fähigkeiten angemessen gefördert werden konnten.

Kreatives Schreiben, Ethik und Philosophie waren die wichtigsten Fächer.

Jana bemühte sich, nicht auf den freien Stuhl neben sich zu achten, doch je weniger sie hinsah, desto deutlicher wurde er ihr bewusst. Niemand würde über das sprechen, was geschehen war, weder in den kommenden Wochen noch danach. Vielleicht würde der eine oder andere manchmal an Mara denken, aber er würde diesen Gedanken rasch wieder verscheuchen.

Es konnte jeden treffen. Keiner war sicher davor, Schuld auf sich zu laden.

Jana gab sich einen Ruck. Sie musste sich konzentrieren. Kreatives Schreiben war ihr Lieblingsfach. Normalerweise bereiteten Worte ihr keine Mühe. Es machte ihr Freude, mit ihnen zu spielen, und meistens war ihre Hand schneller als ihre Gedanken. Trotzdem fügten sich im fertigen Text die Sätze logisch aneinander. Während die anderen an ihren Stiften kauten und nach Bildern suchten, hatte Jana eher das Problem, sich zwischen all den Bildern, die in ihr aufstiegen, entscheiden zu müssen.

Heute allerdings fühlte sie sich gehemmt, denn das Thema war *Freiheit.*

Eine weite Ebene. Das Meer. Felder. Licht. Sonne. Wind. Glück.

Sie ordnete die Bilder. Dachte über das Gegenteil von Freiheit nach.

Mauern. Hecken. Verbote. Schwarz. Ein abgeschlossener Raum. Das Strafhaus.

So schnell konnte man sich verraten.

Gedanken. Sie sollten frei sein. Wild und ungehemmt. Man sollte sie fliegen lassen dürfen. Nicht beschneiden, einsperren, verbieten.

Mara. Im Strafhaus. In einem Zimmer? Abgeschlossen?

Freiheit gehört zu den Grundrechten des Menschen, schrieb Jana. *Ein Mensch ohne Freiheit ist wie ein Vogel, dem man die Flügel gestutzt hat. Er ist wie ein Fisch, der auf dem Trockenen zappelt. Wie ein angebundener Luftballon. Ein Mensch ohne Freiheit hat seine Würde verloren.*

Das war ungefährlich. Es widersprach in keinem Punkt den Lehren der Kinder des Mondes.

Es gibt eine physische und eine psychische Freiheit, schrieb Jana, *und beide darf man niemandem nehmen.*

Allmählich bewegte sie sich auf schlüpfrigem Boden. Selbst die Gesetze der Welt draußen erlaubten es, Menschen unter bestimmten Voraussetzungen die Freiheit zu nehmen. Freiheit war also niemals absolut. Bedeutete das, dass man sie sich verdienen musste? Und dass man sie ebenso gut verspielen konnte?

Viel lieber schrieb Jana Geschichten.

Ihr kam der Verdacht, dass dieses Thema eigens wegen Mara ausgewählt worden war. Umso vorsichtiger musste sie sein, denn ihr Text würde besonders gründlich gelesen werden. Es ging nicht nur um Noten. Es ging um Zensur. Hießen Noten deshalb auch Zensuren?

Ihre Gedanken waren blockiert. Plötzlich kaute sie, wie die anderen, an ihrem Stift. Zögerte.

Neben ihr auf dem Boden war ein Sonnenfleck, geteilt vom Holz des Fensterkreuzes.

In der Welt draußen war das Kreuz ein Symbol. Ein schreckliches Symbol.

La Lune wies in ihren Reden immer wieder darauf hin, dass es bei den Kindern des Mondes keine Leidenssymbole gab. Dass ihre Religion eine Religion des Glücks war.

Wie passte das Strafhaus da hinein?

Es war ein Tabu. Man sprach nicht einmal das Wort aus. Und um diejenigen, die es von innen gesehen hatten, machte man noch lange nach ihrer Entlassung einen ängstlichen Bogen.

Also gibt es doch ein Leidenssymbol bei uns, dachte Jana. Ein großes, unübersehbares.

Es leuchtete in der Sonne wie ein von Wind und Wasser glatt geschliffener Kreidefelsen. Nachts schimmerte es wie eine riesige Perle im Mondlicht.

Der Ort für das Strafhaus war mit Bedacht gewählt worden. Oben auf dem Hügel, der höchsten Erhebung weit und breit, war es von fast überall zu sehen, und wenn man es anschaute, erforschte man unwillkürlich sein Gewissen.

Tiere, schrieb Jana, *sind, selbst wenn sie nicht in Gefangenschaft leben, nicht wirklich frei, weil sie kein Bewusstsein ihrer Freiheit haben.*

Und deshalb, dachte sie, ist Freiheit eigentlich eine Illusion.

War das richtig?

Blockiert. Ihre Gedanken kamen nicht in Schwung. Jana zweifelte an ihnen, sobald sie sie im Kopf formuliert hatte. Sie wusste sehr genau, was sie schreiben sollte, was man von ihr erwartete.

Wir alle sind freie Geschöpfe. Wir haben die Freiheit, uns für die Mondheit zu entscheiden, die Freiheit, unser Leben in den Dienst der Gemeinschaft zu stellen.

Hunderte von Malen hatte sie diese Sätze gehört, gedacht, nachgeplappert. Warum fiel es ihr auf einmal so schwer, sie niederzuschreiben?

Draußen kam Wind auf. Er schüttelte die Kronen der Bäume kräftig durch. Wolken zogen auf. Bald würde es ein Gewitter geben.

Freiheit, dachte Jana, ist die Möglichkeit, sich ohne Angst zu äußern. Freiheit wäre, aufstehen, zum Strafhaus gehen und nach Mara fragen zu dürfen.

Die anderen schrieben wie verrückt. Jana sah ihnen zu. Sie war nicht nervös, weil sie nichts zustande brachte. Sie war ganz ruhig.

Der Sonnenfleck neben ihr auf dem Boden verblasste. Der Himmel verdunkelte sich. Jana malte Zeichen auf das Papier, Zeichen ohne Bedeutung.

Als die Zeit um war, hatte sie eine ganze Seite mit diesen

sinnlosen Zeichen gefüllt, und sie wusste, sie würde nicht nur eine schlechte Note bekommen, sondern auch die unangenehme Einladung zu einem Gespräch mit Reesa, der Lehrerin.

☽

Das Gewitter war schnell vorbeigezogen, doch als Marlon auf dem Heimweg war, fing es wieder an zu regnen. Dicke Tropfen klatschten auf die Straße. Der Himmel sah aus, als hätte ihn jemand mit einem dunklen Tuch verhängt. Innerhalb von Sekunden war Marlon bis auf die Haut durchnässt.

Er liebte Sommerregen. Manchmal lief er mit nacktem Oberkörper hinaus und wälzte sich im nassen Gras. Natürlich nur, wenn keiner zusah. Er spürte oft diese überschüssige Energie, die er nicht loswerden konnte. Eine Energie, die sich entladen musste.

Früher war der Hund immer mit ihm hinausgelaufen. Begeistert hatte er sich neben ihm im Gras hin und her geworfen. Inzwischen war er zu alt für solche Späße. Im Winter lag er am liebsten in der Küche neben der Heizung, im Sommer vorm Haus in der Sonne. Sein Bart war grau geworden wie der Bart eines alten Mannes und seine Augen glänzten nicht mehr wie noch vor ein paar Jahren. Marlon schob den Gedanken daran rasch beiseite. Der Hund hatte ihn von Kindheit an begleitet. Ein Leben ohne ihn konnte er sich nicht vorstellen.

Mit den Katzen war es anders. Die kamen und gingen. Meistens lebten sieben, acht von ihnen in der Scheune und im Schuppen, scheinbar bedürfnislose, unempfindliche Tiere, die vor Fremden scheu davonliefen, sich auch den Mitgliedern der Familie nicht wirklich anschlossen.

Mit dem Hund hatten sie sich arrangiert. Keiner kam dem andern zu nah. Sie beobachteten sich aus der Ferne, es gab keine Auseinandersetzungen, außer wenn eine der Katzen Junge hatte. Dann konnte es schon mal passieren, dass die Mutterkatze auf den Hund losging, doch selbst das kam nur noch äußerst selten vor. Es war, als hätten die Katzen verstanden, dass der Hund ein alter Herr geworden war, der schonend und mit Respekt behandelt werden musste.

Marlon nahm den Helm ab, um den Regen auf dem Gesicht zu spüren. Und dann packte es ihn wieder. Er hielt an, stellte den Roller ab und rannte die Straße entlang. Große Pfützen hatten sich angesammelt. Er platschte durch sie hindurch, warf den Kopf in den Nacken, öffnete den Mund und fing die Regentropfen auf.

In der Kurzgeschichte, die er interpretiert hatte, war es um einen Mann gegangen, der die Leute zählen musste, die eine neu gebaute Brücke überquerten. Eine verrückte Geschichte. Der Sinn war Marlon nicht ganz klar gewesen, aber er hatte sein Bestes gegeben. Vielleicht sollte mal einer über einen schreiben, der die Irren zählt, die auf einsamen Landstraßen durch Pfützen rennen und den Regen trinken. Das wäre eine Geschichte.

Marlon lief zum Roller zurück und setzte den Helm wieder auf. Seine Mutter war immer halb verrückt vor Angst, wenn er mit dem Roller unterwegs war. Sie speicherte sämtliche Unfälle, über die in den Zeitungen berichtet wurde, in ihrem Gedächtnis. Marlon hatte ihr versprechen müssen, niemals ohne Helm zu fahren. Es würde schwer sein, ihr die nassen Haare zu erklären. Sie hatte einen verdammt scharfen Blick.

Und wirklich: »Warum sind deine Haare nass?«, fragte sie ihn, als er hereinkam.

Marlon bückte sich nach dem Hund, der ihn mit kraftlosem Schwanzwedeln umkreiste, streichelte ihn und kraulte ihm den Hals.

»Weil ich auf dem Weg zum Roller ohne Helm durch den Regen gelaufen bin.«

Seine Mutter betrachtete ihn skeptisch von der Seite.

»Mama! Ich bin schon mit zwölf Traktor gefahren.«

»Traktorfahren ist ungefährlich. Da braucht man keinen Helm.« Sie küsste ihn, rubbelte ihm mit den Fingern durchs Haar, leise Gesten der Zärtlichkeit.

Er hätte sie gern hochgehoben und durch die Luft gewirbelt, aber Greta und Marlene saßen schon am Tisch und beobachteten ihn, als warteten sie darauf, dass er sich eine Blöße gäbe. Also ließ er es bleiben und setzte sich hin.

»Willst du dich nicht erst umziehen?«, fragte die Mutter. »Du bist ja klatschnass.«

Das nasse Zeug fühlte sich tatsächlich unangenehm an auf der Haut. Also ging Marlon nach oben und zog sich um. Als er wieder herunterkam, füllte seine Mutter gerade die Teller. Es gab Kartoffeln mit Quarksoße, das Armeleuteessen, wie Marlon es im Stillen nannte. Er hatte Heißhunger auf ein Stück Fleisch, sagte aber nichts.

Die Schwestern waren mit dem Essen zufrieden. Seit einer Woche waren sie Vegetarierinnen und versuchten, die halbe Welt zu missionieren.

»Quark ist gut für die Verdauung«, sagte Greta.

»Und für die Haut«, sagte Marlene. »Von innen und von außen. Wenn du Quark mit Honig verrührst, kannst du es als Gesichtsmaske benutzen.«

»Eure Haut ist schön genug«, sagte die Mutter. »Ihr seid doch noch so jung.«

»Man kann gar nicht früh genug damit anfangen.« Greta sah ihrer Mutter prüfend ins Gesicht. »Du solltest auch mal ein bisschen was für dich tun.«

»Ich schäme mich nicht für meine Falten.« Die Mutter aß

unbeirrt weiter. »Das Leben hinterlässt nun mal seine Spuren. Die kann man nicht einfach mit einem großen Radiergummi wegrubbeln.«

»Das Leben hinterlässt überall seine Spuren«, sagte der Vater. »Guckt euch nur das Haus an. Da wär mir ein großer Radiergummi ganz lieb.«

»Wenn wir mit dem Zaun fertig sind«, versprach Marlon, »flicke ich das Dach.«

»Wird auch Zeit«, sagte Marlene. »Die Decke in meinem Zimmer ist ein einziges Sieb.«

Das war maßlos übertrieben. Es gab zwei undichte Stellen, an denen sich die Tapete wellte. Marlon hatte sie neulich fotografiert. Genauso wie die nassen Flecken an den Stallwänden, auf denen Schimmelpilz wuchs. Spuren des Lebens. Das wäre ein guter Titel für eine Fotoserie. Man fand solche Spuren überall im Dorf, man musste nicht lange danach suchen.

Marlon hatte oft das Gefühl, in einem falschen Leben gelandet zu sein. Es musste doch mehr geben als die ständigen Versuche, den Verfall aufzuhalten. Er hätte gern eine neue Scheune gebaut, statt die alte auszubessern. Ein geräumiges Gewächshaus für die Pflanzen, die er immer schon züchten wollte. Und vor allem ein neues Haus. Mit Solarzellen auf dem Dach und großen, klaren Räumen, in denen nur wenige moderne Möbel stehen dürften. Ein Haus, für das er nur gesunde, einwandfreie Materialien verwenden würde.

Auch seine Mutter schien das falsche Leben zu führen. Ihre Leidenschaft waren Filme. Sie wusste alles über die Schauspieler und Schauspielerinnen, besonders über die, die sie aus ihrer Kindheit kannte. Drei Schauspieler verehrte sie geradezu, Marlon Brando, Greta Garbo und Marlene Dietrich.

So waren Marlon, Greta und Marlene zu ihren Namen gekommen.

Marlon hatte ihr das nie vorgeworfen, obwohl er es unangenehm fand, mit einem Namen zu leben, der in gewisser Weise bloß geliehen war. Außerdem mochte er Marlon Brando nicht besonders. In *Die Meuterei auf der Bounty* hatte Brando ihn beeindruckt, aber in *Der letzte Tango in Paris* hatte er ihn abstoßend gefunden.

Er hatte mit Greta und Marlene einmal darüber zu sprechen versucht, aber die beiden hatten nicht dieses komplizierte Verhältnis zu ihren Namen. Es gefiel ihnen sogar, wie die berühmten Schauspielerinnen zu heißen.

In einem falschen Leben festzustecken, hieß auch, falsche Sehnsüchte aufzubauen. Wonach sehnte sich seine Mutter? Marlon sah sie an. Man konnte in ihrem Gesicht Reste früherer Schönheit entdecken. Wenn sie lachte, war es, als sprenge das Lachen die Jahre weg. Dann sah sie fast so aus wie auf den wenigen Aufnahmen, die sie als junges Mädchen zeigten.

Marlon nahm sich vor, sie zu fotografieren. Irgendwann, wenn sie allein wären. Er würde sie zum Lachen bringen und dann auf den Auslöser drücken.

Aber zuerst einmal musste er den Zaun fertig machen.

☽

Jana hatte ihr Tagebuch hervorgeholt.

Ein paar Sätze nur.

Sie hatte sich angewöhnt, ihre Beobachtungen aufzuschreiben. Es machte den Kopf klar, rückte die Proportionen zurecht. Manchmal schrieb sie auch kleine Geschichten. So als wäre das, was sie aufs Papier brachte, gar nicht ihr passiert, sondern einer anderen Person. Und dann las sie die Geschichte und betrachtete sie von außen wie etwas Fremdes. Das hatte ihr schon oft geholfen.

Sie schrieb auf dem Bett. So konnte sie, wenn jemand das Zimmer betrat, das Tagebuch rasch unters Kopfkissen schieben. Es gab keine Schlüssel, keine verschlossenen Türen. Zwar war es üblich, anzuklopfen, bevor man in ein Zimmer ging, aber darauf wollte Jana sich nicht verlassen.

Den Stift in der Hand zu halten und seine Spitze übers Papier gleiten zu lassen, war ein gutes Gefühl. Nur nicht, dass sie es heimlich tun musste.

☽

Maras einzige Schuld war es, sich zu verlieben. Dafür wird sie bestraft. Wenn aber La Lune, wie es im Buch heißt, die Liebe ist, wie kann sie Mara dann für die Liebe bestrafen?

☽

Mara horchte auf jeden Laut, der von außen in ihr Zimmer drang. Sie hielt sich daran fest, denn im Strafhaus war nichts als Stille.

Um halb zwei hörte sie das Knattern eines Rollers. Sie kannte das Geräusch. Sie kannte auch den Jungen, der den Roller fuhr. Sie hatte ihn schon oft gesehen.

Das Geräusch wurde dünner und verlor sich dann. Mara spürte etwas Nasses, das ihr über die Wangen lief, und leckte es auf. Es schmeckte salzig.

Sie kauerte sich auf dem Bett zusammen. Das Buch auf dem Tisch hatte sie noch immer nicht angerührt.

☽ 4 ☾

Die Bibliothek war einer der schönsten Räume der Kinder des Mondes. Sie war in einer ehemaligen Scheune untergebracht. Die hohen Wände waren in einem körnigen Weiß verputzt. Wo früher einmal eine Decke gewesen war, lagen jetzt dicke schwarze Holzbalken frei und der Blick ging bis zum Dach.

Für alle Arbeiten gab es Spezialisten unter den Kindern des Mondes. Es gab einen Architekten und eine Architektin, Maurer und Maurerinnen, Tischler und Tischlerinnen. Die Gemeinschaft hatte sich ihr Reich selbst erschaffen, ohne die Hilfe einer einzigen fremden Hand. Männer und Frauen arbeiteten gleichermaßen hart und Seite an Seite.

Die Unterdrückung des weiblichen Geschlechts gehört einer finsteren Vergangenheit an.

La Lune hatte diesem Thema in ihrem Buch ein eigenes Kapitel gewidmet. Die Frauen genossen in der Gemeinschaft hohes Ansehen. Aufgaben, die als heilig galten, waren ihnen allein vorbehalten. Und so gab es im engen Umfeld von La Lune nur Dienerinnen, im Strafhaus nur Gesetzesfrauen und im Kinderhaus nur Kinderfrauen. In den übrigen Bereichen wurde jeder an den Platz gestellt, für den er besonders geeignet war.

Für die Bibliothek war Gertrud verantwortlich, eine Büchernärrin mit Leib und Seele. Jana mochte sie sehr. Sie war froh, wenn sie Bibliotheksdienst hatte und den ganzen Nachmittag lang mit ihr zusammen sein durfte.

Gertrud schien die meisten der Bücher selbst gelesen zu haben. Sie hatte ein phänomenales Gedächtnis und hütete einen wahren Zitatenschatz. Wann immer Jana mit einer Frage kam, fand sie bei ihr eine Antwort. Sie fand noch mehr bei Gertrud. Wärme. Verständnis. Eine Art von Mütterlichkeit.

Heute war keine Ausleihe. Heute war Aufräumtag. Sie überprüften die Ordnung der Bücher in den Regalen. Jana hatte die Buchstaben von A bis J übernommen, Gertrud den Rest, weil sie einen geübten Blick hatte und schneller war.

»Als wären die Kinder des Mondes eine Ansammlung von Legasthenikern«, stieß Gertrud ungeduldig hervor. »Oder ein Haufen Chaoten. Ist es denn so schwer, ein Buch wieder dahin zurückzustellen, wo man es herausgenommen hat?«

Jana nieste. Manchmal saugten sie den Staub von den Büchern ab, aber es blieb immer noch viel zu viel hängen.

»Wie kann man erwarten, dass sie miteinander liebevoll umgehen, wenn sie Bücher schlecht behandeln? Bücher sind wie Kinder. Sie brauchen Aufmerksamkeit und zärtliche Hände.« Gertrud spähte durch eine Lücke im Regal. »Du fasst sie richtig an. Bestimmt kommst du auch nicht auf die Idee, eine Ecke zu knicken, statt ein Lesezeichen zu benutzen.« Die Brille saß ihr vorn auf der Nase. Über ihren Rand hinweg schaute sie Jana an. »Auf meinem Schreibtisch steht ein Korb voller Lesezeichen. Kannst du mir mal verraten, warum sie die ignorieren?«

Eine Zeit lang arbeiteten sie schweigend weiter. Man hörte nur die Geräusche, die entstanden, wenn ein Buch herausgezogen und am richtigen Platz wieder eingeschoben wurde. Jana war froh über diese mechanische Tätigkeit. Dabei konnte sie ihren Gedanken freien Lauf lassen, gleichzeitig war ihre Aufmerksamkeit so beansprucht, dass sie keinen Gedanken zu Ende denken musste. Es war, als leerte sich ihr Kopf und würde wieder frei. Sie nahm sich vor, keine Pause zu machen, bis sie bei E angelangt wäre.

Plötzlich wurde ihr bewusst, dass sie von der anderen Seite des Regals keinen Laut mehr hörte. Ohne hinzugucken, wusste sie, dass Gertrud ein Buch aufgeschlagen und sich festgelesen hatte. Sie lächelte in sich hinein. Gleich würde Gertrud wieder ein schlechtes Gewissen haben.

Die Kinder des Mondes sollten ihre Aufgaben konzentriert und diszipliniert erledigen. Mit der Disziplin hatte Gertrud so ihre Probleme. Es konnte passieren, dass sie nicht zum Gebet kam, eine Mahlzeit oder eine Versammlung verpasste, weil sie über dem Lesen die Zeit vergessen hatte. Beinah jede Woche musste sie Zusatzarbeiten übernehmen. *Um sich zu bessern*, wie La Lune es ausdrückte. Dabei gab es kaum einen besseren Menschen als Gertrud.

Jana war bis zu dem Buchstaben D vorgedrungen, als sie ein Rascheln hörte. Dann tauchte Gertruds Kopf neben dem Regal auf.

»Es ist mir schon wieder passiert«, sagte Gertrud mit einem schiefen Lächeln. *Fräulein Smillas Gespür für Schnee*. Sie hielt das Buch hoch, als wäre es an sich eine ausreichende Entschuldigung. »Die Geschichte hat mich nicht sonderlich gefangen. Aber die Sprache! Hast du es mal gelesen?«

Jana schüttelte den Kopf. Sie betrachtete Gertrud, wie sie in dem Buch blätterte, das Haar zerzaust, die Wangen gerötet. Sie tauchte immer wie von einem Sturm geschüttelt aus den Büchern auf und ihre Augen blitzten.

»Hör zu: *Draußen, über dem Hafen, kommt das Licht, als hätte es in den Kanälen unter den Brücken geschlafen und steige jetzt von dort her zögernd auf das Eis, das sich ans Leuchten macht.*« Gertrud strahlte Jana an. Sie schlug ein paar Seiten um. »Oder hier: *Er hat ein Gesicht, auf das sich im Laufe der Zeit so viel herabgesenkt hat, dass nichts mehr es richtig beeindruckt.*«

Sie klappte das Buch zu und strich über den Einband. Ihre

Hände waren kräftig und an Arbeit gewöhnt. Nicht nur an die Arbeit mit Büchern. Gertrud war sich auch sonst für nichts zu schade. Sie konnte mit derselben Hingabe Erde umgraben, Brennholz stapeln, Wände streichen.

»Sag selbst – muss man den Autor für solche Sätze nicht lieben?«

Jana nickte. Und sie dachte, dass Gertruds Gesicht ganz anders war als das Gesicht, das der Autor da beschrieben hatte. Auf den ersten Blick sah es durchschnittlich aus. Manche hätten es vielleicht sogar hässlich genannt. Fleischige Wangen, großer Mund, schiefe Nase, ein Netz geplatzter Äderchen unter der Haut, Doppelkinn.

Aber sobald Gertrud redete, sobald ihre Worte Funken sprühten, kam die Verwandlung. Dann wirkte ihr Gesicht nicht mehr schwerfällig, sondern lebendig und wach. Es war wie beim Tanz einer dicken Frau, wenn die Geschmeidigkeit der Bewegungen das Ungelenke des Körpers vergessen lässt.

Gertrud stellte das Buch zurück und nahm Jana am Arm. »Komm, wir trinken einen Tee und ruhen uns ein wenig aus.«

Flink ging sie in der kleinen Küche hin und her. Jana hatte keine Ahnung, wie Gertrud diese Küche durchgesetzt hatte. Sie wusste auch nicht, wie es ihr immer wieder gelang, Kekse und andere Leckereien in den Schränken zu horten. Sie fragte nicht danach. Sie wollte Gertrud nicht in Verlegenheit bringen.

Diesmal stellte sie eine Schale mit italienischem Mandelbrot auf den Tisch, kleine, harte Schnitten, die sie in den heißen Tee tunkten. Die wunderbare Süße von Honig breitete sich in Janas Mund aus.

Einen ungebetenen Besucher brauchten sie nicht zu fürchten. Sie wurden an den ausleihfreien Tagen so gut wie nie gestört. Es war, seit Jana für die Arbeit in der Bibliothek eingeteilt worden war, erst zwei- oder dreimal passiert.

»Was ist los, Mädchen?«, fragte Gertrud nach einer Weile.

Man konnte nichts vor ihr verbergen. Sie hatte einen scharfen Blick. Jana stiegen die Tränen in die Augen. Sie versuchte, sie zurückzuhalten.

»Es ist wegen Mara, nicht?«

Jana nickte. Die Tränen rollten ihr übers Gesicht.

Gertrud reichte ihr eine Serviette. Jana wischte sich die Augen und putzte sich die Nase. Sie musste aufhören zu weinen. Ihre Augen wurden rot davon, ihr Gesicht verschwollen und fleckig. Beim Abendessen würden es alle sehen. Es würde Fragen geben. Janas Gefühle würden unters Mikroskop gelegt und analysiert werden. Und dann, wenn eine Diagnose getroffen war, würde man La Lune informieren.

Keine Tränen. Bloß keine Tränen!

»Wein dich aus«, sagte Gertrud ruhig. »Hier bei mir musst du nicht stark sein.«

Und sie ließ Jana weinen, ohne sie mit Worten zu stören, ohne eine einzige Frage zu stellen.

☽

Mara saß zusammengekrümmt auf dem Bett. Sie musste vor allem diesen ersten Tag überstehen, dann würde es leichter werden, ganz bestimmt. Konnte man sich nicht auch an die Einsamkeit gewöhnen?

Sie hatte sich an alles gewöhnt. Sogar daran, ihre Gefühle zu verbergen. Wenn sie wollte, konnte sie selbst beim eisigsten Schrecken unbeteiligt wirken. Sie hatte es gelernt. Es war ihre Art von Überlebenstraining gewesen.

Schon als Kind hatte sie gespürt, dass sie nicht zu den Kindern des Mondes passte. Obwohl sie in die Gemeinschaft hineingeboren war und nie etwas anderes kennen gelernt hatte.

Etwas tief in ihr wusste, dass sie zu den Menschen in der Welt draußen gehörte.

Nur die Kinder des Mondes gelangen in das ewige Himmelreich.

Das ewige Himmelreich. Die ewige Glückseligkeit. Das Einssein mit der Mondheit.

Mara hatte niemals den Wunsch gehabt, eins zu sein mit der Mondheit. Die Statuen der Mondheit hatten ihr immer schreckliche Angst eingejagt. Zwei Gesichter. Jedes sah in eine andere Richtung. Unerbittlich.

Wohin man auch ging, die Mondheit sah alles. Es war, als würde der Blick ihrer starren Augen einem überallhin folgen.

Die Menschen draußen hatten auch einen Gott. Aber der verfolgte sie nicht auf Schritt und Tritt. Er war selbst verfolgt worden und hing jetzt an einem Kreuz.

Mara hatte ihn auf Bildern in Büchern gesehen.

Und dann, später, in der kleinen Dorfkirche.

Die hatte ihr schon immer gefallen, weil sie so alt war und so verwundet aussah mit ihrem bröckelnden Putz und den ausgeblichenen Farben. Und weil sie so schöne bunte Fenster hatte. Über einem der Fenster hatte Mara eines Tages ein Schwalbennest entdeckt, und da hatte sie sich endlich getraut, vorsichtig die schwere Türklinke herunterzudrücken.

Sie war heimlich in die Kirche geschlüpft, zwischen den dunklen Bänken hindurchgegangen und vor dem Altar stehen geblieben.

Und da war das Kreuz gewesen. Über dem Altar.

Ein Gott, den man gekreuzigt hatte!

Das war kein mächtiger Gott. Es war ein Gott, mit dem Mara Mitleid empfunden hatte. Ein Gott, den sie hätte beschützen mögen, wenn sie nur älter gewesen wäre und die Möglichkeit dazu gehabt hätte.

Rechts und links vom Altar standen Figuren aus Stein in Mauernischen. Die eine kannte Mara nicht. Die andere war eine Frau. Aus den Gesprächen mit Gertrud wusste Mara, dass diese Frau die Mutter des Gottes war. Sie hieß Maria.

Maria. Mara.

Nicht nur ihre Namen waren einander ähnlich. Maria trug, genau wie Mara an den Mondtagen, ein blaues Gewand. Im Schein der vielen Kerzen, die vor ihr auf einem kleinen Tisch brannten, wirkte das Gewand fast unversehrt. Aus der Nähe jedoch konnte man erkennen, dass es an vielen Stellen beschädigt war. Wie ihr Gesicht. Von der Nase war ein winziges Stück abgebrochen.

Mara hatte die Kerzen betrachtet, von denen einige schon halb heruntergebrannt waren. Wenn man einen Euro in das Körbchen mit dem Geld legte, durfte man eine der frischen Kerzen nehmen, sie in einen der Halter stecken und anzünden.

Mara hatte kein Geld. Aber sie hatte Lust, eine Kerze anzuzünden. Sie nahm sich vor, bald wiederzukommen.

Damit hatte es angefangen. Sooft es ihr möglich war, hatte Mara sich davongeschlichen, um heimlich die kleine Kirche aufzusuchen. Es war gefährlich, aber sie hatte schon häufig gefährliche Dinge getan. Sie hielt sich im Schatten der Bäume, duckte sich hinter Sträucher und Mülltonnen.

In der Kirche war niemals jemand außer ihr. Mara mochte die Stille. Das Licht, das durch die bunten Glasfenster fiel. Den eigenartigen Geruch nach Kühle, altem Holz und den Blumen, die den Altar schmückten.

Jedes Mal zündete sie eine Kerze an. Statt einem Euro legte sie Geschenke neben das Geldkörbchen. Mal einen schönen Stein, mal eine Blume, mal einen Apfel, den sie vom Essen aufbewahrt hatte. Sie wollte die Kerzen ja nicht stehlen, sie bezahlte auf ihre Weise.

Und dann, eines Tages, hatte der Pfarrer sie überrascht.

Mara wollte weglaufen, fühlte sich, als wäre sie ihm in die Falle gegangen. Aber er schrie sie nicht an, schüttelte sie nicht, drohte nicht mit einer Strafe. Er sagte und tat gar nichts. Lächelte nur.

Da blieb sie stehen, zögernd, immer noch auf dem Sprung.

»Du darfst herkommen, sooft du willst«, sagte er.

Und sie kam wieder.

Brachte ein Bild mit, das sie gemalt hatte, eine funkelnde Glasscherbe, eine Taubenfeder.

Um jedes Mal eine Kerze anzünden zu dürfen. Eine Kerze, die sie immer genau in die Mitte des kleinen Tisches stellte.

Ab und zu begegnete sie dem Pfarrer. Sie hatte keine Angst mehr vor ihm.

»Ich habe kein Geld«, verriet sie ihm einmal.

»Aber ich sehe, dass du immer ein Geschenk mitbringst.«

Sie nickte.

»Das ist viel mehr wert als Geld«, sagte der Pfarrer.

Wie alt war sie damals gewesen? Acht oder neun Jahre vielleicht. Sie hatte niemals zuvor mit einem der Leute von draußen gesprochen. Ganz allmählich gewöhnte sie sich daran.

»Wir haben alle kein Geld«, hatte sie dem Pfarrer ein andermal erklärt.

»Ich weiß«, hatte er erwidert.

»Weißt du alles?« Mara hatte ihn erstaunt angesehen. »So wie La Lune?«

»Niemand weiß alles«, hatte der Pfarrer geantwortet. »Nur Gott.«

»Aber der ist doch tot.« Mara hatte sich nach dem Kreuz umgesehen. »Wie kann er da noch etwas wissen?«

Danach hatte es viele Gespräche mit dem Pfarrer gegeben. Er hatte Mara von Gottvater, Jesus und dem heiligen Geist erzählt.

»Dann habt ihr drei Götter?«, hatte Mara gefragt.

»Nein.« Der Pfarrer hatte gelächelt. »Er ist ein einziger Gott.«

Mara hatte das nicht verstanden. Sie begriff es noch immer nicht. Aber sie hatte keine Angst vor diesem fremden Gott am Kreuz.

Ich würde jetzt gern eine Kerze anzünden, dachte sie und sah zu dem kleinen vergitterten Fenster hoch, zusammen mit Timon.

Sie hatte ihm noch nicht von der Kirche und ihren Besuchen dort erzählt. Sie hatte vorgehabt, das bald zu tun. Ihn zu fragen, ob er nicht Lust hätte, einmal mitzukommen.

Man hatte sie entdeckt, bevor sie eine Gelegenheit dazu fand.

☽

Endlich konnte Jana sprechen.

»Die Strafe ist so hart«, sagte sie, und die Tränen waren noch in ihrer Stimme. »Mara ist doch keine Verbrecherin.«

»Sie hat sich von den Gesetzen entfernt«, sagte Gertrud. Es klang nicht vorwurfsvoll. Es war eine schlichte Feststellung.

Jana hatte sich bisher wenig Gedanken über die Gesetze gemacht. Sie hatte sie einfach hingenommen wie alles andere auch. Einige hatte sie selbst schon übertreten. Schrieb sie nicht heimlich Tagebuch? Trank sie nicht außerhalb der Mahlzeiten Tee mit Gertrud und aß von den unerlaubt abgezweigten Süßigkeiten wie gerade jetzt das Mandelbrot? Mochte sie nicht bestimmte Personen lieber als andere? Miri zum Beispiel. Gertrud. Und Mara.

All das war nach den Vorschriften der Kinder des Mondes nicht gestattet. Über all das hatte sie sich hinweggesetzt.

»Mara ist achtzehn«, sagte Gertrud, »nicht zwanzig.«

Mit achtzehn wurde den Mädchen von La Lune ein Partner bestimmt. Erst mit zwanzig wurde die Vermählung vollzogen. Zwei Jahre lang bereitete das Paar sich auf diese Verbindung vor. Spirituell, wie La Lune es verlangte.

Für Mara war Timon ausgewählt worden.

Timon arbeitete hauptsächlich in der Tischlerei. Er war so alt wie Mara. Ein zurückhaltender Junge, der sich selten äußerte, groß und schlank, die Haare hell und stoppelig wie ein abgemähtes Weizenfeld.

Zuerst hatte Mara sich gesträubt. »Wenn ich einen Partner will, dann suche ich mir den selber aus«, hatte sie zu Jana gesagt.

Jana war erschrocken. »Wir dürfen nicht wollen«, hatte sie geantwortet, leise, damit niemand es hörte. Sie hatten Küchendienst gehabt und waren damit beschäftigt gewesen, Salat zu putzen.

Mara hatte gelacht. »Und du glaubst, das funktioniert?«

Verständnislos hatte Jana sie angesehen.

Mara fuchtelte mit dem Schälmesser in der Luft herum. »Du glaubst, es funktioniert, dass du dir einschärfst, du darfst nicht wollen, und dann willst du wirklich nicht?«

Jana nickte. »Wenn man sich bemüht.«

»Kindskopf«, sagte Mara.

»Wenn du es wirklich willst, dann schaffst du es auch.«

»Ich denke, ich darf nicht wollen.« Mara zupfte seelenruhig Salatblätter auseinander.

Jana starrte sie an.

»Verstehst du jetzt?« Mara spießte einen Salatkopf auf und betrachtete ihn grimmig. »So einfach, wie La Lune es sich vorstellt, ist es nicht. Es gibt nicht nur Schwarz und Weiß. Es gibt verdammt viele Töne dazwischen.«

»Du bist eine Revolutionärin«, sagte Jana.

»Da hast du verflucht Recht!«

»Du sollst nicht …«

»Ich liebe es, zu fluchen«, sagte Mara.

Und dann hatte sie sich in Timon verliebt. Und Timon hatte sich in sie verliebt. Und sie warteten die zwei Jahre nicht ab. Bereiteten sich nicht aufeinander vor. Stürzten sich einfach in die Arme.

»Sie lieben sich«, sagte Jana, als sie sich wieder daran erinnerte, dass Gertrud vor ihr am Tisch saß.

»Du musst zwischen Liebe und Lust unterscheiden«, sagte Gertrud ruhig.

»Kann man das?«

Gertrud sah sie lange an. »Jana«, sagte sie. »Sei vorsichtig.«

☽

Sie waren so vorsichtig gewesen. Hatten sich in aller Heimlichkeit getroffen, immer wieder an anderen Orten, damit ihnen niemand auf die Spur käme. Nicht einmal Dorfbewohner hatten sie zusammen gesehen. Nur der Junge mit dem Roller einmal, als sie sich gerade wieder trennen wollten, um zurückzugehen. Er hatte ihnen zugenickt und gelächelt. Und sich vielleicht über ihre Verlegenheit gewundert.

Ein einziger Mensch hatte von den Treffen gewusst, außer Jana. Sie war für Mara wie eine Schwester. Neben Timon der allerwichtigste Mensch. Mara hätte ihr niemals etwas verheimlicht.

Jana hatte noch mehr Angst davor gehabt, dass Mara und Timon entdeckt werden könnten, als Mara selbst. Eine Kindheit lang war sie gehorsam und gefügig gewesen und hatte nichts getan, was sie mit ihrem Gewissen nicht vereinbaren konnte. Inzwischen überließ sie sich hin und wieder Gedanken, die ein Kind des Mondes eigentlich nicht haben durfte, und sie schrieb Tagebuch, was streng verboten war, aber im Großen und Ganzen befolgte sie die Regeln und achtete die Gesetze.

Mara lächelte. Jana war so geradlinig, offen und gut, dass man sie einfach lieb haben musste. Sie war ein Geschenk des Himmels. Mara wagte gar nicht, daran zu denken, was ohne sie aus ihr geworden wäre. Auch Timon war damit einverstanden, dass Jana ihr Geheimnis kannte. Bei niemandem war es sicherer aufgehoben als bei ihr.

Und dann hatte jemand es entdeckt.

Sie hatten nicht erfahren, wer es gewesen war.

Jemand hatte sie gesehen. Jemand hatte sie verraten.

Und dann hatten die Verhöre begonnen.

☽

Bis zum Abend arbeitete Marlon am Zaun. Sein Vater fuhr wieder den Traktor. Er hatte heute weniger Schmerzen. Die Wärme tat seinem Rücken gut.

Wolken von Mücken tanzten in der Luft. Die Vögel sangen, als kriegten sie es bezahlt. Der Himmel war blau und weit.

»Den Draht«, sagte der Vater, als sie sich auf den Heimweg machten, »spanne ich allein. Du hast dir einen freien Tag verdient.«

Marlon kratzte sich den Nacken. Die Mücken hatten ihm arg zugesetzt. Sie schienen ganz wild auf sein Blut zu sein. »Sollte ich mir nicht besser mal das Dach vornehmen, bevor wir beim nächsten Gewitter alle ertrinken?«

Der Vater wischte das mit einer Handbewegung beiseite. »Mach jetzt Schluss, Marlon. Beim Melken können mir heute die Mädchen helfen.«

Marlon nickte. Freizeit war ein Wort mit gutem Klang. Er hatte so wenig davon, dass er jede einzelne Stunde genoss, die er ganz für sich hatte.

»Und du bist sicher, dass du mit dem Zaun allein zurechtkommst?«

Sein Vater lachte.

»Ich frag ja nur.«

»Hör zu, mein Junge, alles, was du kannst, habe ich dir beigebracht. Unterschätze deinen alten Herrn also nicht.«

»Ja, Sir!«

Marlon mochte die Art, wie die jungen Männer in amerikanischen Filmen mit ihren Vätern reden. Dieses unvermittelt auftauchende *Sir*, wenn sie ihren Respekt ausdrücken wollen.

Sein Vater schmunzelte. Er schmunzelte noch, als sie auf den Hof fuhren.

Marlon koppelte den Anhänger ab, fegte ihn sauber und ging ins Haus, um zu duschen. Er hatte zeitweise mit bloßem Oberkörper gearbeitet. Jetzt brannte das heiße Wasser auf der Haut und ließ sie nach der Sonne eines langen Nachmittags duften.

Das Bad war dunkelgrün gekachelt. Es wirkte düster und altmodisch und war ziemlich heruntergekommen. Ein paar Fliesen hingen schief, und auf die gelblichen Fugen, die einmal weiß gewesen waren, hatte sich schwarzer Pilz gesetzt. Das Porzellan des Duschkopfs hatte einen Sprung.

Man müsste vier Hände haben, dachte Marlon, und selbst die wären für dieses Haus nicht genug. Auf dem Duschvorhang flogen dunkle Vögel. Die Mutter hatte den Vorhang schon zweimal gegen einen neuen ausgetauscht, aber sie hatte jedes Mal dasselbe Motiv gewählt.

Marlon trocknete sich ab. Die frischen Sachen, die er auf den Hocker gelegt hatte, waren an der Stelle, an denen sie die Wandfliesen berührt hatten, vom Schwitzwasser nass geworden. Das machte ihm nichts aus, sie würden bei dieser Hitze rasch wieder trocknen. Er zog sich an, kämmte sich mit den Fingern das Haar und ging nach unten zum Abendessen.

»Sie haben wieder jemanden in das Strafhaus gebracht«, erzählte Marlene.

»Ein Mädchen.« Greta zog die Schultern zusammen, als wäre ihr kalt.

Marlon erstarrte.

»Wie schrecklich.« Die Mutter schenkte Tee ein. »Das sind richtige Barbaren.«

»Aber wir haben doch auch Gefängnisse«, sagte Greta. »Ist das etwa keine Barbarei?«

»Woher wisst ihr das überhaupt? Ihr sollt nicht bei denen da rumlungern. Das hab ich euch schon hundertmal gepredigt.«

»Wir lungern da nicht rum.« Marlene ließ die Verärgerung des Vaters mit einem Achselzucken an sich abtropfen. »Irgendwer in der Schule hat es erzählt.«

»Ein Mädchen?«, fragte Marlon. »Was für ein Mädchen?«

»Ist das denn so wichtig?« Greta suchte nach einer besonders dünnen Scheibe Brot. Marlene und sie waren mal wieder auf Diät.

»Sag's mir einfach, wenn du es weißt.«

»Kenn ich nicht«, sagte Greta, beleidigt wegen seines schroffen Tons. »Eins mit dunklen Haaren.«

Marlon entspannte sich. Ein Mädchen mit dunklem Haar. *Sie* war es also nicht.

Sein Blick begegnete dem der Mutter. Forschend sah sie ihn an.

Marlon nahm seine Tasse, trank und verbrühte sich die Lippen.

☽ 5 ☾

»Jana, kommst du bitte zu mir?« Reesa hatte ihre Aufforderung in eine höfliche Frage gekleidet, aber natürlich war es keine Frage, sondern ein unverkennbarer Befehl.

Jana ließ ihre Büchertasche auf dem Tisch liegen, sah den anderen nach, die schwatzend die Klasse verließen, und ging widerstrebend nach vorn.

Reesa schob ihr das Deutschheft hin.

»Schlag es auf!«

Gehorsam schlug Jana es auf.

»Kannst du mir das erklären?«

Striche, Punkte, Kreise, Dreiecke, manchmal miteinander verbunden, manchmal nicht. Wie sollte Jana das erklären?

»Ist das alles, was dir zum Thema *Freiheit* einfällt? Ein paar armselige Sätze und dieses Gekritzel?«

Wenn Jana jetzt das Richtige sagte, konnte sie vielleicht alles wieder in Ordnung bringen. Vielleicht. Aber was war das Richtige?

»Du bist doch eine gute Schülerin. Warum enttäuschst du mich so?«

»Es tut mir Leid.« Jana wollte niemanden enttäuschen, auch Reesa nicht. Kreatives Schreiben war nicht nur ihr Lieblingsfach, es war ihre einzige große Stärke. Sie hatte der Sprache immer vertraut, die Kraft der Worte bewundert.

Während sie das dachte, stolperte sie über Reesas letzten Satz.

Warum enttäuschst du mich so?

Ent-täuschen. Das bedeutete doch eigentlich, dass man eine Täuschung aufhob. Dass man den Schleier wegzog und die Wirklichkeit sichtbar machte. Wieso wurde das Wort nur negativ benutzt?

Jana sah, wie Reesas Lippen sich bewegten, sie hörte auch ihre Stimme, weit weg.

Konzentriere dich, dachte sie.

»... und glaube, dass du ein Problem hast. Willst du mit mir darüber reden?«

Jana schüttelte den Kopf. Wenn sie jetzt nicht den Mund aufmachte, wurde ihre Lage kompliziert.

Kinder des Mondes streben nach Klarheit. Ihr Weg wird bestimmt durch die Klarheit des Geistes.

»Das Thema war zu ... groß, um es so kurz abhandeln zu können«, sagte sie. »Die Zeichen habe ich wohl beim Nachdenken gemalt. Ich habe es nicht mal bemerkt.«

Abwartend sah sie Reesa an. Die überlegte und nickte dann. Aber ein Rest von Argwohn war noch in ihren Augen.

»Deine Antwort befriedigt mich nicht«, sagte sie. »Nun gut, belassen wir es dabei. Allerdings werde ich deine nächste Arbeit gründlich unter die Lupe nehmen.«

Unter die Lupe nehmen. Jana nickte. Sie würde sich vorsehen müssen.

☽

Marlon hatte die Hälfte seines freien Nachmittags damit verbracht, an einem Referat für Sozialwissenschaften zu arbeiten. Normalerweise liebte er es, Zeit für seine Bücher zu haben, sie aufgeschlagen auf dem Schreibtisch zu verteilen, um jederzeit schnell etwas nachblättern zu können.

Bücher hatten einen guten, sauberen Geruch. Sie hatten eine klare, einfache Form. Sie waren perfekt. Ganz anders als alles in diesem Haus. Vielleicht liebte Marlon Bücher vor allem deshalb. Wegen ihrer Vollkommenheit. Auch wenn er mit dem Inhalt keinesfalls immer einverstanden war. Aber das war ja gerade das Faszinierende an der Arbeit mit Büchern, dass er lesen, vergleichen und dann einen eigenen Standpunkt entwickeln konnte.

Heute lief es nicht so recht. Marlons Gedanken schweiften immer wieder ab. Was, wenn Greta sich geirrt hatte? Wenn es doch *das* Mädchen war, das sie im Strafhaus eingesperrt hatten?

Greta hörte ja nie genau hin, ebenso wenig wie Marlene, und vielleicht war das Haar des Mädchens gar nicht dunkel gewesen. Hörensagen war immer ungenau. Jemand hatte es ihnen erzählt. Jemand hatte das Mädchen gesehen. Jemand hatte gesagt, es sei ein Mädchen mit dunklem Haar gewesen. Aber es konnte auch ganz anders sein.

Er musste sich vergewissern.

Doch dazu musste er so nah wie möglich an die Gebäude der Kinder des Mondes herankommen und in diesem Dorf hatten sogar die Wände Augen. Es gab eine unsichtbare Grenze. Auf der einen Seite lebten die Dorfbewohner, auf der anderen die Kinder des Mondes.

Mit dem Roller?

Zu laut. Zu auffällig.

Besser zu Fuß.

Aber dazu brauchte Marlon einen Grund. Für ihn gab es keinen Anlass, an den Gebäuden der Sekte vorbeizuspazieren. Er hätte den Traktor nehmen und so tun können, als sei er auf dem Weg zu einer Weide, doch mit dem war sein Vater losgefahren, um an dem Zaun zu arbeiten.

Die Kamera!

Marlon war oft damit unterwegs. Das wäre jedem Neugierigen gegenüber leicht zu erklären.

Bei seiner Mutter, die im Garten Unkraut jätete, fing er damit an. »Ich bin mal eine Weile weg, Mama.«

Sie sah auf. In ihrem Haar hing ein Klümpchen trockener Erde.

»Hab noch was für den Fotokurs zu erledigen.« Marlon hob, wie zum Beweis, die Kamera in die Höhe.

»Weißt du schon, wann du zurück sein wirst?«

»Nein. Ihr braucht mit dem Essen nicht auf mich zu warten.«

Sie beugte sich wieder über das Beet, hatte keinen Verdacht geschöpft.

Verdacht geschöpft, dachte Marlon, so ein Quatsch. Kann ich nicht tun und lassen, was ich will?

☽

La Lune hatte sich eigens herbemüht. Sie saß auf dem schlichten Holzstuhl wie eine Königin auf ihrem Thron, neigte grüßend den Kopf, hob dann die Hand und wies auf den zweiten Stuhl.

Mara setzte sich. Das Sonnenlicht, das durch das kleine Fenster fiel, lag auf ihrem Gesicht und machte es zu einem offenen Buch. Hinter ihr verschwand Karen, die sie hierher geführt hatte, auf leisen Sohlen und ließ sie mit La Lune allein.

Der Raum war nicht viel größer als das Zimmer, in das Mara verbannt worden war. Die einzigen Möbelstücke waren der Tisch und die beiden Stühle. In eine der Wände war eine Nische eingelassen, in der eine Statue der Mondheit stand.

»Wie geht es dir?« La Lune lächelte.

Mara hob die Schultern. Konnte La Lune sich nicht vorstellen, wie es einem im Strafhaus ging? Sie hatte es doch selbst erbauen lassen und die Regeln festgelegt. Absolute Isolation. Kein Wort von Karen und Elsbeth außer bei den Gebeten morgens und abends und die waren an die Mondheit gerichtet.

La Lune betrachtete Mara mit einer Aufmerksamkeit, der nichts, keine noch so leise Regung, entging.

»Es tut mir weh, dich leiden zu sehen«, sagte sie.

Noch vor ein paar Tagen hätte Mara ihr das geglaubt. Jetzt nicht mehr. Sie glaubte ihr auch das Lächeln nicht mehr, das sie als Kind so geliebt hatte. Sie senkte den Blick und sah auf den Tisch.

Die Maserung des hellen Holzes gefiel ihr und sie fuhr ihr mit der flachen Hand nach. Sie fasste Holz gern an. Eine der ersten Gemeinsamkeiten, die sie mit Timon entdeckt hatte. Wenn sie nicht verraten worden wären, hätte sie versuchen können, ab und zu für die Arbeit in der Tischlerei eingeteilt zu werden. Dann hätte sie stundenlang in Timons Nähe sein können, ohne die Aufmerksamkeit der andern zu erregen.

Doch das war jetzt vorbei. In Zukunft würde man sie im Auge behalten.

»Ich möchte mit dir reden«, sagte La Lune.

Obwohl Mara sich in ihr Schweigen kauerte, verschwand das Lächeln nicht von La Lunes Gesicht. Es war sorgfältig geschminkt. Mara hatte es noch nie nackt gesehen. Die erwachsenen Frauen durften Make-up benutzen. Aber nur wenige taten es. Niemand kannte das genaue Alter von La Lune. Mara schätzte es auf Anfang Sechzig. Dass La Lune wesentlich jünger wirkte, hatte sie wahrscheinlich der Fähigkeit zu verdanken, sich geschickt zurechtzumachen.

Mara hatte keine Lust, mit ihr zu reden. Sie hatte keine Lust, nach ihren Träumen gefragt zu werden. Das war der einzige

Vorteil im Strafhaus: Sie musste an den abendlichen Gesprächen nicht teilnehmen. Sie brauchte nichts zu offenbaren, was sie nicht wollte. Vor allem zwang niemand sie dazu, über ihre Träume zu sprechen.

Träume waren der nicht fassbare Teil eines Menschen. Sie konnten weder vom Träumenden selbst kontrolliert werden, noch von den Traumdeutern der Kinder des Mondes. Träume waren verräterisch. Manche wurden von den Traumdeutern aufgeschrieben und aufbewahrt.

Träume sind der Spiegel unserer Seele.

Aber keiner kann in meine Seele gucken, dachte Mara, nicht mal du, La Lune. Und wenn ich meine Träume für mich behalte, dann ist meine Seele für dich fremdes Land.

Das hatte sie erst spät gelernt, ihre Träume zu verschweigen und stattdessen Lügen zu erzählen. Als Kind hatte sie jede Einzelheit bereitwillig vor den Traumdeutern ausgebreitet. Sie hatten alles umgekrempelt, von innen nach außen gekehrt, nachgefragt, gebohrt und gebohrt. Und sehr auf Mara Acht gegeben.

Vielleicht hatten ihre eigenen Träume sie schon damals denunziert. Mara hatte das Zeug zur Verräterin am Glauben.

Deshalb saß sie jetzt ja auch hier.

Sie hätte La Lune gern eine Frage gestellt. Sie musste in Erfahrung bringen, was mit Timon geschehen war. Befand er sich auch im Strafhaus? Hatte er eine noch härtere Strafe bekommen? Aber La Lune würde ihr nicht antworten. Also brauchte Mara sich gar nicht erst die Blöße zu geben, sie darum zu bitten.

»Du willst nicht reden?« La Lune stand auf und ihr Schatten fiel auf Maras Gesicht. »Dann vielleicht später. Ich werde wiederkommen.« Sie lächelte auf Mara herab. »Ich komme immer wieder, mein Kind.«

☽

Marlon hatte die Kamera nur mitgenommen, um sich unauffällig überall bewegen zu können, doch dann hatte es ihn wieder gepackt und er fotografierte tatsächlich.

»Das Wichtigste«, sagte Stauffer immer, »ist der Blick. Wenn Sie den Blick nicht haben, können Sie Ihre Kamera verkaufen, dann nützt sie Ihnen nämlich nichts. Oder Sie behalten sie und fotografieren auf Hochzeiten, Taufen und Geburtstagen. Solche Fotos haben durchaus ihren Wert – fürs Familienalbum.«

Marlon hatte angeblich diesen Blick, obwohl ihm nicht klar war, was daran so besonders sein sollte. Er überlegte nie, aus welchem Winkel er ein Motiv aufnehmen sollte. Er tat es einfach.

»Die Kamera ist ein verlängertes Auge.«

Auch das sagte Stauffer gern. Marlon stellte sich das vor, ein verlängertes Auge, und lachte in sich hinein. Als wären alle Fotografen Bewohner vom Mars oder Figuren auf einem Gemälde von Dalí.

Die Gebäude der Kinder des Mondes brachten ihn schon wieder durcheinander. Wann immer er sie sah, fand er sie faszinierend. Ihre strenge, schnörkellose Form gefiel ihm und rief gleichzeitig ein unbehagliches Gefühl in ihm hervor.

Er erinnerte sich an einen Fotoband, den er einmal in der Bücherei des Nachbarorts ausgeliehen hatte. Darin waren Häuser abgebildet, die experimentell arbeitende Architekten in Amerika gebaut hatten. Häuser, die sich der Landschaft anpassten, als seien sie natürlich hineingewachsen. Wie rundgehauener Fels sahen sie aus, wie vor Ewigkeiten gestrandete, längst versteinerte Wale. Wären nicht die Fenster aus buntem, schimmerndem Glas gewesen.

In den Gebäuden der Kinder des Mondes gab es keine bunten Fenster. Das Licht der Sonne brachte das Glas zum Gleißen wie die Augen eines Drachen im Märchen, kurz bevor er Feuer spuckt.

Eine Frau mit einem Korb voller Salat kam Marlon entgegen und grüßte ihn mit einem scheuen Lächeln. Sie waren immer sehr freundlich, blieben jedoch nie stehen, um ein Gespräch zu beginnen. Die Frau war mit dem cremefarbenen Gewand bekleidet, das alle Frauen der Sekte trugen, bis auf diese La Lune, ihren Führungsstab und die Frauen, die für das Strafhaus zuständig waren. Der Anhänger ihrer Kette, ein Mond aus Silber von der Größe eines Fünfmarkstücks, glänzte in der Sonne. Sie alle trugen diesen Silbermond um den Hals, nur die Kinder nicht. Vielleicht, weil sie die Kette zu leicht verlieren konnten.

Im Bereich der Kinder des Mondes fotografierte Marlon nicht. Es hätte als Provokation aufgefasst werden können. Er tat einfach so, als sei er auf dem Weg irgendwohin.

Das Strafhaus auf dem Hügel war nicht zu übersehen. Die kleinen Gitterfenster waren so hoch oben angebracht, dass sie entfernte Ähnlichkeit mit Burgfenstern hatten. Eine Frau im roten Gewand trat aus der Tür, hob einen schweren Blumenkübel hoch und verschwand damit hinter dem Haus.

Marlon ging langsamer. Was erwartete er, hier zu entdecken? An keinem der Fenster würde ein Kopf auftauchen. Niemand würde herauskommen, höchstens eine weitere dieser rot gekleideten Frauen und die konnte er schlecht ansprechen. Selbst wenn sie ihm zuhören würde – was sollte er sie fragen? Er wusste den Namen des Mädchens nicht. Er wusste gar nichts über sie.

Und jede Frage, gleichgültig, wie vorsichtig formuliert, würde ihr womöglich schaden.

Dieser Ausflug war völlig umsonst gewesen. Marlon hatte es plötzlich eilig, von hier wegzukommen. Nur noch am Kinderhaus vorbei, wo die Kleinen im Garten spielten, und an der Tischlerei, dann wäre er wieder auf vertrautem Boden.

Ein blondes, vielleicht fünfjähriges Mädchen kam auf ihn zugelaufen.

»Hallo«, sagte sie. »Ich bin Miri.«

Er war so überrascht, dass er stehen blieb.

»Und wie heißt du?«, fragte sie und legte den Kopf schief.

»Marlon.«

Sie lachte ihn an, ohne jede Scheu. »Ich hab dich oft schon gesehen. Auf dem grünen Traktor.«

Die Reihenfolge ihrer Worte stimmte nicht ganz. Marlon lächelte.

»Und wie du mal eine Kuh gesucht hast. Und dann hast du sie gefunden. Und mit einem kleinen Stock geschlagen«, setzte sie vorwurfsvoll hinzu. »La Lune sagt, man darf aber keinen schlagen. Auch kein Tier.«

»Ich habe sie nicht geschlagen.« Marlon ging in die Hocke, damit ihre Augen etwa auf gleicher Höhe waren. »Ich habe sie nur angetrieben. Kühe sind schwerfällig und eigensinnig. Die kommen nicht einfach mit, wenn man sie höflich darum bittet.«

»Ich würd mitkommen.« Sie beugte sich zu ihm vor und begann zu flüstern. »Habt ihr auch Kaninchen?«

In diesem Augenblick tauchte eine der Kinderfrauen hinter ihr auf. Sie grüßte Marlon lächelnd und zog das Mädchen mit sich fort. Miri zappelte und wehrte sich. Ihre Frage war noch nicht beantwortet.

»Ja?«, rief sie über die Schulter. »Habt ihr?«

»Ja!«, rief Marlon und richtete sich wieder auf. Ein seltsames Mädchen. In ihren Augen war ein Ausdruck gewesen, den er nicht deuten konnte. Trotz?

Die Kinderfrau hatte Miri hochgehoben und trug sie ins Haus. Miri weinte nicht. Sie schrie. Wie eine Katze, die angegriffen wird. »Nein!«, schrie sie. Nur dieses eine Wort. »Nein! Nein! Nein!«

Was war so schlimm daran, dass sie ein paar harmlose Worte mit ihm gewechselt hatte?

Er konnte nicht ewig hier stehen bleiben. Nachdenklich ging er weiter. Aus der Tischlerei war das Kreischen einer Kreissäge zu hören. Einige Meter weiter wurde ausgeschachtet. Ein weiteres Haus würde entstehen und den Besitz der Kinder des Mondes vergrößern.

Sie kauften Höfe auf, rissen sie ab und errichteten an ihrer Stelle die leuchtend weißen Gebäude aus Stein und Glas, die so schön waren und so abweisend. Nur wenige Häuser ließen sie stehen und bauten sie um. Nicht die Höfe waren ihnen wichtig, sondern das Land. Von Jahr zu Jahr breiteten sie sich weiter aus.

»Diese La Lune«, hatte Heiner Eschen neulich gesagt und verächtlich ausgespuckt, »ist wie eine Spinne, die alles mit ihren Netzen überzieht. Weiß der Kuckuck, warum sie sich ausgerechnet unser Dorf ausgesucht hat. Jedenfalls wedelt sie mit ihrem dreckigen Geld und kauft uns alle raus, einen hübsch nach dem andern.«

Manche allerdings musste sie nicht rauskaufen, manche waren selbst zu Kindern des Mondes geworden. Der alte Telgner zum Beispiel, der mit seiner ganzen Familie übergelaufen war.

Übergelaufen, dachte Marlon, das klingt, als lebten wir im Krieg.

Die Telgners waren ganz in der Sekte aufgegangen und hatten jede Verbindung zu den Dorfbewohnern abgebrochen.

Der Kontakt, den die Kinder des Mondes zur Außenwelt pflegten, war auf bestimmte Bereiche beschränkt. Einmal im

Monat luden sie zu einer Informationsveranstaltung ein. Einige aus dem Dorf waren vor Jahren einmal aus reiner Neugier hingegangen. Es hatte Vorträge gegeben und Gespräche und zwischendurch etwas zu essen. Und dann hatten sie einen Fragebogen ausfüllen sollen, und als sie sich geweigert hatten, waren sie unverzüglich vor die Tür gesetzt worden.

Die Sekte wuchs nicht allein aus sich heraus. Immer wieder kamen welche von außen hinzu.

Inzwischen versuchten die Kinder des Mondes nicht mehr, die Dorfbewohner für ihre Ideen zu gewinnen. Die Fronten hatten sich längst verhärtet. Sie schickten Mitglieder durch die Lande (*Missionare* nannte Marlons Vater sie mit beißendem Spott), um überall zu werben. Der Kontakt zu den Dorfbewohnern beschränkte sich auf die regelmäßigen Vorstöße, ihnen neue Angebote für ihre Höfe zu unterbreiten.

Sie verkauften die Möbel, die sie schreinerten. Verkauften Kleidung, die sie selbst herstellten, und Kräuter, die sie zogen. Und betrieben so viel Landwirtschaft, wie nötig war, um ihre Mitglieder zu versorgen. Davon abgesehen, lebten sie von dem, was die neuen Mitglieder an Vermögen mitbrachten, und von den Spenden, die sie auftrieben.

Seit einiger Zeit streckten sie die Finger auch nach der Politik aus. Sie bekleideten noch nicht die großen Ämter, ein Mitglied der Sekte saß jedoch bereits im Gemeinderat.

»Die bauen ihre Macht systematisch von unten nach oben auf«, sagte Marlons Vater immer wieder, »und bevor man es richtig mitkriegt, haben sie alle wichtigen Positionen unter Kontrolle. Denkt an Hitler. Den hat zuerst auch keiner für voll genommen.«

Allmählich begannen auch die Medien, sich für die Kinder des Mondes zu interessieren. La Lune war schon ein paar Mal im Fernsehen aufgetreten. Lächelnd hatte sie vor den Kameras gestanden und ihre Ziele erläutert. Die hießen, wie sie sagte, nicht Macht und Kontrolle, sondern Frieden, Menschlichkeit und eine große, universelle Liebe.

Von dem, was die Dorfbewohner mehr als alles andere aufbrachte, hatte La Lune jedoch kein Wort verlauten lassen, dass nämlich die Liebe so universell zu sein hatte, dass die Struktur der Familie aufgehoben werden musste.

Bei den Kindern des Mondes gab es keine familiären Bindungen. Die Paare lebten zusammen mit anderen Paaren. Sobald sie Kinder hatten, übernahmen die einzelnen Einrichtungen deren Erziehung. Mit einem halben Jahr schon kamen sie ins Kinderhaus, wo sich Kinderfrauen um sie kümmerten. Es durfte keine Bindungen zwischen den Eltern und den Kindern geben und keine engeren Beziehungen zwischen den Geschwistern, die nicht einmal wussten, dass sie Geschwister waren.

»Kein Wunder, dass sie das noch für sich behalten«, hatte Heiner Eschen vor kurzem gesagt. »Es würde die Leute doch abschrecken, wenn sie wüssten, dass da an der heiligen Form der Familie gerüttelt wird. Erst wenn die sich über das ganze Land ausgebreitet haben, erst wenn es zu spät ist, noch etwas gegen sie zu unternehmen, dann werden sie mit der Sprache rausrücken, keinen Tag früher.«

Marlon merkte, dass er von zwei Männern beobachtet wurde. Sie waren damit beschäftigt, einen Wagen mit Möbeln zu beladen, hatten aber damit aufgehört und starrten zu ihm herüber.

Langsam ging er weiter. Er hatte jedes Gebäude gesehen und das Mädchen nirgends entdeckt. Die Unruhe, die er spürte, verunsicherte ihn. Warum war es ihm so wichtig zu wissen, dass das Mädchen nicht im Strafhaus war? Er hatte sich doch nie darum geschert, wer darin eingesperrt wurde.

Er merkte, dass seine Hände zitterten.

Zum ersten Mal gestand er sich ein, dass er verliebt war.

In ein Mädchen, von dem er rein gar nichts wusste, außer dass es besser für ihn wäre, sie ganz schnell zu vergessen.

☽

Dieser Junge ging heute ganz dicht an unseren Gebäuden vorbei. Mit einer Fotokamera. Ich kenne den Hof, auf dem er wohnt. Er ist der Bruder der Zwillingsschwestern. Aber ich habe ihn noch nie von nahem gesehen.

Ich hatte Küchendienst und schnitt gerade Gemüse für die Suppe klein. Für einen Moment sah er zu dem Fenster, hinter dem ich stand, und ich bin schnell zur Seite getreten. Wovor hatte ich diese plötzliche Angst?

Als er weiterging, habe ich ihm nachgesehen. Er wirkte unentschlossen. Ob er sich für uns interessiert? Ob er ein Kind des Mondes werden will?

Die Sonne fiel auf sein Haar und es glänzte, wie frische Kastanien glänzen.

☽ 6 ☾

Sieben Tage hatte Mara nun schon im Strafhaus verbracht. Sieben lange Tage, den Tag ihrer Einlieferung mitgerechnet.

Sieben Tage. Und sechs Nächte.

Sie wusste nicht, was quälender war, die nicht enden wollenden Tage oder die Nächte voller erschreckender Träume.

Mara besaß keine Uhr. Kein Kind des Mondes trug eine Uhr. Sie lasen die Zeit am Tagesverlauf ab oder an einer der großen Uhren, von denen in jedem Gebäude eine über der Eingangstür hing. Oder sie achteten auf den Glockenschlag der Kirchturmuhr, der zu jeder vollen Stunde erklang.

Im Strafhaus gab es keine Uhr über der Tür. Vollkommene Isolation bedeutete auch Isolation von der Zeit.

Aber Mara konnte die Glockenschläge vom Kirchturm hören. Niemals hätte sie gedacht, dass sie für eine solche Selbstverständlichkeit einmal so dankbar sein würde.

Sie hatte versucht, die Zeit, die sie hier bereits verbracht hatte, in Stunden auszurechnen, doch sie war nicht weit damit gekommen. Es war, als wollte sie ein Stück nasse Seife festhalten, das ihr immer wieder aus den Fingern glitt.

Karen und Elsbeth brachten ihr frische Wäsche und holten die Schmutzwäsche ab. Sie beteten morgens und abends mit ihr. Versorgten sie mit Essen und Getränken. Sie sahen sie dabei nicht an, streiften sie höchstens einmal mit einem flüchtigen Blick.

Sie konnten nichts dafür. Es war ihnen nicht erlaubt, mit ihr zu sprechen.

Niemand jedoch hatte Mara verboten, mit sich selbst zu sprechen. Und das tat sie oft. Flüsternd, denn sie wollte nicht, dass Elsbeth oder Karen es draußen hörten. Es tat gut, wenigstens die eigene Stimme zur Gesellschaft zu haben.

Bis jetzt hatte sie La Lunes Bibel nicht angerührt. Obwohl sie sich nach anderen Worten sehnte als denen aus ihrem Kopf.

La Lune war noch zweimal gekommen und hatte sich mit Mara an den Tisch mit der schönen Maserung gesetzt. Mara hatte wieder geschwiegen. Und La Lune war wieder gegangen.

Mara lächelte beim Gedanken daran. Noch hatte sie Kraft genug. Noch war sie nicht so am Boden, dass sie ihren Stolz aufgab.

Die Gedanken an Timon retteten sie Stunde um Stunde. Wenn sie die Augen schloss, spürte sie seine Berührungen auf der Haut. Seine Lippen, seine Hände, seine Zunge. Timon war neben Jana das Beste, was ihr je begegnet war.

Sie dachte an die wenigen kostbaren, gestohlenen Augenblicke mit ihm. An ihre Gespräche über ein anderes Leben, in das sie fliehen wollten, sobald die Zeit dafür gekommen wäre.

»Wann?«, hatte Mara gefragt.

Und Timon hatte leise gelacht, dieses zärtliche, dunkle Lachen, das sie nur mit einem langen Kuss beantworten konnte, jedes Mal, immer und immer wieder.

»Sei nicht so ungeduldig«, hatte er dicht an ihrem Ohr geflüstert. »Niemand kann uns trennen. La Lune hat uns doch sowieso füreinander bestimmt.«

»Das sind noch zwei endlose Jahre!«

»Die Zeit ist gekommen, wenn sie gekommen ist.« Er redete oft in Rätseln.

»Wir können nicht warten, Timon. Was ist, wenn wir vermählt werden?«

Er küsste ihren Hals, fuhr mit der Zungenspitze über ihre Ohrmuschel. Es überrieselte sie heiß und kalt.

»Und wenn wir ein Kind bekommen?«

Er nahm sie bei den Schultern und hielt sie ein Stück von sich ab. »Warum musst du nur immer über Probleme reden? Haben wir nichts Besseres zu tun?«

»Sie werden es uns wegnehmen, Timon!«

Er zog sie wieder an sich. Sie legte den Kopf an seine Schulter und überließ sich seinen Händen.

Die Möglichkeit zur Flucht war immer in ihren Köpfen gewesen. Aber ihre Körper wollten Berührungen spüren. Nie waren sie dazu gekommen, wirkliche, handfeste Pläne zu schmieden.

Und jetzt? Was würde sein, wenn Mara aus dem Strafhaus entlassen wurde? Würde man sie und Timon in den kommenden zwei Jahren nur streng überwachen? Oder würde La Lune ihre Wahl überdenken, einen anderen Partner für Mara bestimmen und für Timon ein anderes Mädchen?

Timon. Wo war er in diesem Augenblick? Was taten sie ihm an?

☽

Timon machte seine Arbeit. Wie immer.

Jana hatte ihn schon mehrmals zwischen den Schatten der Bäume auf dem Hof der Tischlerei umhergehen sehen. Sie hatte beobachtet, wie er einen dicken Stamm von einem Holzstapel gehoben und ihn in die Werkstatt getragen hatte. Ganz ohne Hilfe. Man traute ihm so viel Kraft gar nicht zu, aber er war stark wie ein Bär.

Und jetzt kam er ihr auf dem Weg zur Bibliothek entgegen, die Hände in den Taschen, das Gesicht vom häufigen Aufenthalt im Freien gebräunt, das Haar von der Sonne gebleicht.

»Hallo, Jana«, sagte er und blieb stehen.

Jana nickte ihm nur zu. Sie gab sich Mühe, ihre Schritte nicht zu beschleunigen. Aber sie wäre am liebsten gerannt. Oder hätte ihn angeschrien. Wie konnte er seelenruhig seine Arbeit verrichten, fröhlich die Straße entlangspazieren, im Plauderton Hallo zu ihr sagen und auch noch lächeln?

Als wäre nichts geschehen.

Sie hatten ihn umgedreht. Hatten ihn, genau wie Mara, stundenlang verhört und ihn dann einfach umgedreht.

Er hatte Mara verraten. Mara und sich selbst und ihre Gefühle füreinander. Ohne Skrupel.

Wirklich?

Jana betrachtete sein Gesicht, als sie an ihm vorbeiging. Sie fand keine Spur eines Schmerzes, keine Spur einer Qual.

Fast hätte sie vor ihm ausgespuckt.

So leicht konnte man sich seine Freiheit erkaufen. Keine Bestrafung für Timon. Keine Verbannung. Keine Isolation. Und Mara saß im Strafhaus und wurde verrückt vor Angst um ihn. So war sie nämlich. Bei allem, was sie durchmachte, litt sie wahrscheinlich am meisten seinetwegen. Und hielt an der Liebe fest, aus der er sich davongeschlichen hatte.

Jana beeilte sich. Sie hatte Gertrud mit ihrer herzlichen, zupackenden Art dringend nötig. In ihrem Zimmer hatte sie es nicht ausgehalten. Es war so leer ohne Mara und so bedrückend still.

Aus der Backstube duftete es nach frischem Brot.

Anna stand in der offenen Tür. Ihre Schürze war mehlbestäubt, ihre Wangen glühten von der Hitze am Ofen. Anna war schön, egal was sie gerade tat. Sie hätte sich in Schlamm wälzen können und wäre immer noch schön gewesen. Das blonde, von Silberfäden durchzogene Haar war lose im Nacken gebunden. Eine Strähne, die sich gelöst hatte, hing ihr in die Stirn. Sie hatte die Angewohnheit, sie wegzupusten, aber sie fiel immer wieder zurück.

»Wie geht es dir, Jana?« Sie führte oft kleine Zusammentreffen herbei.

»Gut«, sagte Jana. »Und dir?«

»Mir auch. Ich wollte nur ein bisschen frische Luft schnappen.«

Jana erschrak jedes Mal ein wenig, wenn sie Anna ansah. Es war, als schaute sie in einen Spiegel, der sie in zwanzig, fünfundzwanzig Jahren zeigte.

Sie sah in ihre eigenen Augen, nur dass sie von vielen winzigen Fältchen umgeben waren. Sie sah auf ihren eigenen Mund, die Lippen nicht mehr ganz so voll, aber immer noch schön geschwungen und weich. Sie sah ihr eigenes Haar, wie es später einmal sein würde.

Meine Mutter, dachte sie, hilflos und wütend zugleich.

»Arbeitest du heute wieder in der Bibliothek?«, fragte Anna.

Jana nickte.

Anna gehörte zu den Frauen, die immer nur für eine einzige Arbeit eingeteilt wurden. Die Backstube war ihr Zuhause. Eine gute Wahl, denn das Brot, die Brötchen, die Torten und Kuchen, die sie und die anderen Frauen backten, waren unvergleichlich.

Sie lächelten einander zu, Jana ging weiter und Anna kehrte in die Backstube zurück.

Es war ein schöner, heißer Tag. Ein strahlend blauer Himmel spannte sich über den Feldern. Zwischen den Bäumen auf dem Hügel leuchtete das Strafhaus wie ein Kreidefels aus einer anderen Welt.

Jana war gerade vor der Bibliothek angekommen, da hörte sie den Roller.

Der Junge verlangsamte seine Fahrt, ihre Blicke begegneten sich, dann gab er Gas und raste davon. Seine Haare flatterten im Wind. Der Helm schaukelte am Lenker.

Setz ihn auf, dachte Jana. Das ist doch viel zu gefährlich! Aber sie wusste, dass sie, säße sie jetzt hinter ihm, auch gern den Wind im Haar gespürt hätte.

Sie seufzte und schob die Tür auf.

☽

Sie saß nicht in diesem Strafhaus. War frei.

Wie sie ihn angesehen hatte!

Marlon fuhr im Zickzack über die Straße. Er hatte Lust zu singen.

Warum eigentlich nicht?

»Die Gedanken sihind frei, wer kann sie erraten?« Die Worte flossen hinter ihm davon wie Blätter, die man in einen Fluss wirft. »Sie fliegen vohorbei wie nächtliche Schatten. Kein Mensch kann sie wissen, kein Jäger erschießen, es bleibet dahabei – die Gedahanken sind frei!«

Er fuhr an den Straßenrand, stellte den Roller ab, lief ein Stück in den Wald und warf sich auf die Erde. Sie war weich, eine duftende Decke aus Tannennadeln und Laub. Er wälzte sich lachend und blieb dann atemlos liegen und starrte in das Baumdach über ihm, durch das blaue Flecke schimmerten.

Dann hielt er den Atem an. Verdammt! Er hatte sich verliebt. In ein Mädchen aus der Sekte. Das falsche Mädchen. Die falsche Liebe. Das alles hatte keinen Sinn. Keine Zukunft. Ebenso gut hätte er sich in eine Nonne verlieben können. Oder in eine zwanzig Jahre ältere Frau. Dieses Mädchen war unerreichbar für ihn.

»Du Idiot«, sagte er laut. »Seit wann gibst du auf, noch bevor du angefangen hast zu kämpfen?«

Ein Lächeln breitete sich auf seinem Gesicht aus, ein blödsinniges, wehrloses, zärtliches Lächeln.

Er hatte sich verliebt. Verliebtverliebtverliebt.

Lange blieb er so liegen. Lange betrachtete er das Blaugrünblau über sich. So schöne Farben hatte er noch nie gesehen. Und ausgerechnet jetzt hatte er die Kamera nicht dabei.

Der Stauffer hätte Augen gemacht. So ein Grün! So ein Blau!

Mit beiden Händen griff er in die Tannennadeln. Er ließ sie sich über den Kopf rieseln und übers Gesicht.

Dann sprang er auf. Wenn er sich nicht beeilte, würde er zu spät kommen. Sie hatten Sport und den hatte er schon zu oft geschwänzt.

Er raste, er schwebte, er flog.

Stellte sich ihre Stimme vor. Und wie sich ihre Haut anfühlte. Fasste in Gedanken in ihr Haar und ließ es durch die Finger gleiten. Er fühlte ihre Lippen auf seinen. Hörte sie leise atmen, ganz nah an seinem Ohr.

Ab heute war alles möglich.

☽

Er hat mich angesehen. Ist ganz langsam gefahren. Und dann gerast. Ohne Helm. Wahnwitzig.

»Was ist mit dir los, Jana?«, hat Gertrud mich gefragt. »Bist du gerannt?«

Nein. Aber ich wäre gern gerannt. Hinter seinem Roller her.

☽

Alle waren schon versammelt. Der Raum, in dem die abendlichen Gespräche der Mädchen stattfanden, war groß und schön. Es gab kein Möbelstück, das die Gedanken ablenken konnte, nur Sitzkissen. Sie hatten die Farbe eines Morgenhimmels im Juni und passten gut zu dem tiefen Blau der Mädchenkleidung. Die Wände waren hoch und weiß.

Jedes Mal wenn Jana diesen Raum betrat, spürte sie seine wohltuende Ruhe. Doch diese Ruhe war trügerisch. Sie konnte einen unmerklich einlullen und unvorsichtig machen.

Ich bin nicht zu spät, dachte Jana, als sie sich auf dem Sitzkissen niederließ, diesmal nicht. Die anderen sind zu früh. Sie war nicht entspannt, wie sie es sein sollte. Da war immer noch die Wut auf Timon. Und das Erschrecken über die Gefühle, die der Anblick des Jungen auf dem Roller in ihr ausgelöst hatte.

Es gibt nur die eigentliche Welt, die Welt der Kinder des Mondes.

Und was war die Welt da draußen? Die Welt, zu der dieser Junge gehörte? Eine Fata Morgana?

Die Kinder des Mondes werden sich draußen ausbreiten wie der flauschige Samen des Löwenzahns.

Achtung, dachte Jana, lass deine Gedanken nicht umherflattern. Halte sie beisammen.

Bei den abendlichen Gesprächen erzählte jeder, wie er den Tag verbracht hatte. Und man berichtete von den Träumen der vergangenen Nacht. Die Traumdeuter saßen im Hintergrund und machten sich Notizen. Manchmal mischten sie sich ein und fragten nach Einzelheiten. Manchmal nahmen sie ein Kind des Mondes anschließend mit in einen anderen Raum, um sich ausführlich mit dessen Traum zu beschäftigen. Es war der einzige Raum, dessen Wände dunkel gestrichen waren, moosgrün, fast so, als wäre er selbst Teil eines Traums.

»Jana? Fängst du bitte an?«

Das war La Lune. Sie nahm an den abendlichen Gesprächen teil, sooft sie konnte. Aufmunternd lächelte sie Jana zu.

»Ich habe Gertrud in der Bibliothek geholfen«, sagte Jana.

»Gab es etwas Besonderes?«

»Nein. Es war ein normaler Arbeitstag.«

Das Besondere waren die Kekse gewesen, aber das behielt Jana für sich. Und der Junge auf dem Roller. Von ihm durfte sie erst recht nicht erzählen.

»Gertrud ärgert sich jeden Tag darüber, dass die Lesezeichen zu wenig benutzt werden. Viele knicken die Ecken der Buchseiten und manche Bücher sehen deshalb schon ziemlich mitgenommen aus.«

Lenk sie ab, dachte Jana, und mach ein unbefangenes Gesicht.

La Lune nickte. »Darüber sollten wir beim Frühstück einmal reden, wenn alle anwesend sind.« Sie bedankte sich mit einem Lächeln bei Jana und wandte sich einem anderen Mädchen zu.

Es gab keine Probleme. Jede hatte ihre Arbeit getan, wie es von ihr verlangt wurde. Nur im Kinderhaus hatte es einen unangenehmen Zwischenfall gegeben. Miri war auf Indra losgegangen und hatte sie geschlagen.

»Miri ist manchmal sehr aggressiv«, sagte Carla, die im Kinderhaus Dienst gehabt hatte.

»Sie ist nicht aggressiv.« Jana biss sich auf die Unterlippe. Es war gefährlich, Partei zu ergreifen. La Lune war sehr hellhörig, wenn es um besondere Beziehungen zwischen einzelnen Kindern des Mondes ging.

»Nein?« La Lune sah Jana aufmerksam ins Gesicht.

»Sie ist … anders«, sagte Jana. »Sie braucht ein bisschen Zeit.«

Damit hatte sie Miri keinen Gefallen getan. Die Kinder des Mondes waren die Kinder des Mondes. Nur die anderen waren anders. Wohin gehörte Miri?

Jana sah das offene, kleine Gesicht vor sich. Sie hörte Miris Sätze, die hin und wieder so sonderbar verrutschten. Sie dachte plötzlich, dass Miri mit ihren fünf Jahren sehr tapfer und geradlinig war. Und dass man ihr das austreiben würde. In zehn Jahren säße sie mit all den anderen Mädchen hier in diesem Raum – wäre sie eine von ihnen oder würde sie sich immer noch auflehnen?

»Indras Nase hat geblutet.« Carla erwähnte es ohne anklagenden Unterton. »Wir konnten sie aber nicht richtig trösten, weil wir uns um Miri kümmern mussten, die immer weiter getobt hat.«

»Um was ging es bei diesem Streit?«, fragte La Lune.

Carla überlegte. Wie wir uns alle immer bemühen, die richtigen Worte zu finden, dachte Jana.

»Miri hat neulich mit einem Jungen aus dem Dorf gesprochen«, sagte Carla. »Indra hat ihr vorgeworfen, das sei nicht richtig gewesen. Miri hat sie daraufhin beschimpft. Und dann hat Indra gesagt, Kinder des Mondes, die verbotene Dinge täten, gehörten ins Strafhaus.«

»Und dann hat Miri zugeschlagen?«

Carla nickte.

»Ich kümmere mich darum«, sagte La Lune.

»Es sind doch Kinder«, sagte Jana. »Sie müssen erst lernen, was richtig ist und was falsch.«

La Lune wechselte das Thema. Es war Zeit, über die Träume zu sprechen.

☽ 7 ☾

Das Dach hatte mehr undichte Stellen, als Marlon vermutet hatte. Sie zu reparieren, würde ihnen ein wenig Aufschub verschaffen, aber bald musste es vollständig neu gedeckt werden, daran führte kein Weg vorbei. Die Ziegel waren bemoost und von grau-grünen Flechten überzogen. Ihre ursprünglich rote Farbe war kaum noch zu erkennen.

Marlon war schwindelfrei, und doch fiel es ihm schwer, sich auf dem steilen Untergrund zu bewegen. Er spürte gern festen Boden unter den Füßen. Aus diesem Grund empfand er auch beim Schwimmen immer ein leises Unbehagen. Luft und Wasser waren nicht seine Elemente.

Er suchte nach den schadhaften Ziegeln und tauschte sie aus. Seine Finger verrichteten ihre Arbeit ruhig und sicher, aber seine Gedanken waren nicht bei der Sache. Er dachte an das Mädchen, das er im Stillen *das blaue Mädchen* nannte, obwohl alle Mädchen der Sekte blaue Kleider trugen. *Das blaue Mädchen.* Es wäre ein schöner Titel für ein Gedicht, ein Lied oder ein Bild.

Chagall hätte sie kennen sollen, dachte er. In seinen Bildern hätte sie fliegen können. Über alle Grenzen hinweg. Und Marlon neben ihr, beide Arme um sie gelegt.

Ich möchte sie spüren, dachte er. Der Gedanke erregte ihn.

Greta und Marlene waren damit beschäftigt, die Karnickelställe auszumisten, eine Arbeit, vor der sie sich gern drückten, aber die Mutter ließ nicht mit sich handeln – einen Teil der täglichen Aufgaben mussten sie übernehmen und dazu gehörten auch Arbeiten, die stanken und schmutzig machten.

Marlon konnte seine Schwestern nicht sehen, aber er hörte sie lachen. Sie waren richtige Kichererbsen, gerieten über alles und jedes außer sich. Marlon mochte ihre Fröhlichkeit, er fühlte sich nur oft von ihr ausgeschlossen.

Von weitem hörte er einen Traktor. Das musste der Vater sein. Die Nordweide war abgegrast und die Kühe mussten auf eine andere gebracht werden, die mit dem neuen Zaun, die den Gebäuden der Kinder des Mondes am nächsten lag. Am Abend, wenn Marlon zum Melken fuhr, würde er vielleicht endlich das blaue Mädchen wiedersehen. Seit dem letzten Mal war so viel Zeit vergangen. Die Stunden bis dahin würde er, sobald er mit dem Dach fertig wäre, über seinen Büchern verbringen.

Es war Samstag. Am Abend war er mit Marsilio und Tim in der Disko des Nachbarorts verabredet. Zum ersten Mal hatte er nicht die geringste Lust dazu.

☽

Sie haben mich nach meinen Träumen gefragt. Es ist ihnen aufgefallen, dass ich schon lange von keinem mehr berichtet habe. Natürlich hatte ich welche, mehr als genug, aber ich habe einfach behauptet, neuerdings könne ich mich morgens an meine Träume nicht mehr erinnern.

So etwas lassen sie nicht durchgehen.

Sie waren zu dritt und begierig darauf, meinen vergessenen Träumen auf die Spur zu kommen. Sie lächelten.

Später dann, als sie allmählich begriffen, dass sie nichts erfahren würden, ist ihr Lächeln starr geworden. Sie haben die erste Maske fallen lassen und eine zweite kam darunter hervor. Unter der wie vielten Maske verbirgt sich ihr Gesicht?

Sie haben gesagt, ich soll mir jeden Abend vor dem Einschlafen vornehmen, die Träume der Nacht nicht zu vergessen. Und jeden Morgen nach dem Aufwachen soll ich in mich hineinhorchen, um mich zu erinnern.

Jeder Traum, von dem sie wissen, öffnet ein Fenster in mein Innerstes. Schon viel zu viele Fenster stehen offen. Dieses eine muss verschlossen bleiben, denn jede Nacht fährt der Junge mit dem Roller durch meine Träume.

☽

Die Tage waren ihr durcheinander geraten. Wie bei einem halb fertigen Puzzle, das man aus Versehen anstößt. Wenn sie wenigstens einen Stift gehabt hätte und ein einziges Blatt Papier, um einen Kalender anzulegen. Oder eine Nagelfeile, um Striche in die Wand zu ritzen. Als ihr eingefallen war, dass sie auch mit dem Daumennagel Einkerbungen in die Wand hätte drücken können, war es schon zu spät gewesen.

Befand sie sich inzwischen drei Wochen im Strafhaus? Länger? Kürzer?

Mara spürte, wie ihr die Tränen kamen. Sie weinte nicht oft, und dass sie neuerdings so nah am Wasser gebaut hatte, machte ihr Angst. Das bedeutete, dass die Härte, zu der sie sich zwang, seit sie eingesperrt war, zu bröckeln begann.

Sie lechzte nach einer menschlichen Stimme. Nach Worten. Berührungen. Oft saß sie auf dem Bett und umschlang sich selbst mit den Armen.

Niemand da. Niemand.

Die wenigen Gewissheiten, die sie hatte, glitten ihr durch die Finger. Was wusste sie denn noch genau? Nicht einmal mehr, wie lange sie schon hier war und wie lange sie noch aushalten musste.

Sie wusste, dass sie Mara hieß. Dass sie achtzehn Jahre alt war. Dass sie zehn Finger und zehn Zehen hatte. Dass Jana an sie dachte. Dass Timon sie liebte.

Das war nicht genug. Es half nicht gegen das dumpfe Gefühl im Kopf. Nicht gegen diese Hölle der Einsamkeit und des Nichtstuns.

Manchmal sang sie. Wie sie es als Kind getan hatte, wenn die Angst zu groß gewesen war. Damals hatte sie sich nur vor der Mondheit und vorm Alleinsein im Dunkeln gefürchtet. Inzwischen hatte sie vor allem Angst.

Die Stunden legten sich ihr schwer auf die Schultern. Sie hasste die Zeit.

Sie versuchte, ihre Gedanken zu beschäftigen. Überlegte sich wieder und wieder, wer sie wohl verraten hatte. Wer hatte sie mit Timon gesehen?

Der Junge mit dem Roller. Nein. Kein Kind des Mondes würde mit ihm sprechen. Und welchen Grund hätte er gehabt? Er wusste so gut wie nichts über ihre Art zu leben. Bestimmt wusste er auch nicht, dass Timon und Mara gar nicht zusammen sein durften.

Sie waren so vorsichtig gewesen. So vorsichtig!

Mara stand auf und ging zum Tisch. Sie berührte die Bibel mit den Fingerspitzen. Ein paar Worte nur und die Einsamkeit wäre leichter zu ertragen. Sie nahm das Buch in die Hand. Fast hatte sie es schon aufgeschlagen, da legte sie es wieder hin.

»Geh zum Teufel, La Lune!«, flüsterte sie.

☽

An diesem Samstag hatte Jana Dienst in der Tischlerei. Das kam selten vor und sie hätte sich sehr darüber gefreut – wenn Timon nicht gewesen wäre.

Jana liebte den Duft des Holzes. Sie genoss es, über den Teppich aus Sägespänen zu laufen, der sich unter den Füßen so weich anfühlte, und sie fasste gern die fertigen, glatten Möbelstücke an.

Timon hatte ihr eine Flasche mit Öl gegeben und ihr Stühle hingestellt, die sie damit behandeln sollte. Mit spitzen Fingern hatte sie ihm die Flasche abgenommen, sehr darauf bedacht, seine Hand nicht zu berühren. Es ließ sich nicht vermeiden, dass sie hier in der Tischlerei mit ihm sprechen musste, aber sie würde es auf das Nötigste beschränken. Vor allem würde sie ihm freiwillig nicht zu nahe kommen.

Das Holz war durstig. Gierig sog es das Öl auf und nahm einen warmen Bronzeton an. Jana benutzte kein Tuch, um das Öl aufzutragen, sie nahm lieber einen Pinsel. Vielleicht weil es sie an eine der schönen Seiten ihrer Kindheit erinnerte. Sie hatte immer gern gemalt. Ungehemmt in Farben geschwelgt. Damals hatte sie das Wort *ich* gelernt. Aber nur, um es schnell durch das *Wir* der Kinder des Mondes zu ersetzen.

Durch die offen stehende Tür konnte sie Timon sehen, der damit beschäftigt war, ein langes, dickes Holzstück zu hobeln, ein Tischbein vielleicht. Die Späne fielen zu Boden wie Schnee. Jana hatte immer verstanden, dass Mara sich in Timon verliebt hatte. Er war so ruhig und gelassen, so zuverlässig, freundlich und sanft. Nur manchmal verrieten seine Augen, dass unter dieser Oberfläche etwas brodelte, dass er zu einer Leidenschaft fähig war, die ihm all die Jahre strenger Erziehung nicht hatten austreiben können.

Er arbeitete im Unterhemd. Die Muskeln an seinen Armen und zwischen den Schulterblättern spannten und entspannten sich im Rhythmus seiner schnellen, gleichmäßigen Bewegungen. Seine braune Hose war von Holzspänen bedeckt.

Seine braune Hose. Jana stutzte. Zum ersten Mal wurde ihr bewusst, dass die Farbe der Kleidung auf den ersten Blick Geschlecht und ungefähres Alter der Kinder des Mondes erkennen ließ. Obwohl ihr die Kleiderordnung von Kindesbeinen an vertraut war, versetzte ihr die Erkenntnis einen Schock. Es konnte dafür nur einen Grund geben: Kontrolle.

Waren Mara und Timon so aufgefallen?

Erst nach ihrer Vermählung würde Mara sich cremefarben kleiden wie eine erwachsene Frau. Erst nach der Vermählung würde Timon schwarze Kleidung tragen wie ein erwachsener Mann. Braun und Blau hatten nichts miteinander zu schaffen, außer bei der Arbeit.

Timon so ruhig und konzentriert seiner Beschäftigung nachgehen zu sehen, fiel Jana schwer. Hatte er nicht einmal Schuldgefühle? Sie wandte sich ihrer eigenen Arbeit zu und hob den Kopf erst wieder, als der Gongschlag zur Pause rief.

Dazu setzte man sich draußen zusammen. Auf dem langen Tisch unter dem Ahorn standen schon die Becher bereit und zwei große Warmhaltekannen mit Tee. Jana beteiligte sich nicht an dem Gespräch. Auch Timon sagte nichts. Sie sah in seine hellen Augen und blickte rasch wieder weg.

Seit sechsundzwanzig Tagen war Mara nun im Strafhaus eingesperrt. Sechsundzwanzig Tage ohne einen einzigen Sonnenstrahl auf der Haut. Jana blinzelte in die Krone des Ahorns hinauf, der seine Äste über dem Tisch ausbreitete. Die Blätter bewegten sich leise im Wind. Sechsundzwanzig Tage, das war eine halbe Ewigkeit.

Jana schloss die Augen. So viele Zweifel. Nichts war mehr wie sonst. Jeder hier am Tisch konnte der Verräter sein. Und dabei hatte er sich nur an die Gesetze gehalten.

Sogar Timon. Vielleicht hatte er ja wirklich bereut. So würde zumindest La Lune das sehen. So würden es die anderen Kinder des Mondes sehen. Er hatte bereut, gestanden und sich geläutert.

Geläutert?

Von was?

Jana war froh, als die Pause vorüber war. Sie stand auf, stellte ihren Becher auf das Tablett am Ende des Tischs und sah sich plötzlich Timon gegenüber.

»Lass mich«, sagte sie und wollte an ihm vorbei.

Er hielt sie am Arm fest.

»Jana, bitte!«

»Was?« Sie machte sich von ihm los.

Er knetete hilflos seine großen Hände. Es waren die Hände, die Mara gestreichelt hatten. Das sah man ihnen nicht mehr an.

»Sprich mit mir«, sagte er. »Tu nicht so, als wär ich unsichtbar.«

Sie sah ihm wütend in die Augen.

»Worüber?«

Er antwortete nicht, fuhr sich nur mit den Fingern durchs Haar.

»Übers Wetter?«, spottete Jana. »Über die Arbeit?«

Er schüttelte den Kopf und beinah tat er ihr Leid.

Sie kniff die Augen zusammen. »Oder wollen wir über Mara sprechen? Darüber, dass sie wahrscheinlich krank ist vor Einsamkeit, während dein Leben sich kein bisschen verändert hat?«

Er zuckte zusammen wie unter einem Schlag.

»Oh ja«, sagte Jana. »Wunderbare Gespräche könnten wir führen. Aber mir ist nicht danach. Und jetzt geh mir aus dem Weg!«

Er trat zur Seite. Jana ging an ihm vorbei und kehrte zu ihrer Arbeit zurück. Wenn sie aufsah, konnte sie Timon hobeln sehen. Ruhig und gleichmäßig. Er hob nicht ein einziges Mal den Kopf.

☽

Die Kühe waren gemolken, die Milchkannen auf dem Anhänger des Traktors verstaut. Marlon war immer wieder zum Zaun gegangen und hatte zu den Kindern des Mondes hinübergespäht. Er hatte das Mädchen nicht gesehen. Nun versuchte er es ein letztes Mal. Sein Vater, der schon am Steuer des Traktors saß, rief ungeduldig nach ihm.

Pech. Heute würde es nichts mehr werden.

»Was hast du nur für Hummeln im Hintern?«, fragte der Vater. »Dein Herumgerenne hat die Kühe richtig nervös gemacht.«

»Stress in der Schule«, wich Marlon aus.

»Fällt dir das Lernen schwer?« Der Vater hatte nie Zugang zu Büchern gefunden. Marlon sah ihn manchmal Zeitung lesen oder Kataloge studieren, doch selbst das schien ihm keine rechte Freude zu machen. Die meisten Informationen bezog er übers Fernsehen.

»Eigentlich nicht. Ich habe nur weniger Zeit dafür als die andern.« Das sollte kein Vorwurf sein, aber offenbar kam es so an.

»Ich habe mir dieses Leben nicht ausgesucht«, verteidigte sich der Vater. »Bin da reingeboren worden, genau wie du.«

Marlon hatte große Schwierigkeiten mit dem zeitweiligen Fatalismus seines Vaters, der immer häufiger durchbrach. Vielleicht verlor man mit den Jahren die Entschlossenheit, das Leben nach den eigenen Vorstellungen zu gestalten, selbst wenn es sich oft dagegen zu sträuben schien. Vielleicht war man irgendwann froh, wenn man wenigstens noch einen Teil seiner Pläne in die Tat umsetzen konnte.

»So war das nicht gemeint, Papa.« Marlon hätte gern die Hand seines Vaters genommen und sie gedrückt. Er tat es nicht. Ihm wurde klar, dass er nicht mehr wusste, wie sie sich anfühlte. Er konnte sich an das Kratzen erinnern, wenn der Vater ihm früher übers Gesicht gestrichen hatte. Und dass er als kleiner

Junge überzeugt war, man wäre erst dann ein Mann, wenn man rissige, schwielige Hände hatte.

Verstohlen betrachtete er die Hände seines Vaters auf dem Lenkrad. Ihre Haut war braun und rau wie Schmirgelpapier. Der kleine Finger der rechten Hand war nach einem Unfall schief geblieben. Marlon beugte sich vor. Ehe er wusste, wie ihm geschah, hatte er seine Hand auf die rechte Hand des Vaters gelegt. Er zog sie wieder weg und räusperte sich.

Der Vater sah hinaus.

»Wir werden Regen kriegen«, sagte er.

☽

Mara lehnte sich mit dem Rücken gegen die Wand und fing an zu schreien.

Sie hörte den lang gezogenen, schrillen Ton wie etwas, was nichts mit ihr zu tun hatte.

Dann sah sie die Tür aufgehen.

Sie sah Elsbeth und Karen, die mit ausgestreckten Armen langsam auf sie zukamen.

Mara ließ sich an der Wand niedersinken. Sie schrie und schrie.

Karen und Elsbeth packten sie und trugen sie auf das Bett.

»Tut dir was weh?«, fragte Elsbeth.

Mara schrie.

Sie zogen sie mit geübten Handgriffen aus, deckten sie zu, verließen das Zimmer und schlossen die Tür hinter sich ab.

Mara hörte auf zu schreien. Sie wimmerte nur noch. Ihr Haar war schweißnass, ihre Kehle wie entzündet. Sie hätte gern geweint. Aber nicht einmal dazu hatte sie mehr die Kraft.

☽

Spürst du, dass ich an dich denke, Mara?

So viele Briefe habe ich dir schon geschrieben. Ich bilde mir einfach ein, dass du sie liest.

Du fehlst mir so. Manchmal höre ich dein Lachen, und wenn ich mich umdrehe, bist du gar nicht da. Und manchmal meine ich, dich von weitem zu sehen, und wenn ich genau hingucke, merke ich, dass es ein anderes Mädchen ist.

Wenn du erst wieder draußen bist, werde ich dich ganz fest in die Arme nehmen. Und wenn du willst, kannst du nachts bei mir im Bett schlafen, so wie früher, und ich werde dich vor deinen Träumen beschützen.

☽

Die Disko war in einem heruntergekommenen Gebäude am Rand des Orts untergebracht. In grellblauer Leuchtschrift war ihr Name, *Paradies*, über den Eingang geschrieben. Die Neonröhren des ersten *a* und des *e* waren durchgebrannt, sodass nun *Pradis* auf dem roten, schadhaften Klinker stand. Das war schon so lange so, dass der falsche Name sich mit der Zeit eingebürgert hatte. Man verabredete sich fürs *Pradis*. Den wenigsten war die eigentliche Bezeichnung überhaupt noch geläufig.

Das passte haarscharf zum desolaten Zustand von Marlons Zuhause. Alles ist kaputt, dachte er, alles geht den Bach runter. Er schlängelte sich durch das Getümmel und fand seine Freunde am Ende der Theke. Sie tranken Bier und betrachteten die Tanzenden. Das Licht brach sich in der riesigen Diskokugel, die sich an der Decke drehte, und flimmerte über die Wände und die Gesichter.

»Er kommt spät.« Marsilio schlug Marlon auf die Schulter.

»Aber er kommt.« Tim streckte Marlon die Hand hin. »Was trinkst du?«

»Cola«, sagte Marlon.

Sie verzogen das Gesicht, äußerten sich aber nicht dazu. Marlon vertrug nichts. Mal ein Bier, höchstens zwei, zu mehr konnte man ihn nicht überreden. Ein einziges Mal hatten sie ihn abgefüllt und das war ziemlich peinlich ausgegangen. Marlon hatte es nicht mehr rechtzeitig auf die Toilette geschafft und die Disko voll gekotzt. Er war halb besinnungslos gewesen und sie hatten ihn nach Hause bringen müssen. An den Blick seiner Mutter erinnerten sie sich nicht gern. Sie hatte sie angesehen, als hätten sie ihrem Sohn Heroin verkauft.

Die Gesichter hier kannte Marlon alle. Es war nicht viel los in dieser Gegend. Ab und zu verirrte sich ein gelangweilter Vertreter ins *Pradis*, der seinem tristen Zimmer in der einzigen Pension des Orts für ein paar Stunden entfliehen wollte. Sie suchten jedoch schnell wieder das Weite.

Marlon konnte das verstehen. Einige Male war er mit Marsilio und Tim in die Stadt gefahren und hatte die Diskos dort kennen gelernt. Es war ein Unterschied wie Tag und Nacht. Allein die Technik, die sie dort hatten, war überwältigend. Diskjockeys, die ihren Job beherrschten. Ein unerschöpfliches Repertoire an Musik. Das irre, in allen Farben sprühende Licht, das die Räume aussehen ließ wie überdimensionale Aquarien oder wie das Innere eines hypermodernen Raumschiffs.

Und erst die Besucher! Sie waren Marlon vorgekommen wie Wesen aus einer anderen Dimension. Perfekt gestylt. Jeder ein eigenes Kunstwerk. Ihre Art zu tanzen war so vollkommen, als hätten Choreografen die Hände im Spiel gehabt. Feuer und Eis. Explosionen von Rhythmus, Tempo und sexueller Energie.

Dagegen war das, was sich hier auf der Tanzfläche versammelt hatte, ein müder Haufen. Die Zeit schien stehen geblieben zu sein. Die Generation der Loveparades wuchs woanders auf.

»Landeier.« Marsilio trank sein Glas aus und stellte es auf der Theke ab. Er vergaß manchmal, dass er selbst hier aufgewachsen war und dass seine Eltern aus einem ebenso kleinen Dorf in Sizilien stammten.

Tim nickte. Seine Augen hatten schon einen leicht glasigen Ausdruck angenommen.

Das Mädchen, in das er gerade verliebt war, tanzte mit einem sehr großen, sehr gut aussehenden Jungen aus einem der Nachbarorte. Tim hatte eine Begabung dafür, sich in die falschen Mädchen zu verlieben.

»Gesprächig bist du ja heute nicht gerade.« Marsilio setzte ein frisch gefülltes Glas an die Lippen. Er wischte sich den Schaum vom Mund und grinste Marlon an. »Dabei weißt du doch, dass du mir jederzeit dein Herz ausschütten kannst. Papa Marsilio weiß immer Rat.«

»Klar doch«, sagte Marlon.

»Und ich?«, fragte Tim.

Marsilio legte ihm den Arm um die Schultern. »Du hast dein Herz so oft ausgeschüttet, dass nichts mehr drin ist. Leer. Aber total!«

»Blabla.« Tim nahm so leicht nichts krumm. Sein Mädchen, dem er nie verraten hatte, dass es sein Mädchen war, das nichts davon wusste, zog den großen Gutaussehenden von der Tanzfläche und verschwand mit ihm im Gewimmel.

»Da geht sie hin.« Marsilio schüttelte bedauernd den Kopf. »Timmie, du musst noch viel lernen!«

Tim drehte sich zu Marlon um. »Männer und Frauen passen nicht zusammen«, sagte er mit schwerer Zunge. »Findest du nicht?«

»Ich finde vor allem, dass du zu viel getrunken hast.«

»Wir haben ja auch schon früh angefangen.« Tim schwankte ein bisschen. »Und jetzt will ich tanzen.«

Sie sahen ihm nach, wie er sich aufmachte, ein Mädchen zu suchen.

»Eine Schande, dass er nie das Maul aufkriegt«, sagte Marsilio. »Bei Tim müsste eine Frau schon das zweite Gesicht haben, um draufzukommen, dass er in sie verknallt ist.«

Tim hatte ein Mädchen gefunden und tanzte mit ihm. Er winkte ihnen zu und hielt sich an der Schulter des Mädchens fest, um nicht das Gleichgewicht zu verlieren.

»Und wieder fängt alles von vorn an«, sagte Marsilio.

Marlon bestellte eine Cola mit Schuss. Ganz nüchtern war das *Pradis* nicht auszuhalten. Ein Mädchen kam zu ihm und sah ihn an. Die langen Haare umrahmten ihr Gesicht wie ein Vorhang aus heller Seide. Marlon trank einen großen Schluck, stellte das Glas ab und nahm die Hand, die sie ihm hinstreckte. Warum nicht? Das blaue Mädchen war weit weg. Das Mädchen mit dem seidigen Haar jedoch stand neben ihm. Und wie sie ihn anlächelte!

Er mischte sich mit ihr unter die Tanzenden, begann, sich zu bewegen und zu vergessen.

☽ 8 ☾

Elsbeth und Karen benahmen sich nicht anders als sonst. Als hätte Maras Zusammenbruch gar nicht stattgefunden oder als gehörte er zu den Phasen, die man im Strafhaus eben durchlief. Sie holten sie zum Morgengebet und brachten ihr das Frühstück. Am Abend zuvor hatten sie die Bettwäsche gewechselt, die Handtücher ausgetauscht und neues Toilettenpapier hingestellt. Zuverlässig und stumm wie sonst auch.

Das Toilettenpapier, dachte Mara. Ich hätte es als Kalender benutzen können. Wieso bin ich nicht darauf gekommen?

Aber das hatte keine Bedeutung mehr.

Sie wickelte sich in die Bettdecke. Ihr war kalt. Dabei versprach der Himmel nach dem heftigen Regen in der Nacht einen schönen, heißen Tag.

Himmelblau, dachte Mara. Ein Sommerwort.

Sie war froh, dass sie noch denken konnte.

Was kam nach dem Schreien? Gab es welche, die danach anfingen, sich hin und her zu wälzen und ihre Kleider zu zerreißen? Zu beten? Zu betteln? Riefen sie nach La Lune, um sich reuig vor ihr niederzuwerfen? Versuchten sie, ihr einen Handel vorzuschlagen?

Als ob La Lune mit sich handeln ließe.

Mara zog die Decke fester um die Schultern. Diese Art von Kälte kannte sie nicht. Es war nicht das Frösteln, das eine Erkältung ankündigte. Es war ein Frieren von innen heraus. Nichts half dagegen.

Wenn doch Timon hier wäre. Er würde sie wärmen. Egal wie kalt es war, er hatte immer warme Hände und Füße.

»Du bist besser als jede Wärmflasche«, hatte Mara einmal zu ihm gesagt und sich zitternd an ihn gedrängt. Es war an einem frostklaren Winterabend gewesen. Der Himmel hing voller Sterne. Die dünne Schneedecke, die den Boden bedeckte, war hart gefroren und knirschte unter ihren Schritten. Sie hatten sich eine Stelle tief im Wald gesucht, wo sie einigermaßen geschützt waren.

Timon hatte sie an sich gezogen und gelacht. »Hast du häufiger solche unwiderstehlichen Anfälle von Romantik?«

Da hatte auch Mara lachen müssen.

Sie hatten oft gelacht.

Mara lächelte bei der Erinnerung. Das Lächeln fühlte sich fremd an auf ihrem Gesicht.

Sie wäre jetzt gern in die kleine Kirche gegangen, um eine Kerze anzuzünden. Um das stille Licht flackern zu sehen. Ihre Sehnsucht, sich auf eine der schmalen Holzbänke zu setzen und hinter den bunten Glasfenstern Ruhe zu finden, war so groß, dass es wehtat.

Sehnsucht.

Sie dachte, seit sie hier war, oft über Worte nach. Viele verloren beim genauen Hinsehen ihre Selbstverständlichkeit.

Sehnsucht.

Ein Sehnen, stark wie eine Sucht? Oder die Sucht, sich zu sehnen?

Gertrud hätte ihr den Ursprung dieses Worts bestimmt erklären können. Sie wusste fast alles. Und wenn sie doch einmal eine Frage nicht beantworten konnte, zog sie ein Buch aus dem Regal, in dem sie die Antwort fand.

Auch der Pfarrer besaß ein großes Wissen. Aber Mara hatte sich schon lange nicht mehr mit ihm unterhalten. Bei ihrem letzten Gespräch hatte er darauf bestanden, dass der Gott der Menschen draußen, sein Gott, der einzige Gott sei. Das hatte Mara erschreckt. Es erinnerte sie zu sehr an La Lune.

Die Mondheit ist die einzig wahre Göttin, der einzig wahre Gott.

In der antiken Mythologie wimmelte es von Göttern und Göttinnen. Es gab einen Gott des Feuers, eine Göttin der Schönheit, einen Gott des Krieges, einen Sonnengott, einen Gott des Meeres, eine Göttin der Jagd. Und noch viele mehr. Sie alle waren eine Familie. Und manchmal fanden sie Gefallen an einem Menschen und aus dieser Verbindung entstand dann ein Halbgott oder eine Halbgöttin.

Keiner dieser Götter war vollkommen. Sie kannten Eifersucht, Hass und Neid, waren intrigant, gewalttätig, maßlos und ungerecht.

Aber musste ein Gott denn nicht vollkommen sein? Was machte ihn sonst zum Gott, wenn nicht seine Vollkommenheit?

»Gott ist die Liebe und das Leben«, hatte der Pfarrer gesagt und Mara angelächelt, wie auch La Lune sie oft angelächelt hatte, ein wenig rätselhaft und so, als gelte das Lächeln gar nicht ihr.

Mara hatte gelernt, dass La Lune die Liebe sei. Obwohl La Lune keine Göttin war. Sie war nur die Abgesandte der Mondheit. Eine moderne Halbgöttin vielleicht. Eine Auserwählte. Die einzige Auserwählte.

Sie hatte ein ganz normales Leben in der Welt draußen geführt. Bis zu der Nacht, in der ihr ein Traum geschickt worden war.

So erzählte es La Lune immer wieder, so stand es in ihrem Buch, so lernten es die Kinder. In diesem Traum wurde ihr eine Vision offenbart, die Vision der Mondheit und eines Lebens nach ihren Regeln.

Der ersten Vision folgten weitere. Und La Lune scharte

Anhänger um sich. Sie wurde zu dem, was sie heute war, baute eine Gemeinschaft auf, die von Jahr zu Jahr größer wurde, die Gemeinschaft der Kinder des Mondes.

Die Kinder des Mondes werden die Einzigen sein, die den Untergang der Menschheit überleben.

La Lune hatte den Untergang der Menschheit schon einige Male vorhergesagt. Aber dann war er nicht eingetroffen. La Lune hatte es damit erklärt, dass die Mondheit beschlossen habe, den Menschen eine weitere Möglichkeit zu gewähren, sich zu bessern und zu läutern, das Wesentliche zu erkennen, ein Kind des Mondes zu werden.

Denn die Mondheit ist gütig.

Mara spürte, wie ihre Gedanken sich verwirrten. Es war so schwer, gegen die Stille anzudenken. Sie streckte die Hand aus. Ihre Nägel waren zu lang. Ob sie um Schere und Nagelfeile bitten durfte? Wahrscheinlich würde man ihr nichts Scharfes, nichts Spitzes geben. Manche sollten versucht haben, sich hier im Strafhaus etwas anzutun.

Das wurde nur gemunkelt. Niemand sprach es offen aus.

»Ich könnte mir nie das Leben nehmen«, hatte Jana einmal gesagt. »Ich hätte zu große Angst vor den Schmerzen.«

La Lune verurteilte Selbstmord als einen feigen Akt, sich aus der Verantwortung zu stehlen.

»Feige?« Jana hatte sich die Arme gerieben. »Stell dir vor, wie viel Mut dazu gehört.« Und gleich hatte sie wieder ein schlechtes Gewissen gehabt, weil sie damit La Lune und den Lehren der Mondheit widersprach.

Mara versuchte, sich Janas Gesicht vorzustellen. Es gelang ihr nicht. »Jana«, flüsterte sie. »Kannst du spüren, dass ich an dich denke?«

Sie wünschte, Gedanken hätten die Kraft von Berührungen. Vielleicht wäre ihr dann weniger kalt.

☽

Der Mondtag war ein Tag der Besinnung. Die Frauen und Mädchen trugen ihre Gewänder, das Gebet dauerte länger als an den übrigen Tagen und La Lune hielt eine feierliche Ansprache. Auch das Frühstück wurde an den Mondtagen ausgedehnt und es gab nicht das übliche Brot, sondern Brötchen, die noch warm auf den Tisch kamen.

Heute waren es Kleiebrötchen.

Miri verabscheute Kleiebrötchen. Sie nahm sich auf Janas Zureden hin ein wenig Obst, kaute jedoch endlos darauf herum.

»Du willst immer eine Extrawurst«, sagte Indra.

»Wurst mag ich gar keine«, sagte Miri. »Tiere esse ich nämlich nicht.«

Kein Kind des Mondes aß Fleisch.

Tiere sind ebenso Geschöpfe der Mondheit wie die Menschen.

»Niemand isst Tiere«, sagte Indra.

»Die Leute von draußen wohl.« Miri fing an, einer Weintraube die Haut abzuziehen. »Die essen Kühe und Kaninchen und Hühner und Hunde und Katzen.«

»Hunde und Katzen nicht«, sagte Indra. »Die sind nur zum Angucken.«

»Nicht nur zum Angucken.« Die Weintraube flutschte Miri aus den Fingern. »Auch zum Streicheln und zum Liebhaben.«

»Kinder des Mondes haben alle Geschöpfe lieb«, sagte Indra.

»Dich aber nicht.« Miri klaubte die Weintraube vom Tisch, sah, dass Krümel daran hingen, und ließ sie angewidert auf ihren Teller fallen.

Indras Lippen fingen an zu zittern. Bevor sie in Tränen ausbrechen konnte, nahm Jana ihre Hand und drückte sie leicht.

Sofort veränderte sich Indras Gesichtsausdruck. Triumphierend sah sie Miri an. Sie hielt Janas Hand ganz fest.

»Die Leute draußen sind Kannabelen«, sagte Miri.

»Kannibalen heißt das.«

»Weiß ich.«

»Und wieso sagst du das dann falsch?«

Darauf ging Miri nicht ein. »Trotzdem mag ich den Rollerjungen. Auch wenn er vielleicht Tiere isst.«

Den Rollerjungen. Jana wurde rot.

»Darfst du gar nicht!«

»Sollen Kinder des Mondes aber, alle Leute lieb haben. Hast du selber gesagt.«

Das musste Indra erst einmal verdauen. Nachdenklich biss sie in ihr Brötchen. Quark blieb ihr in den Mundwinkeln hängen. Sie leckte ihn auf.

»Ich habe Lust, einen Spaziergang zu machen«, sagte Jana, bevor der Schlagabtausch die zweite Runde erreichen würde. »Wer kommt mit?«

»Ich habe heute Küchendienst«, sagte Indra traurig. Auch die Kleinen mussten helfen. Es sollte ihren Gemeinschaftssinn schärfen. Die anderen wollten lieber spielen und so gingen Jana und Miri nach dem Frühstück allein los.

Miri schob ihre kleine, vom Saft der Weintrauben klebrige Hand in Janas Hand. »Ich versuch ja, Indra lieb zu haben, aber das ist so schwer.«

»Das weiß ich. Denk jetzt nicht mehr daran.«

»Dich hab ich ganz doll lieb, noch viel lieber als La Lune.«

»Ich dich auch.«

»Gehen wir in den Wald?«

Jana nickte. Sie beide liebten den Wald. Dort waren sie ungestört. Sie konnten Verstecken spielen, Tannenzapfen sammeln und Vogelstimmen erraten. Sie konnten rennen, lachen und albern sein, ohne dass jemand sie zurechtwies. Sie konnten sein, wie sie wollten. Im Wald war das möglich.

Miri sah in ihrem langen Gewand wie ein kleiner Engel aus. Sie ließ Janas Hand los und lief voraus, die Arme ausgebreitet. Der Engel verwandelte sich in einen kleinen orangefarbenen Vogel, der seinen Käfig für eine Weile verlassen durfte.

»Komm, Jana! Komm!«

Ihre Stimme kletterte an den Bäumen empor.

Warum kann es nicht immer so sein, dachte Jana. Und sie lief hinter Miri her.

☽

Marlon wachte mit schwerem Kopf auf. Er hatte sich später am Abend doch noch von Marsilio überreden lassen und war auf Bier umgestiegen. In der Nacht hatten sie zuerst Tim, der kaum noch stehen konnte, nach Hause gebracht. Dann waren sie zu ihren Rollern zurückgekehrt und laut singend über die finstere Landstraße gefahren. Marsilio war schließlich an einem Feldweg abgebogen und Marlon hatte den Rest des Wegs allein und ohne Lieder zurückgelegt.

Als er den Roller im Schuppen abgestellt hatte und über den Hof gegangen war, hatte es angefangen zu regnen. Marlon wäre gern noch ein wenig durch den Regen gelaufen, aber seine Füße hatten ihm kaum noch gehorcht. Im Haus war er dann über den Hund gestolpert, der vor der Tür gelegen hatte, und seine Mutter war aus der Wohnstube gekommen.

»Mama, was machst du hier?«

»Ich habe auf dich gewartet.«

»Ich bin siebzehn, Mama!«

Sie hatte ihn mit sanftem Druck zur Treppe geschoben. »Geh jetzt ins Bett und schlaf deinen Rausch aus.«

»Rausch? Was für einen Rausch? Denkst du, ich wär betrunken?«

»Das denke ich nicht, ich sehe es.«

Er hatte sich zu ihr umgedreht. »Du behandelst mich wie einen kleinen Jungen, Mama.«

»Meinst du wirklich, ein paar Biere machen dich erwachsen?«

Sie reichte ihm nur bis zur Schulter. Ihr Gesicht war vor Müdigkeit ganz weich. Marlon fühlte auf einmal eine große Zärtlichkeit für sie. Er zog sie an sich. »Meine Gedanken sind irgendwie durcheinander. Einen Streit halte ich im Augenblick nicht aus.«

Sie strich ihm übers Haar und fasste ihn am Arm. Zusammen stiegen sie die Treppe hinauf. Oben ließ die Mutter ihn los und öffnete die knarrende Tür zur Schlafstube.

Tür ölen, nahm Marlon sich vor. Er tastete sich durch sein dunkles Zimmer, ließ sich auf das Bett fallen, seufzte und schlief ein.

Als er wach wurde, hämmerte es in seinem Schädel, und er stellte fest, dass er nicht nur die Kleider angelassen hatte, sondern auch noch die Schuhe trug. Er war verschwitzt und fühlte sich schmutzig.

Fast wäre er in einem fremden Bett aufgewacht. Das Mädchen hatte ihm erzählt, ihre Eltern seien über Nacht nicht zu Hause. Sie seien zu einer Hochzeit in den Hunsrück gefahren und würden bis zum nächsten Abend dort bleiben. Eigentlich hatte Marlon es nur Tim zu verdanken, dass er nicht mit ihr gegangen war.

»Zuerst muss ich meinen Freund nach Hause bringen«, hatte er gesagt.

Das hatte sie so verärgert, dass sie mit einer Freundin losgezogen war.

Marlon versuchte, sich zu erinnern. Sie hatten getanzt. Getrunken. Gelacht. Und dann hatte sie ihn geküsst. Sie hatte gut gerochen und sich gut angefühlt. Seine Hände hatten sich in ihrem seidigen Haar vergraben. Über ihre Schulter hinweg hatte er in Marsilios grinsendes Gesicht gesehen.

Sie hatte Marlon nach draußen gezogen und ihn wieder geküsst. Mit schnellen, geübten Bewegungen hatte sie sein Hemd aufgeknöpft und ihre Hände waren kalt gewesen auf seiner Haut. Er hatte bemerkt, dass auch andere hier standen, sich küssten und streichelten. Das hatte ihn schlagartig ernüchtert.

»Nicht hier«, hatte er geflüstert.

Und da hatte sie ihm den Vorschlag gemacht, mit ihr nach Hause zu gehen.

In diesem Augenblick war Tim aus der Tür getorkelt. Er hatte die Arme ausgestreckt und sich mit dem Mond verbrüdert.

»Zuerst muss ich meinen Freund nach Hause bringen«, hatte Marlon gesagt und das Hemd wieder zugeknöpft.

Ihre Stimme war plötzlich nicht mehr sanft gewesen. Sie hatte ihn angestarrt. »Dann verpiss dich«, hatte sie gezischt und sich auf dem Absatz umgedreht.

»Es dauert doch nicht lange!«, hatte Marlon ihr nachgerufen.

Nach einer Weile war sie mit ihrer Freundin wieder aus dem *Pradis* gekommen und die beiden waren in der Dunkelheit verschwunden.

Jetzt war Marlon froh darüber. Er stand auf, ging ins Bad, zog sich aus und stellte sich unter die Dusche. Danach fühlte er sich besser. Er zog frische Sachen an und ging hinunter in die Küche.

Die Eltern hatten längst gefrühstückt und das Vieh war versorgt. An den Sonntagen durften Marlon und die Zwillinge ausschlafen.

Die Schwestern saßen schon am Frühstückstisch.

»Ich sehe was, was du nicht siehst«, sagte Greta, »und das ist…«

»…verkatert.« Marlene kicherte.

»Sehr witzig!« Marlon nahm sich eine Scheibe Brot. »Wo ist Papa?«

»Bei Heiner Eschen.« Die Mutter schenkte ihm Kaffee ein. »Der hat Probleme mit einer kalbenden Kuh.«

»Ich werde keine Bäuerin«, sagte Marlene. »Im Leben nicht.«

»Das hatte ich auch nicht vor, als ich ein junges Mädchen war.« Die Mutter setzte sich zu ihnen an den Tisch. »Ich wäre gern Schauspielerin geworden.«

»Schauspielerin?«, fragte Greta. »Du?«

Die Mutter nickte. »Ich hab im Freilichttheater mitgespielt. Da habe ich dann Papa kennen gelernt.«

Marlon vergaß weiterzuessen. Darüber hatte sie noch nie gesprochen.

»Hat Papa da auch mitgespielt?«, fragte Marlene.

Die Mutter schüttelte den Kopf. »Er saß bei den Zuschauern. Und als das Stück zu Ende war, ist er aufgesprungen und hat geklatscht und ›Bravo!‹ gerufen. Immer wieder. Er konnte sich gar nicht beruhigen.«

Marlene blickte ungläubig zwischen Greta und Marlon hin und her. »Papa?«

Die Mutter lächelte. »Sechs Monate später waren wir verheiratet und ich war Jungbäuerin auf dem Hof.«

»Und unter Omas Knute«, sagte Greta.

Auch Marlon konnte sich noch gut an die herrische Art seiner Großmutter erinnern. Sie hatte allen das Leben schwer gemacht, am meisten jedoch ihrer ungeliebten Schwiegertochter.

»Wie hieß denn das Stück, in dem du damals mitgespielt hast?«, fragte Marlene.

»*Das verlorene Erbe.*« Die Mutter schmunzelte. »Ein fürchterlicher Schmalz, den irgendein Heimatdichter verbrochen hatte. Die Leute lachten immer an den falschen Stellen. Es war ein ziemlicher Reinfall.«

»Und dann hast du deine Karriere für Papa aufgegeben«, vermutete Greta.

»Karriere würde ich das nun wirklich nicht nennen.«

»Aber es hätte eine werden können«, sagte Marlene. »Dann wärst du heute berühmt und stinkreich und alle Zeitungen würden über dich schreiben.«

»Ich würde mein Leben nicht gegen ein anderes eintauschen.«

»Eine komische Frau bist du.« Greta stand auf und gab der Mutter einen Kuss auf die Wange.

»Aber eine liebe.« Marlene küsste die Mutter auf die andere Wange und folgte ihrer Schwester in die Diele.

»Sie sind an der Kieskuhle zum Schwimmen verabredet«, sagte die Mutter zu Marlon. »Und du?«

»Vielleicht mache ich ein paar Fotos. Ich habe einen fürchterlichen Brummschädel. Die Luft im *Pradis* war grauenvoll.«

»Ach, die Luft, ja?«

»Komm, Mama. Wenn du dir schon unnötige Sorgen machen willst, dann lieber um die Mädchen. Ich kann ganz gut allein auf mich aufpassen.«

»Bist du sicher?«

Marlon umarmte sie und verließ die Küche. Er holte die Tasche mit der Kamera aus seinem Zimmer und trat in den sonnigen, immer noch dunstigen Morgen hinaus. Sonntag. Es war sehr still. Das Dorf wirkte wie ausgestorben.

Auch bei den Kindern des Mondes drüben war es ruhig. Die Wahrscheinlichkeit, heute das Mädchen zu sehen, war gering, denn an den Sonntagen ließen sich die Mitglieder der Sekte kaum draußen blicken. Marlon beschloss, im Wald zu fotografieren. Er arbeitete gern mit Licht und Schatten und das Wetter war heute wie geschaffen dafür.

Es war fast windstill, was zwischen den Feldern selten vorkam.

Marlon fotografierte die knorrigen Obstbäume, die entlang der Straße standen, behangen mit kleinen Äpfeln und Zwetschgen, die von niemandem geerntet werden würden, allenfalls von Urlaubern, die hier ab und zu Rast machten.

Alle Bäume waren sturmverbogen und stark nach links geneigt. Sie kamen Marlon vor wie die Alten im Dorf, die von einem Leben harter körperlicher Arbeit schief und krumm geworden waren.

Er hörte nichts als seine Schritte. Ab und zu spritzte ein kleiner Stein unter seinen Schuhen weg. Die Hitze legte sich schwer auf ihn. Die Blätter der Bäume fingen bereits an, sich zu verfärben. Nicht mehr lange und der Herbst würde da sein. Man konnte ihn schon in der Luft schmecken. Aber noch war das Licht gelb und weich.

Bald hatte Marlon den Wald erreicht und tauchte in seinen kühlen Schatten ein. Über ihm flirrte das Licht in den Baumkronen. Marlon machte einige Aufnahmen, von denen er wusste, dass sie gut werden würden. Nur wer sich von den Farben berauschen ließ, konnte sie auch mit der Kamera einfangen, behauptete Stauffer. Marlon machte sich über so etwas keine Gedanken. Alles, was er mit der Kamera anstellte, geschah wie von selbst.

Er war auf dem Weg zu der kleinen Lichtung, als er das Lachen und die Stimmen hörte.

Und dann sah er sie.

☽

Verstecken war Miris Lieblingsspiel. Vielleicht, dachte Jana, weil die Kinder des Mondes kaum einen Augenblick, keinen Winkel für sich allein haben. Miri gab sich immer große Mühe, ein Versteck zu finden, aber wenn man sie dann nicht sofort entdeckte, kam sie schreiend daraus hervorgerannt.

Diesmal hockte sie hinter einem Baumstamm, nur halb verdeckt. »Hier bin ich!«

Jana tat so, als suche sie angestrengt. Sie schob die Zweige von Sträuchern auseinander. »Ich kann sie einfach nicht finden«, sagte sie laut.

»Hier! Hier!« Miri rannte kreischend auf sie zu. Am Saum ihres Gewands hingen Tannennadeln. Ein trockenes Buchenblatt hatte sich in ihrem Haar verfangen.

Jana fing sie auf und wirbelte sie herum. Dann warfen sie sich lachend ins Gras.

»Warum können wir nicht im Wald wohnen?«, fragte Miri. »Nur du und ich. Und Mara.«

Es gab Jana einen kleinen Stich. »Weil wir keine Waldmenschen sind.« Sie kitzelte Miri hinter dem Ohr.

»Wir wohnen ja auch nicht auf dem Mond.« Miri schob ihre Hand weg. »Auch wenn wir Kinder des Mondes sind.«

Ihre Logik war so verblüffend, dass Jana sie für einen Moment anstarrte.

»Guck nicht so«, sagte Miri. »Guck wieder lieb.«

»Du hast Recht.« Jana streifte die Schuhe ab und bewegte die nackten Füße im Gras. »Ich würde auch gern im Wald wohnen.«

Sie schwiegen eine Weile und hörten den Vögeln zu.

»Ist Mara böse?«, fragte Miri dann.

Jana schüttelte den Kopf.

»Und warum ist sie im Strafhaus?«

Jana riss einen Grashalm ab und drehte ihn zwischen den Fingern.

»Sag nicht, dass ich das nicht verstehe.«

»Ich verstehe es selbst nicht, Miri.«

»Aber du bist groß. Große verstehen alles.«

»Nein. Tun sie nicht. Hier innen drin«, Jana legte die Hand auf die Brust, »bin ich manchmal noch genauso klein wie du.«

»Indra sagt, Mara hat was ganz Schlimmes gemacht.«

»Sie hat gegen ein Gesetz verstoßen.«

»Gegen was für eins?«

In diesem Augenblick hörten sie ein Geräusch. Jana drehte sich um. Am Rand der Lichtung stand der Junge. Er hielt eine Kamera in den Händen und sah ungläubig zu ihnen herüber.

»Komm«, sagte Jana leise. Sie warf den Grashalm weg und zog die Schuhe an.

Doch da war Miri bereits aufgesprungen und lief dem Jungen entgegen.

☽

Schon wieder ein Mondtag, an dem Mara nicht angemessen gekleidet war. Sie konnte sich daran erinnern, dass sie ihr Gewand getragen hatte, als sie ins Strafhaus gebracht worden war, aber sie wusste nicht mehr, wann sie es ihr weggenommen und ihr stattdessen Hose und Bluse gegeben hatten.

Sie machten sie damit endgültig zu einer Ausgestoßenen, die unwürdig war, der Mondheit ihren Respekt zu erweisen.

Dass Mondtag war, hatte Mara am Läuten der Kirchenglocken erkannt. Sie hatte den Kopf gehoben und gelauscht und sich für ein paar Minuten weniger einsam gefühlt. Dann war die Stille zurückgekehrt.

Mara hatte sich auf das Bett gesetzt und die Augen geschlossen. Es hatte keinen Sinn, sich gegen die Stille zu wehren. Es gelang ihr zwar, sie für kurze Zeit zu vertreiben, indem sie Geräusche machte, redete oder sang, doch danach war die Stille nur umso dichter.

Sie war anders als in der Kirche. Dort hatte sie Mara nie bedroht.

Die Mondtage, dachte Mara, sind besonders lang. Die Mondtage haben ... sie war plötzlich hellwach. Wenn sie sich daran erinnern könnte, wie viele Mondtage sie schon hier verbracht hatte, dann könnte sie doch die Zeit ausrechnen.

Angestrengt überlegte sie. Warf die Decke ab, lief hin und her. Wie oft hatte sie das Läuten der Kirchenglocken gehört?

Sie war sich ganz sicher, dass es heute das vierte Mal war.

Sicher?

Sie presste die Hände an die Stirn. Wie oft hatten die Glocken geläutet? Wie oft?

Wenn es heute wirklich das vierte Mal war, dann würde sie in drei oder vier Tagen entlassen. Sie begann wieder zu zittern, heftig und unbeherrscht, diesmal nicht wegen der inneren Kälte. Ob sie in drei oder vier Tagen entlassen würde oder eine Woche später, darauf kam es eigentlich nicht an. Sie hatte es geschafft, nicht verrückt zu werden. Hatte nicht gewinselt und gebettelt. Und sie hatte La Lunes Buch nicht angetastet.

Ein Sonnenstrahl stahl sich durch das Fenster und warf das Muster der Gitterstäbe auf die weiße Wand. Kreuze. Das Symbol des Gottes der Menschen draußen, den Mara genauso wenig verstand wie die Mondheit.

Nicht mehr lange und sie würde Timon wiedersehen.

Sie erschrak. Würde sie ihn wirklich wiedersehen?

Mara kroch auf das Bett zurück und wickelte sich wieder in die Decke.

Bald würde sie es wissen.

☽

»Marlon«, sagte Miri und strahlte ihn an.

»Hallo, Miri.« Marlon wunderte sich darüber, dass er überhaupt einen Ton herausbrachte.

»Jana! Komm!«, rief Miri. »Das ist Marlon!« Sie betrachtete die Kamera in seinen Händen. »Kannst du damit Bilder machen?«

Marlon nickte. Jana hieß sie also. Jana. Das klang warm und weich und merkwürdig vertraut.

»Auch von mir? Und von Jana?«

»Wenn du das möchtest.« Marlon sah Jana an, die langsam zu ihnen herüberkam. Sie war noch schöner, als er gedacht hatte.

Zögernd legte sie Miri die Hand auf die Schulter. »Miri, wir dürfen nicht …«

»Wir dürfen nicht mit dir sprechen«, sagte Miri.

»Warum nicht?«

»Weil …« Miri steckte einen Finger in den Mund und kaute ratlos darauf herum.

»Es ist gegen die Regeln.« Jana hielt den Kopf gesenkt und sprach so leise, dass Marlon sich vorbeugen musste, um sie zu verstehen. Die Sonne spielte auf ihrem Haar und ließ es silbrig glänzen.

»Verstehe.« Marlons Herz klopfte wie nach einem Hundertmeterlauf.

»Es ist Zeit, Miri.«

»Jetzt schon?« Miri schlang die Arme um Jana. »Marlon will doch ein Bild von uns machen.«

Jana hob den Kopf und sah Marlon an. Ihre Augen waren tatsächlich blau, die Wimpern lang und dunkel. Ihre Haut war leicht gebräunt. Marlon hätte gern ihr Haar berührt. Er schlug nach einer Fliege. »Darf ich?«

Er hielt ihr die Kamera hin, wie um zu beweisen, dass sie harmlos war und ihr nicht wehtun würde.

»Ja«, sagte Miri ungeduldig. »Ja! Mach!«

Und da lächelte Jana, und Marlon fing dieses Lächeln mit der Kamera ein, zuerst behutsam und sacht, dann immer schneller, wie in einem Rausch.

☽ 9 ☾

Er heißt Marlon. Und Miri hat es die ganze Zeit gewusst! Der Name passt zu seinen dunklen Augen und dem dunklen Haar, aber auch zu seiner Stimme. Und zu seinem Lächeln.

Meistens war es hinter der Kamera versteckt, aber ich habe es trotzdem gesehen. Und wenn ich die Augen zumache, ist es immer noch da.

☽

Marlon verließ die Dunkelkammer und schloss die Tür ab. Die Teilnehmer des Fotokurses durften auch außerhalb der Unterrichtszeit darin arbeiten. Stauffer gab ihnen den Schlüssel und ließ sie in Ruhe. Er schien die meiste Zeit in der Schule zu verbringen, als ob er kein Privatleben hätte. Marlon konnte sich schwach daran erinnern, dass Stauffer früher ein Problem mit Alkohol hatte, eine Weile aus dem Schulleben verschwunden und dann vor einigen Jahren zurückgekehrt war, ein völlig verwandelter Mensch mit einer empfindlichen, nervösen Energie.

Schon oft hatte Marlon über eine eigene Dunkelkammer nachgedacht. Im Stall könnte man leicht einen kleinen Raum abtrennen. Aber für den Umbau und die Einrichtung wäre Geld nötig, viel mehr, als er besaß. Marsilio jobbte in einem Supermarkt, Tim bei einem Pizzaservice, doch Marlon war zu Hause eingespannt. Seine Eltern rechneten mit ihm, einen zusätzlichen Job konnte er sich abschminken.

Und selbst wenn er nebenher Geld verdiente – seine Mutter trug ihre Kleider jahrelang, besserte sie aus, wenn sie fadenscheinig wurden, und trug sie weiter. Wie sollte er es da fertig bringen, sich den Luxus einer Dunkelkammer zu leisten? Marlon hatte den Traum in seinem Kopf verschlossen. Er würde nicht wahr werden, jedenfalls nicht in absehbarer Zeit.

Auf dem Flur traf er Stauffer, der mit seiner Aktentasche aus dem Lehrerzimmer kam. Er gab ihm den Schlüssel zurück.

»Sind sie gut geworden?« Stauffer blieb stehen und wartete darauf, dass Marlon ihm die Fotos zeigte.

»Ich hab's furchtbar eilig«, sagte Marlon. »Bin spät dran.« Er hatte Jana ein Versprechen gegeben und daran würde er sich halten.

»So allmählich brauche ich deine Bilder für die Ausstellung.« Stauffer duzte oder siezte die Schüler der Oberstufe nach dem Grad seiner Sympathie. Man sagte ihm nach, er sei ein schwieriger Mensch. Was, dachte Marlon, macht einen schwierigen Menschen aus?

Die Ausstellung war für Weihnachten geplant. Die besten Arbeiten des Fotokurses sollten in der Aula aufgehängt werden. Stauffer bestand darauf, dass die Kursteilnehmer ihre Bilder selbst auswählten und dann eine demokratische Entscheidung trafen.

Sein Blick kehrte zu dem Umschlag in Marlons Hand zurück. »Muss was Besonderes sein, wenn du so ein Geheimnis daraus machst.«

Marlon lachte. »Morgen zeig ich sie Ihnen«, versprach er.

Damit war Stauffer zufrieden. Er klopfte Marlon freundschaftlich auf die Schulter und eilte davon. Marlon sah ihm nach. Er würde ihm einfach andere Fotos zeigen. Stauffer kannte längst noch nicht alle.

Der Roller röhrte, als wäre er kurz vorm Zerreißen. Marlon

sparte für den Autoführerschein. Er freute sich darauf, achtzehn zu werden und endlich Auto fahren zu können. Vielleicht würde er später auch den Führerschein fürs Motorrad machen, sich eine alte Maschine anschaffen und sie aufpolieren.

Später. Wenn es eine Meisterschaft im Aufschieben von Träumen gäbe, würde er sie gewinnen.

☽

Jana war in der Ausleihe beschäftigt. Gertrud saß an ihrem Schreibtisch und studierte die Kataloge mit den Neuerscheinungen. Sobald sie geschlossen hätten, würde sie mit Jana besprechen, welche Bücher sie bestellen würden.

Im Grunde war Gertrud für die Anschaffungen allein verantwortlich. Doch sie schätzte Janas Urteil und bezog sie in ihre Überlegungen mit ein. Die Meinung der Bibliothekskommission interessierte sie weniger, aber sie kam nicht darum herum, die Bestellungen von ihr bestätigen zu lassen.

Es gab Bücher, die auf dem Index standen, die Werke von Henry Miller zum Beispiel oder die von D. H. Lawrence, die Bücher von Charles Bukowski und die von Stephen King. Es gab keine Horrorgeschichten, keine Pornografie und keine erotische Literatur, keine Comics und keine Kassetten oder CDs. Bestimmte religiöse und philosophische Werke waren verboten und viele historische auch.

»Ein Glück, dass heutzutage so viel publiziert wird«, hatte Gertrud erst vor kurzem mit einem Zynismus gesagt, der ihr sonst fremd war, »sonst wären unsere Regale leer.« Sie war gegen jede Form von Zensur. »Das ist nicht Schutz vor schädlichen Einflüssen, das ist Diktatur. Kann ich Erwachsenen nicht ein eigenes Urteilsvermögen zugestehen? Die Freiheit, sich für oder gegen etwas zu entscheiden?«

Die einzige Freiheit, die es gibt, finden wir in der Mondheit.

»Ich habe damals doch auch eine Entscheidung getroffen. Es war mein eigener Entschluss, zu den Kindern des Mondes zu kommen. Und ich finde noch immer, dass es so viel Positives bei uns gibt, dass es sich für mich lohnt, die negativen Begleiterscheinungen auszuhalten.« Gertrud sah Jana listig an. »Aber glaub nur ja nicht, dass meine Entscheidungen für alle Ewigkeit gelten. Jedes Lebewesen befindet sich in einem fortwährenden Prozess der Veränderung und man muss seine Position von Zeit zu Zeit überdenken.«

Die Entscheidung für die Mondheit ist eine Entscheidung für das ganze Leben und das Leben danach.

»Aber La Lune sagt doch...«

»Ich weiß. Und eine Querdenkerin wie ich ist gar nicht gut für dich.«

Jana hatte einmal gehört, Gertrud sei zu den Kindern des Mondes gekommen, nachdem sie ihre Tochter verloren hatte. Sie sollte an Drogen gestorben sein. Gertrud sprach nie über ihr früheres Leben. Als hätte sie es mit einem kräftigen Schnitt von sich abgetrennt.

»Das Negative...«, sagte Jana.

»...ist das Strafhaus, ist die Büchereikommission, ist die Überwachung der Träume und Gedanken. Ich will das gar nicht alles aufzählen. Aber bedenke auch die anderen Seiten: eine Gemeinschaft ohne Hass, Eifersüchteleien und Intrigen. Ein gemeinsames Ziel. Ein Glaube, Jana. Und Liebe.«

»Wenn sie nicht zur falschen Zeit kommt«, sagte Jana bitter.

Gertrud nahm die Brille ab und seufzte. »Erwarte von mir keine Weisheit, Jana. Ich habe selbst tausend Fragen, die auf eine Antwort warten.«

An dieses Gespräch dachte Jana, während sie die Ausleihkarten abstempelte. Gertrud an ihrem Schreibtisch im Nebenraum, dessen Tür wie immer weit offen stand, las und machte sich Notizen. Ihre Gestalt strahlte Ruhe, Kraft und Zuversicht aus.

Noch eine halbe Stunde, dann würden sie reden können. Jana kämpfte gegen das Bedürfnis an, Gertrud von Marlon zu erzählen. Dass sie es bisher noch nicht getan hatte, lag nicht daran, dass sie sich selbst schützen wollte. Sie wollte Gertrud nicht mit Geheimnissen belasten, die gefährlich waren.

Es gab auch so genug zu besprechen. Morgen würde Mara aus dem Strafhaus entlassen, und Jana fragte sich, wie sie die Stunden bis dahin aushalten sollte.

☽

Karen hatte Mara das Gewand auf den Tisch gelegt und war wieder gegangen. Mara hatte ihr nicht nachgeschaut, diesmal nicht. Hatte nicht die verschlossene Tür angestarrt, sondern das Gewand, das frisch gewaschen und vorschriftsmäßig gefaltet vor ihr lag. Es war ein Zeichen. Ihre Entlassung stand bevor.

Hatte es darüber hinaus eine besondere Bedeutung? Würde es eine Versammlung geben? Nein, die gab es in solchen Fällen nie. War es vielleicht einfach so, dass Mara das Strafhaus verlassen sollte, wie sie es betreten hatte?

Warum freue ich mich nicht?, dachte Mara. Ich habe doch so lange darauf gewartet.

Sie würde wieder mit Jana reden können. Und lachen. Sie würde wieder andere Stimmen hören als ihre eigene.

Und Timon sehen.

Ihre Haut sehnte sich nach seinen Berührungen. Sie würden vorsichtig sein müssen, noch viel vorsichtiger als zuvor. Dass sie aufeinander verzichten würden, war Mara nicht ein einziges Mal in den Sinn gekommen.

Sie würde mit ihm in die Kirche gehen und sie würden eine Kerze anzünden. Ob es erlaubt war, sich dort zu küssen? Bestimmt. Der Pfarrer hatte ihr doch erklärt, sein Gott sei ein Gott der Liebe.

Wie war es, Timon zu küssen? Wie fühlten sich seine Haare an? Ihre Lippen und ihre Finger würden alles neu erkunden müssen.

Sie kauerte sich auf den Boden und fing an zu summen. Ihr Oberkörper bewegte sich langsam vor und zurück.

☽

Marlon verteilte die Fotos auf dem Bett, dem Schreibtisch und dem Boden. Er wusste noch genau, in welcher Reihenfolge er sie gemacht hatte. Und er sah jetzt, wie Janas anfängliche Schüchternheit von Aufnahme zu Aufnahme schwand. Er wusste auch noch, wann sie zum ersten Mal richtig gelacht hatte.

Wieder hatte sie sich ängstlich umgesehen. »Wir dürfen nicht mit dir sprechen«, hatte sie Miris Worte leise wiederholt.

»Wir sprechen ja gar nicht«, hatte Marlon ebenso leise geantwortet. »Wir flüstern doch nur.«

»Wer flüstert, der lügt«, hatte Miri geflüstert.

Und da hatte Jana den Kopf in den Nacken gelegt und gelacht, so fröhlich und ansteckend, dass Marlon gerade noch auf den Auslöser drücken konnte, bevor das Bild verwackelte.

»Marlon?«

Er hatte die Mutter nicht kommen hören und fuhr beim Klang ihrer Stimme zusammen. Hastig begann er, die Fotos aufzusammeln. »Was ist?«

Sie ging in die Hocke und schaute sich die Fotos an, die auf dem Boden lagen. Dann hob sie ungläubig den Kopf.

»Ja«, sagte er unwirsch. »Es sind Mädchen aus der Sekte.«

Sie nahm einige der Fotos in die Hand. »Das kleine Mädchen kommt nicht so oft darauf vor.«

»Mama, du interessierst dich doch gar nicht für meine Fotos.«

»Ich interessiere mich für dich. Wer ist dieses Mädchen, Marlon?« Sie gab ihm die Fotos, die sie in der Hand hielt, und er schob sie mit den anderen zusammen in die Schreibtischschublade.

»Sie heißt Jana und gehört zu den Kindern des Mondes. Sonst noch was?«

»Das wüsste ich gern von dir, mein Junge.«

»Seit wann schnüffelst du mir nach, Mama?«

Sie legte ihm die Hand auf den Arm. »Ich möchte dich nicht verlieren, Marlon.«

»Wovon, zum Teufel, redest du?«

»Davon, dass du dich in das falsche Mädchen verliebt hast.«

»Dass ich …«

»Sie werden sie nicht gehen lassen, Marlon.«

Es hatte keinen Zweck mehr, so zu tun, als wüsste er nicht, wovon seine Mutter sprach. Vielleicht konnte er sie wenigstens beruhigen. Aber was sollte er sagen? Mach dir keine Sorgen, Mama, ich kriege das schon irgendwie hin?

Sie kam zu ihm und nahm seinen Kopf in beide Hände. »Versprichst du mir, dass du vorsichtig bist? Dass … ihr vorsichtig seid?«

Marlon nickte und ging hinaus. Es war Zeit, zum Melken zu fahren. Erst auf dem Hof fiel ihm ein, dass er sie gar nicht gefragt hatte, warum sie überhaupt in sein Zimmer gekommen war.

☽

Gertrud zauberte Orangenplätzchen und runde Kekse mit Schokoladesplittern aus den Tiefen der Schränke hervor und füllte sie in eine Schale, die sie auf den Tisch stellte. Die friedliche kleine Küche duftete nach einem kräftigen Earl Grey.

»Ab und zu muss man sich ein bisschen belohnen, findest du nicht?« Gertrud setzte sich Jana gegenüber und biss in einen Keks. Krümel spritzten über den Tisch.

Der Tee hatte genau die richtige Farbe. Er war goldgelb und dampfte in den Tassen.

»Ich glaube, ich habe mich verliebt«, sagte Jana leise.

Gertrud hörte auf zu kauen.

»In einen Jungen von draußen.«

Der angebissene Keks zerbrach Gertrud zwischen den Fingern.

»Entschuldige. Ich hatte nicht vor, dich da mit reinzuziehen. Es ist nur... ich hab sonst keinen zum Reden, nur dich und Mara. Und ich weiß nicht, ob Mara...«

»Schon in Ordnung.« Gertrud schob die Keksstücke und die Krümel auf dem Tisch zu einem Häufchen zusammen. Dann sah sie auf. »Willst du mir mehr erzählen?«

»Ich habe ihn im Wald getroffen. Zufällig. Aber natürlich werde ich ihn nicht wiedersehen.«

»Natürlich nicht.«

»Er hat mich fotografiert.« Und wir haben gelacht, dachte Jana. Er hat einen schief stehenden Schneidezahn und dafür hatte ich ihn gleich noch ein bisschen lieber. Und wenn ich ihn nicht wiedersehe, werde ich verrückt.

»Ist das dieser Junge, der immer auf seinem Roller durchs Dorf fährt?«, fragte Gertrud.

Jana nickte. »Er heißt Marlon.«

»Marlon.« Gertrud fischte ein aufgeweichtes Stück Keks aus ihrem Tee. »Ich habe ihn schon oft mit seiner Kamera gesehen.«

»Er wird die Fotos niemandem zeigen«, sagte Jana. »Das hat er Miri und mir versprochen.«

»Miri?« Erschrocken sah Gertrud auf.

»Sie war dabei«, sagte Jana. »Aber sie verrät nichts.«

»Bist du sicher? Miri ist fünf!«

»Aber sie ist etwas ganz Besonderes.«

»Das stimmt allerdings.«

Gertrud schüttete den abgekühlten Tee in den Ausguss und goss frischen in die Tassen. Sie tranken und sahen sich an.

»Erwartest du einen Rat von mir, Jana?«

»Nein. Nur, dass du mir verzeihst. Ich hätte es für mich behalten sollen.«

Gertrud verzog in gespielter Empörung das Gesicht. »Traust du mir nicht einmal zu, ein Geheimnis zu bewahren?« Dann wurde sie wieder ernst. »Ich gebe dir trotzdem einen Rat, Jana. Hör auf dein Herz. Und sei vorsichtig. Und wenn du mich brauchen solltest – ich bin immer für dich da.«

»Das waren gleich zwei Ratschläge«, sagte Jana.

»Die du beide befolgen solltest.« Gertrud zog ihre Notizen und die Kataloge der Neuerscheinungen heran. »Du darfst dich jetzt revanchieren.«

Ihre Arbeit wurde vom Gongschlag unterbrochen und sie gingen zum Speisesaal hinüber. Obwohl die Abendsonne nur noch wenig Kraft hatte, waren die Vorhänge vor den hohen Fenstern halb zugezogen. Alles schließen sie aus, dachte Jana, sogar das Licht. Haben sie Angst, zu viel zu sehen?

Timon saß schon auf seinem Platz. Er hatte sich heute lange in der Bibliothek aufgehalten. An einem der Tische sitzend, hatte er gelesen und gegrübelt und ins Leere geschaut und für nichts Augen gehabt.

Er kam oft und lieh jedes Mal einen Stapel geografischer Bücher aus.

Von Mara wusste Jana, dass er sich sehr für das Leben in fremden Ländern interessierte. Dass er es liebte, die phantastischsten Touren zu entwerfen. Manchmal hatte er Mara aus diesen Büchern vorgelesen und sie waren in Gedanken gemeinsam durch Indien gereist, hatten Peru besucht und die Karibischen Inseln.

Auch heute hatte er Jana einen hohen Stapel hingeschoben und sie hatte die Karten abgestempelt. Dabei fühlte sie seinen Blick. Es war ihr unangenehm. Das letzte Buch war ein Band mit Liebesgedichten. Das gab ihr den Rest.

»Weißt du, dass Mara morgen entlassen wird?«, fragte sie ihn mit gedämpfter Stimme.

»Ja«, sagte er.

Sie sah zu ihm auf. Seinem Gesichtsausdruck war nichts zu entnehmen. Eine Maske aus Stein. Als hätten sie alle Gefühle daraus weggemeißelt.

Wenn sie ihn umgedreht haben, dachte Jana, dann haben sie ganze Arbeit geleistet. Und dann hat auch er gelitten. Eine Spur von Mitleid stieg in ihr auf. Und eine schreckliche Ahnung, dass vielleicht auch Mara so zurückkommen würde, mit einer Maske vor dem Gesicht, so dicht, dass sie nicht mehr davon zu trennen wäre.

Auf dem Hof der Tischlerei neulich hatte Timon versucht, mit Jana zu reden, und sie hatte es nicht zugelassen. Dazu hatte sie kein Recht gehabt. Sie hätte sich wenigstens anhören müssen, was er zu sagen hatte.

Vielleicht war es noch nicht zu spät.

»Timon ...«, begann sie.

Bröckelte die Maske? Seine Mundwinkel zuckten. Er sah ihr direkt in die Augen. Doch da kam Gerald, der in der Auslieferung der Tischlerei arbeitete. Ein überaus seltener Gast. Jana hatte ihn zwei-, höchstens dreimal hier gesehen.

»Na, Timon«, sagte Gerald, »wieder Lesefutter für Wochen ausgeliehen?«

Timon lächelte und packte seine Bücher zusammen.

»Warte doch auf mich«, sagte Gerald. »Dann können wir zusammen gehen.«

Sie waren hinausgegangen, Gerald redend, Timon schweigend.

Jetzt fragte Jana sich, ob Geralds Erscheinen in der Bibliothek ein Zufall war. Vielleicht sollte er ein Auge auf Timon haben. Vielleicht wollte man Timons Kontakt zu Jana kontrollieren, denn der Kontakt zu ihr bedeutete auf Umwegen Kontakt zu Mara.

Nach dem Essen pflückte Jana einen Strauß Wiesenblumen. Sie stellte ihn in der schönsten Vase, die sie in der Geschirrkammer hatte auftreiben können, auf den Tisch in ihrem Zimmer und betrachtete ihn zufrieden. Mara würde sich darüber freuen.

Mara konnte sehr gut zeichnen. All diese Blumen hatte sie schon aufs Papier gebracht, so üppig und verschwenderisch, dass man beim Anschauen meinte, ihren Duft in der Nase zu haben. Ob man ihr im Strafhaus erlaubt hatte zu zeichnen?

Bis zum Abendgespräch war noch ein wenig Zeit. Jana holte ihr Tagebuch hervor und fing an zu schreiben.

☽

Mara war aus einem Traum aufgewacht. Kalter Schweiß stand ihr auf der Stirn. Sie hatte aus dem Strafhaus weglaufen wollen und war bis zum Ende des Dorfes gekommen, als ihre Schritte immer langsamer wurden. Es hatte sie eine beinah unerträgliche Anstrengung gekostet, die Füße zu heben, die in etwas feststeckten, das wie Klebstoff war. Hinter sich hatte sie die schnellen Schritte ihrer Verfolger gehört.

Dann war sie aufgewacht, gerade rechtzeitig.

»Es war bloß ein Traum«, murmelte sie. »Bloß ein Traum.«

Ihre Zähne klapperten aufeinander wie bei einem Schüttelfrost. Mondlicht floss ins Zimmer und es war kalt. Mara stellte sich vor, die Sonne schiene. Sie versuchte, sich an die Wärme des Tages zu erinnern und an den wandernden Sonnenfleck auf der Wand.

Der Traum zeigte ihr, dass eine Flucht sinnlos war, von vornherein zum Scheitern verurteilt.

Sie hatte wieder Sehnsucht nach ihrer Mutter. Nach irgendeiner Mutter. Waren Mütter nicht dazu da, ihre Kinder zu beschützen? Sie zu trösten, wenn sie Trost brauchten? Sie zu pflegen, wenn sie krank waren? Ihnen Mut zu machen, wenn sie Angst hatten?

Die Kinderfrauen waren in ihrer allumfassenden Liebe immer kühl geblieben. Ihre Umarmungen waren austauschbar gewesen.

Und was war mit der allumfassenden Liebe der Gesetzesfrauen? Sie beteten mit Mara, sie beteten sogar für sie. Um Vergebung. Aber konnten sie selbst vergeben?

Rituale, dachte Mara. Rituale von Liebe, Vergebung und Menschlichkeit. Das Leben bei den Kindern des Mondes ist ein Puppenspiel mit Figuren aus Fleisch und Blut. Der Kasper ist der Kasper, die Hexe ist die Hexe, das Krokodil ist das Krokodil.

Und La Lune zieht die Fäden.

Von der Freude auf den kommenden Tag war nicht viel übrig geblieben. Mara ahnte, dass ihre Entlassung nicht endgültig war. Das Spiel würde weitergehen, und es machte ihr Angst, dass sie nicht wusste, wie.

»Schlaf jetzt«, sagte sie. »Mach die Augen zu. Der Traum ist vorbei. Er wird nicht wiederkommen.«

Aber sie wusste, dass er nicht vorbei war. Und dass er Wirklichkeit werden konnte. Die Verfolger waren ihr auf den Fersen.

☽ 10 ☾

Jana hatte schon beim Morgengebet und beim Frühstück insgeheim nach Mara Ausschau gehalten. Es würde keine förmliche Rückkehr geben, die gab es bei denen, die im Strafhaus gewesen waren, nie. Sie tauchten einfach wieder auf, still und leise, fast so, als wären sie nie weg gewesen.

Keiner von ihnen sprach über die Zeit, die sie außerhalb der Gemeinschaft verbracht hatten, und der Ausdruck auf ihren Gesichtern blieb noch lange danach abweisend und verschlossen.

Der Vormittag in der Schule verging quälend langsam. Jana versuchte sich immer wieder vorzustellen, was Mara wohl gerade tat. War sie schon wieder in ihrem Zimmer? Beugte sie sich über die Blumen, um ihren Duft einzuatmen? Hatte sie ein Gespräch mit La Lune?

Nach der letzten Stunde blieb Jana in der Klasse, um Nachhilfeunterricht zu geben. Gute Schüler waren verpflichtet, schwächeren unter die Arme zu greifen.

Von jedem Zuviel geben Kinder des Mondes denen ab, die zu wenig haben.

Das war eine gute Sache, und es machte Jana Spaß, mit anderen zu arbeiten. In diesem Schulhalbjahr war sie für Sonja zuständig. Sonja hatte Probleme in Deutsch. Vor allem das kreative Schreiben bereitete ihr Schwierigkeiten.

Sie behauptete, keine Fantasie zu haben.

»Deshalb bin ich in Mathe so gut«, sagte sie. »Ich brauche Formeln und Gesetze, an die ich mich halten kann.«

Jana glaubte nicht daran, dass es fantasielose Menschen gab.

»Es gibt höchstens Menschen, die ihrer Fantasie nicht trauen«, widersprach sie.

Nach den ersten vergeblichen Versuchen, Sonja zum Schreiben zu bringen, war ihr der Gedanke gekommen, dass Sonja sich vor ihrer Fantasie regelrecht zu fürchten schien.

»Schließ die Augen«, sagte Jana. »Und dann warte einfach auf das, was kommt.«

Gehorsam schloss Sonja die Augen. Doch nach ein paar Sekunden riss sie sie wieder auf.

»Ich kann das nicht, Jana.«

Die Fenster waren weit geöffnet. Kinderlachen wehte herein.

»Wovor hast du Angst, Sonja?«

Der Mut der Mondheit trägt die Kinder des Mondes.

»Davor, dass ich die Kontrolle verliere«, sagte Sonja leise. Sie sah Jana flehend an.

»Schon gut.« Jana hielt diesen Blick kaum aus. »Ich behalte es für mich.«

Sie musste nach jeder Nachhilfestunde ein Protokoll anfertigen und es bei Reesa abliefern. Reesa besprach es zuerst mit Jana und danach in der Lehrerkonferenz.

Dass jemand darauf bestand, die Kontrolle über sich zu behalten, wäre Grund für eine ausführliche Befragung. Nur La Lune und dem engsten Kreis stand es zu, Kontrolle auszuüben. Sie taten das zum Wohl der Kinder des Mondes und die hatten sich vertrauensvoll ihrer Kontrolle zu unterwerfen.

Jana erschrak über ihre Gedanken. Sie hatte diese Dinge nie infrage gestellt, hatte alles hingenommen, sich wohl gefühlt in dem Bewusstsein, dass sie von La Lune und dem engsten Kreis, den Kinderfrauen und später den Lehrerinnen beschützt wurde.

Maras Verbannung ins Strafhaus, Timons sonderbare Wandlung und das Zusammentreffen mit Marlon hatten ihre Gewissheiten ins Wanken gebracht. Sie konnte das Wort *Schutz* nicht mehr denken, ohne dass im Hintergrund das Wort *Kontrolle* auftauchte.

Sie schob ihre Gedanken weg. Es war Zeit, sich eine andere Methode für Sonja auszudenken, eine, bei der sie sich sicher fühlen konnte.

»Versuchen wir es mit Assoziation«, sagte sie. »Ich nenne dir einen Begriff, und du schreibst auf, was dir dazu einfällt. Einverstanden?«

Sonja nickte.

»Ferien«, sagte Jana.

Sonja überlegte, dann schrieb sie. *Sonne. Wärme. Zeit haben. Ausruhen. Keine Schule. Andere Arbeiten. Sommer. Vorbei.*

»Und jetzt«, sagte Jana, »überlegen wir, wie wir aus diesen Eckpfeilern einen Text zaubern können.«

»Jana?«

»Ja?«

»Danke.«

☽

La Lune saß am Kopfende des langen Tisches, die Mitglieder des engsten Kreises hatten sich auf den Stühlen niedergelassen, die an den Längsseiten aufgestellt waren. Elsbeth und Karen hatten Mara in den Raum geführt und waren still wieder hinausgegangen.

In der Frühe hatten sie von ihr verlangt, das Gewand anzuziehen. Die übrige Kleidung wollten sie in Maras Zimmer schaffen lassen.

Das Gewand. Mara hatte es angesehen und plötzlich war es

ihr zuwider gewesen. Sie hatten ihr verwehrt, es im Strafhaus zu tragen, als wäre es heilig und Mara könnte es entweihen. Und nun bestanden sie darauf, dass sie es anzog?

Aber dann hatte sie sich doch nicht dagegen gewehrt. Wenn das Gewand der Schlüssel nach draußen war, wollte sie nicht so dumm sein, es sich mit Elsbeth und Karen zu verscherzen.

Der kurze Gang hierher, die frische Luft, die Sonne und das Gezwitscher der Vögel hatten die Lethargie der vergangenen Tage von Mara abfallen lassen. Sie hatte den Wind auf dem Gesicht und im Haar gespürt und sich wieder ein bisschen lebendiger gefühlt. Als wäre sie lange krank gewesen und nun auf dem Weg, wieder gesund zu werden.

Fünf Frauen und fünf Männer, das war der engste Kreis. Mara hatte bisher nicht viel mit ihnen zu tun gehabt. Sie wünschte, das wäre so geblieben.

Alle nickten ihr freundlich zu, doch niemand bot ihr einen Stuhl an.

Mara blieb am Ende des Tisches stehen. Mit der rechten Hand umschloss sie die linke.

»Mara, mein Kind«, sagte La Lune. »Wir freuen uns, dass du wieder bei uns bist.«

Das hättet ihr einfacher haben können, dachte Mara. Ihr hättet mich ja nicht einzusperren brauchen.

La Lune und die Mitglieder des engsten Kreises hatten viele Fähigkeiten, aber sie konnten keine Gedanken lesen. Das brachte Mara zum Lächeln. Waren Gedanken nicht etwas Wunderbares? Der einzige Bereich, in dem man absolut sicher war. Sie können einem sogar das Leben retten, dachte sie dankbar. Ohne meine Gedanken hätte ich das Strafhaus nicht überstanden.

La Lune und die Mitglieder des engsten Kreises missverstanden ihr Lächeln und lächelten ebenfalls.

Mara spürte, wie ein Rest alter Kraft in ihr wach wurde. Sie hatte das Bedürfnis, sich zu dehnen und zu strecken, damit diese Kraft durch alle Glieder fließen konnte. Aber sie beherrschte sich.

»Man muss streng sein zu denen, die man liebt«, sagte La Lune. »Man muss das Ungezähmte zähmen und das Ungebärdige zügeln. Es hat uns geschmerzt, dich zu bestrafen.«

Die Mitglieder des engsten Kreises hatten aufgehört zu lächeln. Der Schmerz, den sie durch die Bestrafung empfunden hatten, spiegelte sich auf ihren Gesichtern. Alte Gesichter. Gesichter, die Mara einmal für gütig und weise gehalten hatte.

Mara senkte den Kopf. Das war angemessen. Alle Kinder des Mondes wussten instinktiv, was angemessen war. Man hatte es ihnen von Geburt an eingeimpft. Sie durfte den Blick erst wieder auf La Lune richten, wenn die sie dazu aufforderte.

»Sieh mich an, mein Kind«, sagte La Lune.

Ich bin nicht dein Kind, dachte Mara. Ich bin niemandes Kind. In diesen dreißig Tagen, die hinter mir liegen, bin ich erwachsen geworden. Ich gehöre mir selbst, mir ganz allein.

Sie hob den Kopf und sah La Lune an.

»Hast du bereut?«

Hatte Mara erwartet, von dieser Frage verschont zu bleiben? Wie naiv. Sie hätte sich darauf vorbereiten und sich eine Antwort zurechtlegen müssen. Das wäre etwas gewesen, mit dem sie sich an all den langen Tagen hätte beschäftigen können. Es hätte ihre Gedanken beieinander gehalten.

»Ich bin müde«, sagte sie.

La Lune schien niemals müde zu sein, nie erschöpft. Vielleicht hielt ihr Lächeln sie jung. Sie sprühte vor Energie. Es war, als wäre sie von einer knisternden Aura umgeben. Sie überging Maras Bemerkung.

»Womit hast du deine Zeit der Strafe verbracht?«, fragte sie.

Mit Verzweiflung, dachte Mara, mit Unglücklichsein, mit der furchtbaren Angst, den Verstand zu verlieren.

»Ich habe nachgedacht«, sagte sie und wunderte sich darüber, wie fest ihre Stimme klang.

La Lune nickte zufrieden. Die Mitglieder des engsten Kreises lächelten wieder.

»Und weiter?«

»Ich habe gebetet«, sagte Mara. Wie leicht ihr die Lüge über die Lippen kam.

»Um was hast du gebetet?«, fragte La Lune.

»Um Vergebung.«

Eine sonderbare Mattigkeit füllte plötzlich Maras ganzen Körper aus. Sie hätte ihr gern nachgegeben, aber sie musste aufpassen und durfte nicht unvorsichtig werden.

»Das soll für heute genug sein«, sagte La Lune. »Geh auf dein Zimmer und nimm dein Leben wieder auf. Wir haben noch vieles zu besprechen, aber das hat Zeit.«

Nimm dein Leben wieder auf. Das hörte sich an, als hätte Mara es für eine Weile irgendwo abgelegt. Doch das hatte sie nicht getan. Sie hatte nur eine unbekannte Seite des Lebens kennen gelernt, den Schmerz und die Verzweiflung.

Mara verbeugte sich.

»Gehe hin in Frieden«, sagten die Mitglieder des engsten Kreises im Chor.

In Frieden, dachte Mara müde. Das wäre schön.

Draußen wurde sie von der frischen Luft empfangen, die sie beinah schwindlig machte. Sie war allein. Niemand begleitete sie, niemand bewachte sie. Die Kinder des Mondes gingen ihren Beschäftigungen nach. Sie grüßten Mara, wie sie es immer getan hatten, und Mara grüßte zurück, wie sie es erwarteten.

Als hätte sich nichts verändert.

Aber es hatte sich etwas verändert. Etwas Entscheidendes. Sie selbst war anders geworden.

☽

Marlon hatte Stauffer eine Reihe neuer Fotos gezeigt und gemeinsam hatten sie ein paar davon für die Ausstellung ausgewählt. Die restlichen hatte Marlon wieder eingepackt.

»Du solltest das Fotografieren ernsthaft verfolgen«, sagte Stauffer, als sie über den Schulhof gingen.

»Tu ich doch.«

»Ich meine beruflich«, erklärte Stauffer. »Deine Aufnahmen sind keine Glücksfälle. Das ist Begabung.«

»Meine Eltern halten sich mit Mühe und Not über Wasser«, sagte Marlon. »Ich muss ans Verdienen denken und das so schnell wie möglich.«

»Ist das dein Lebensentwurf?«, fragte Stauffer. »Geld verdienen?«

»Es ist meine Perspektive«, sagte Marlon brüsk. »Eine andere habe ich nicht.« Er ließ Stauffer stehen, ging zu seinem Roller, würgte vor Wut ein paar Mal den Motor ab und fuhr los.

Stauffer mit seinem Lehrergehalt hatte gut reden. So einer lebte nicht in einem Haus, das ihm unter den Händen zerfiel. Wenn irgendwas nicht funktionierte, bestellte er wahrscheinlich Handwerker, um es richten zu lassen. So einer konnte sich zwei Urlaubsreisen im Jahr leisten und sonntags zum Essen ausgehen. Die Stauffers dieser Welt redeten nicht über Geld, sie besaßen es ganz einfach.

Schule, Studium, Traumberuf? Das mochte für andere gelten, für Marlon galt es nicht.

Und wenn du wirklich gut bist?, hörte er eine kleine, nagende Stimme in seinem Innern. Und wenn du dazu noch ein bisschen Glück hast? Dann kannst du irgendwann mehr Geld verdienen, als du ausgeben kannst.

Wenn.

Wenn das Wörtchen wenn nicht wär, wär ich morgen Millionär.

Und was, dachte Marlon, würde ich dann tun?

Den Hof komplett renovieren und modernisieren lassen. Die besten Maschinen anschaffen. Hilfskräfte einstellen. Damit die Eltern es bequemer hätten.

Studieren. Und dann als Fotograf leben. Heute New York, morgen Paris, übermorgen London. Ein Haus in Südfrankreich kaufen und eine Wohnung in San Francisco.

Und das alles zusammen mit Jana.

Es würde ihm auch gefallen, in Australien Schafe zu züchten.

Wenn sie nur zusammen wären.

Er würde, dicht an sie geschmiegt, einschlafen und, dicht an sie geschmiegt, wieder aufwachen. Wie sah sie wohl aus, wenn sie noch verschlafen war?

Marlon lächelte. Die Wut auf Stauffer war verraucht.

Seine Mutter stand in der Küche und fing gerade an, Pfannkuchen mit Apfelscheiben zu backen. Der Vater und die Zwillinge saßen schon am Tisch.

»Na endlich!«, sagte Greta ungnädig. »Wir verhungern allmählich.«

Marlene sah demonstrativ auf die Uhr.

»Stauffer wollte noch mit mir sprechen«, erklärte Marlon. »Es hätte ihn bestimmt gefreut zu hören, dass ich keine Zeit habe, weil meine Schwestern Kohldampf schieben.«

Die Mutter hatte den ersten Pfannkuchen in der Mitte geteilt und gab den Mädchen je eine Hälfte auf ihre Teller.

»Damit ihr zufrieden seid«, sagte sie.

»Diese ewige Warterei auf Marlon«, maulte Greta und griff nach dem Zimtstreuer, bevor Marlene ihr zuvorkommen konnte.

»Wir sind eine Familie und essen gemeinsam.« Es zischte, als die Mutter neuen Teig in die heiße Pfanne goss. »Wir begegnen uns ja sowieso nur noch zu den Mahlzeiten.«

Greta und Marlene verdrehten die Augen.

»Außerdem hab ich keine Lust, für jeden extra zu kochen. Und jetzt hört endlich auf zu meckern.«

Die Mutter schaffte es, im Haushalt mit sehr wenig Geld auszukommen, ohne dass man es merkte. Sie servierte die Pfannkuchen wie den Auftakt zu einem Dreisterne-Menü und der Duft, der sich in der Küche ausgebreitet hatte, ließ Marlon das Wasser im Mund zusammenlaufen.

»Schmeckt prima«, sagte er.

Der Vater aß schweigend. Marlene und Greta erzählten von der Schule.

Jeder Lehrer war ein Idiot, die meisten Mitschüler waren ätzend. Ständig wurden die Zwillinge ungerecht behandelt und davon abgesehen langweilten sie sich nur in Sport nicht zu Tode.

»Wozu brauchen wir Mathe«, fragte Greta, »wenn wir doch Stewardessen werden wollen?«

Vor einem Monat hatten sie noch vorgehabt, Tierärztinnen zu werden. Das war, nachdem sie Regisseurin von ihrer Liste gestrichen hatten.

»Ein bisschen Bildung schadet euch nicht«, sagte die Mutter.

»Rein theoretisch könnten wir nach diesem Jahr abgehen.« Marlene teilte sich noch einen Pfannkuchen mit Greta. »Wir überlegen uns das ernsthaft.«

»Wenn eure Noten sich nicht ändern«, sagte der Vater lapidar, »wird euch sowieso nichts anderes übrig bleiben.«

Marlene stöhnte. »Geht das schon wieder los!«

Greta lenkte das Gespräch in eine andere Richtung. »Wir haben uns verknallt.« Ihr Gesicht nahm einen schwärmerischen Ausdruck an. »In einen aus der Elf.«

»Es müsste ihn als Zwilling geben«, sagte Marlene. »Genau wie uns. Dann wär das Problem gelöst. Aber so was Süßes gibt es leider nur einmal. Wir werden wohl würfeln müssen.«

Sie verliebten sich ständig aufs Neue, denn ihre Gefühle verflogen so schnell, wie sie gekommen waren.

Marlon konnte nicht verstehen, dass sie das jedes Mal ausposaunten. Was er für Jana empfand, wussten nicht einmal Marsilio und Tim, die seine besten Freunde waren.

Er sah seine Mutter an, die endlich auch angefangen hatte zu essen. Ob sie es dem Vater erzählt hatte?

Sie lächelte ihm zu und er verstand: Sei beruhigt, kein Wort kommt über meine Lippen.

»Bei Eschens hat es gebrannt«, sagte der Vater ganz unvermittelt.

Sie starrten ihn ungläubig an.

»Wo?«, fragte Marlon.

»Die Scheune draußen auf dem Feld. Heiner hat es selbst entdeckt. Die Feuerwehr war den ganzen Morgen an der Brandstelle, aber sie haben nichts mehr retten können.«

Es brannte verdächtig oft in letzter Zeit. Die Dorfbewohner waren davon überzeugt, dass die Kinder des Mondes die Hand dabei im Spiel hatten, aber bisher war es noch in keinem Fall gelungen, Brandstiftung nachzuweisen.

Der Vater schob seinen Teller weg und stopfte sich eine Pfeife. »Und in ein paar Wochen werden die da wieder ein Angebot machen, wetten?«

Er zündete die Pfeife an. Der süßlich duftende Rauch quoll ihm aus dem Mund, breitete sich zu einem grauen Schleier aus und stieg langsam an die Decke.

Marlene hustete vorwurfsvoll.

Der Vater besah sich das abgebrannte Streichholz, das er zwischen Daumen und Zeigefinger hielt. »Wenn man bloß einmal einen von diesem Verbrecherpack auf frischer Tat erwischen würde!«

»Du weißt nicht, ob sie wirklich die Brandstifter sind«, sagte die Mutter. »Bis jetzt ist es nur eine Vermutung.«

»Ich weiß es. Und du weißt es auch. Jeder weiß es.« Grimmig sog der Vater an der Pfeife. »Die sollen sich nicht wundern, wenn mal einer zurückschlägt.«

»Rolf!« Die Mutter legte ihr Besteck auf den Teller, dass es klirrte. »Weißt du eigentlich, was du da sagst?«

Marlon beobachtete seinen Vater, der aus dem Fenster sah und seinen Gedanken nachhing. Die Stimmung im Dorf hatte sich in den vergangenen Jahren bedrohlich hochgeschaukelt. Was würde passieren, wenn die Emotionen überkochten? Der Vater hatte immer zu den Besonnenen gehört. Und selbst er verlor allmählich die Geduld.

Die Mutter begann, den Tisch abzuräumen. »Geht nur«, sagte sie zu Marlon und den Zwillingen. »Ich bringe die Küche heute allein in Ordnung.«

Die Zwillinge sprangen auf und polterten die Treppe hinauf. Marlon machte sich noch einen Tee, den er mit nach oben nehmen wollte.

Als er durch die Diele ging, hörte er die Stimme seiner Mutter, leise, aber bestimmt, dann die seines Vaters, laut und erregt.

☽

Mara war nicht da.

Jana setzte die Schultasche ab und ließ vor Enttäuschung die Arme hängen. Sie trat ans Fenster. Es war gekippt und ließ die

Geräusche und Gerüche des Sommers ein, der sich noch einmal zu verausgaben schien, bevor er dem Herbst Platz machen musste. Das Licht über den Häusern war fast körperhaft dicht. Zwischen dem satten, dunklen Grün der Bäume und Sträucher leuchteten die Blüten der Dahlien und Rosen.

Eine Fliege surrte müde an der Scheibe entlang. Jana versuchte, sie mit der Hand ins Freie zu lenken, aber jedes Mal wenn es ihr fast gelungen war, flog die Fliege panisch wieder ans andere Ende des Fensters zurück. Hatte sie Angst vor der Freiheit, oder war sie nur zu dumm, um sie zu erkennen?

Nach dem vierten vergeblichen Versuch drehte Jana sich um. Und entdeckte neben Maras Bett eine Tasche. Sie war noch nicht ausgepackt, stand ungeöffnet da. Jana suchte das Zimmer nach weiteren Veränderungen ab. In die Tagesdecke auf Maras Bett war eine leichte Kuhle gedrückt, als hätte jemand darauf gesessen. Vielleicht war die Blumenvase ein wenig verrückt worden, aber das konnte Jana nicht mit Sicherheit sagen.

Mara war zurück!

Wahrscheinlich konnte sie nicht auf mich warten, dachte Jana, bestimmt hat La Lune sie zu sich gerufen.

Ihre Wangen glühten. Wenn sie sich nicht in den Griff bekam, würde ihr jeder ansehen, wie aufgewühlt sie war. Das wäre das Ende ihrer Freundschaft mit Mara.

Tiefere Freundschaften zu einzelnen, ausgewählten Menschen gibt es für ein Kind des Mondes nicht.

Man würde sie voneinander trennen. Sie dürften vor allem nicht länger das Zimmer miteinander teilen.

Jana ging in den Waschraum und wusch sich das Gesicht. Doch als sie in den Spiegel sah, waren ihre Wangen noch immer rot wie im Fieber. Wieder hielt sie die Hände unter den Wasserstrahl, aber da hallte schon der Gongschlag durchs Haus.

An der Tür zum Speisesaal stieß sie fast mit Gerald zusammen. Er blieb stehen, um sie vorzulassen. Sein Lächeln gefiel ihr nicht.

Janas Blick flog durch den Raum.

Da war Mara. Sie saß schon auf ihrem Platz.

Langsam gehen, dachte Jana, damit niemand merkt, wie eilig ich es habe, zu ihr zu kommen.

Mara hob den Kopf.

Es gab Jana einen Stich.

Mara war sehr blass. Ihr Gesicht war schmal geworden. Ihre Augen wirkten riesig. Darunter lagen bläuliche Schatten.

»Hallo, Mara.« Jana setzte sich neben sie.

»Hallo, Jana«, sagte Mara.

Als wären sie die perfekten Kinder des Mondes, mit der allumfassenden, im tiefsten Innern jedoch unbeteiligten Liebe für jedes Geschöpf der Mondheit ausgestattet.

Unterm Tisch tastete Jana nach Maras Hand. Die war schon da und wartete.

»Wie geht es dir?« Jana sah Mara nicht an.

»Fast schon wieder gut«, flüsterte Mara. »Gleich in unserem Zimmer?«

»Ja.«

Am runden Tisch in der Mitte erhob sich La Lune, um das Gebet zu sprechen.

☽

Marlon pfiff nach dem Hund. Er kam aus dem Keller, wo er gern in den dunklen Ecken stöberte, und wedelte so heftig mit dem Schwanz, dass sein Hinterteil hin und her schwankte und ihn beinah das Gleichgewicht verlieren ließ.

»Komm, Alter.« Marlon öffnete die Tür. »Du hast ein bisschen Bewegung nötig.«

Der Hund trottete eilig an ihm vorbei, lief ein paar Meter und drehte abwartend den Kopf.

Marlon hatte ein schlechtes Gewissen. Er kümmerte sich nicht genug um den Hund. Seit er zu alt war, um neben dem Fahrrad oder dem Roller herzulaufen, ließ er ihn viel zu oft zu Hause. Er sollte häufiger zu Fuß gehen und ihn mitnehmen. Wenn der Hund bloß herumlag und schlief, würden seine Gelenke immer steifer werden.

Von der Scheune waren nur ein Haufen verkohltes Holz, zerbrochene Dachziegel und jede Menge Asche übrig geblieben.

Heiner Eschen stand davor, die Hände in den Hosentaschen vergraben.

»Verfluchter Mist«, sagte er. »Guck dir das an.«

Marlon und sein Vater würden mithelfen, eine neue Scheune zu bauen, und alle anderen Männer des Dorfes auch. Keines ihrer Häuser und keine ihrer Scheunen war ohne Nachbarschaftshilfe errichtet worden. Man hielt zusammen, erst recht, seit die Kinder des Mondes damit begonnen hatten, sich über das ganze Dorf auszudehnen.

»Die wollen mich fertig machen«, sagte Heiner Eschen. »Aber das werden sie nicht schaffen. Keiner vertreibt mich von meinem Grund und Boden, da können sie hundert Feuer legen.«

Von hier aus hatte man einen guten Blick auf die Gebäude der Sekte, zwischen denen einzelne Kinder des Mondes in ihrer schlichten Kleidung hin und her gingen, cremefarben, braun, schwarz, orange.

Und blau, dachte Marlon.

Er vermied es, Heiner Eschen anzusehen. Seit Jana Teil seiner Wünsche geworden war, hatte er einen Schritt in die andere Richtung getan, auf die Gegenseite zu.

»Gib uns Bescheid, wenn du mit dem Bauen anfangen willst«, sagte er.

Heiner Eschen nickte.

Der Hund kläffte begeistert, als sie wieder aufbrachen. Früher war er, wenn er eine Wildfährte aufgenommen hatte, wie der Blitz über die Felder geschossen und erst Stunden später nach Hause gekommen, den Schwanz zwischen die Beine geklemmt, ein Ausbund an schlechtem Gewissen. Marlon und sein Vater hatten sich viel Mühe mit seiner Erziehung gegeben, denn der Hund eines Bauern durfte kein Wilderer sein. Er sollte aber auch nicht das Leben eines Hofhunds an der Kette fristen.

Inzwischen gab es kein Problem mehr damit. Selbst wenn er gewollt hätte, der Hund konnte nicht mehr jagen. Steifbeinig trabte er vor Marlon her, verfolgte die eine oder andere Spur ein Stück ins Gebüsch hinein, kam aber immer wieder rasch daraus hervor. Ab und zu stupste er mit der kalten, feuchten Schnauze Marlons Hand an, als wollte er sich für diesen Ausflug bedanken.

Friedlich lag die Lichtung in der Sonne. Marlon setzte sich auf den Boden und lehnte sich gegen den Stamm einer mächtigen Buche. Der Hund rollte sich neben ihm zusammen und schlief ein.

Vielleicht kam Jana ja diesmal. Marlon war schon so oft vergeblich hier gewesen. Er legte die Hand auf den Kopf des Hundes, horchte auf die schläfrige Stille und schloss die Augen.

☽

Kaum war die Tür zu, fielen sie sich in die Arme. Jana streichelte Maras Rücken.

»Wie dünn du geworden bist.«

Sie zogen die Schuhe aus und setzten sich auf Janas Bett.

»Danke für die schönen Blumen. Ich hab heute Morgen schon an ihnen geschnuppert. Aber jetzt«, Mara sah Jana erwartungsvoll an, »sag mir zuallererst, wie es Timon geht. Ich hatte ja noch keine Gelegenheit, mit ihm zu sprechen.«

Diese Frage hatte Jana gefürchtet.

»Was haben sie ihm angetan?«

»Ich weiß es nicht, Mara.«

»Wieso? Warum weißt du das nicht?«

»Weil ich ihm immer aus dem Weg gegangen bin.«

»Immer aus dem … Heißt das, er war die ganze Zeit frei?« Mara strahlte vor Erleichterung. Dann runzelte sie die Stirn. »Aber warum bist du ihm aus dem Weg gegangen?«

Sie hatten einander nie belogen. Jana hatte nicht vor, jetzt damit anzufangen. »Weil er dich verraten hat.«

»Er hat mich nicht verraten, Jana.«

»Und warum ist er nicht bestraft worden? Doch nur weil sie ihn umgedreht haben.«

»Das haben sie bestimmt versucht, aber ohne Erfolg.«

»Wie kannst du so sicher sein, Mara?«

»Wenn Timon jemand wäre, den man umdrehen kann, dann hätte ich mich nie in ihn verliebt.«

»Aber du weißt doch, welche Mittel sie haben. Du hast es selbst erlebt!«

»Und es ist ihnen trotzdem nicht gelungen.« Mara drückte Janas Hand. »Hast du an mir gezweifelt, Jana?«

»Nicht eine Sekunde lang.«

»Warum zweifelst du dann an Timon? Er hat mich nicht verraten, Jana. Er hat mich beschützt.«

»Wie denn?«

Mara hob die Schultern. »Das weiß ich nicht. La Lune ist immer wieder ins Strafhaus gekommen, um mit mir zu sprechen, aber sie hat mich seltsamerweise nie bedrängt. Das lässt doch darauf schließen, dass es das Problem Mara/Timon in ihren Augen nicht mehr gibt.«

»Und du? Was hast du ihr gesagt?«

»Kein einziges Wort.«

Jana beugte sich vor und nahm Mara in die Arme. »Du bist der tapferste Mensch, den ich kenne.«

Mara lachte. »Nicht tapfer. Nur verliebt.«

Jana ließ Mara los und lächelte sie an.

»Verliebt bin ich auch. Aber nicht halb so tapfer wie du. Es ist ein Junge von draußen.«

Unwillkürlich sah Mara zur Tür.

»Soll ich dir von ihm erzählen?«

»Alles. Von Anfang an.«

Leise begann Jana zu reden.

☽

Marlon wurde davon wach, dass der Hund sich enger an ihn drückte. Wolken hatten sich vor die Sonne geschoben und es war kühl geworden. Fröstelnd rieb Marlon sich die Arme.

Er hatte wirklich das Zeug zu einem grandiosen Liebhaber – setzte sich hin, um auf sein Mädchen zu warten, und schlief dabei ein.

Der Hund leckte ihm die Hand und sah ihn mit großen, uralten Augen an.

Plötzlich wusste Marlon, dass der Hund bald sterben würde. Er legte sich zu ihm und streichelte seinen glatten Kopf.

Der Hund berührte Marlons Gesicht mit der Pfote. Seine Liebe war bedingungslos und unveränderlich, sein Zutrauen grenzenlos.

»Komm«, sagte Marlon heiser. »Wir gehen nach Hause.«

Am liebsten hätte er den Hund getragen. Er konnte kaum mit ansehen, wie mühsam er sich aufrappelte, wie vorsichtig er sich streckte und wie unsicher er die ersten Schritte tat.

»Ich gehe ganz langsam«, versprach er ihm. Und er nahm sich vor, ab jetzt auf ihn Acht zu geben, mehr als bisher.

☽ 11 ☾

Zwei Mal war ich schon auf der Lichtung, aber Marlon ist nicht gekommen.

»Weißt du denn, ob er auch in dich verliebt ist?«, hat Mara mich gefragt. Und mir die Hand auf den Mund gelegt. »Sag nichts. Das war eine dumme Frage. Das Glück leuchtet dir ja nur so aus den Augen.«

☽

Wieder war Mara zu einem Gespräch gebeten worden, diesmal in La Lunes Haus. Mara hatte es noch nie betreten. Das war den Kindern des Mondes nicht gestattet. Nur in ganz besonderen Fällen ließ La Lune ein Kind des Mondes dorthin rufen.

Man gelangte durch einen Garten hinein, in dem die Natur streng kontrolliert war. Er erinnerte Mara an Fotografien, die sie einmal in einem Buch über japanische Gärten gesehen hatte. Karge, schmucklose Nadelgehölze. Kleine, dunkle Teiche. Kunstvoll aufgeschichtete Felsbrocken. Bambus, Schilf und Gras. Die Wege, die durch den Garten führten, waren mit Kieselsteinen unterschiedlicher Größe und Farbe zu einem Mosaik ausgelegt, auf dem Mara Blumen, Sterne und Monde erkennen konnte.

Rechts vom Eingang stand eine Statue der Mondheit aus poliertem grünem Marmor, unergründlich, fern und auf eine beklemmende Weise schön.

Meike ließ Mara ein. Nur diejenigen Kinder des Mondes, die schon eine hohe Ebene des Bewusstseins erreicht hatten, durften sich ständig in La Lunes unmittelbarer Nähe aufhalten. Sie waren so etwas wie ihre Dienerinnen. La Lune selbst bestimmte sie dazu.

»Warte bitte einen Moment.« Meike verschwand lautlos hinter einer Tür.

Mara sah sich um. Sie befand sich in einer geräumigen Halle mit weißem, spiegelndem Marmorboden. Durch die hohen, schmalen Fenster blickte sie auf den rückwärtigen Teil des Gartens. Zwei der weiß verputzten Wände waren mit Landschaftsbildern bemalt, die an Renoir erinnerten und ihr das Gefühl gaben, sie könne alles hinter sich lassen und still in ihnen davongehen.

Die Mitte des Raums wurde von einem langen Tisch aus Pinienholz eingenommen, an dem zwölf Stühle mit reich geschnitzten Rückenlehnen standen. Seltene Pflanzen in Tonkübeln warfen unbewegte Schatten auf den Boden. Hoch oben wölbte sich eine mächtige gläserne Kuppel.

Kinder des Mondes streben nach Vervollkommnung des Geistes. Materielle Güter haben für sie keine Bedeutung.

Verwirrt betrachtete Mara den silbernen Kerzenleuchter auf dem Tisch. Die beiden silbernen Obstschalen, bis zum Rand gefüllt mit exotischen Früchten. Das funkelnde Kristall der Lampen, die wie Perlenschnüre von der Kuppel zu fließen schienen.

Alle Kinder des Mondes sind gleich. Es gibt keine Armut und keinen Reichtum. Sie leben in der Fülle der Gedanken.

Entlang der Fensterfront war ein Wasserbecken in den Boden eingelassen. Mara ging langsam darauf zu und sah, dass Goldfische darin schwammen.

Die Kinder des Mondes leben in Freundschaft mit den Tieren. Sie respektieren ihre Bedürfnisse und achten ihre Würde.

Würde, dachte Mara. Bedürfnisse. Haben diese armen Fische darum gebeten, dem flachen Wasserbecken ein wenig Farbe zu geben?

Geld, Macht und Luxus sind der Tod einer jeden menschlichen Gemeinschaft.

Maras Verwirrung wuchs. Vielleicht war das hier nur ein Traum. Vielleicht würde sie gleich wach werden, sich die Augen reiben und versuchen, ihn schnell zu vergessen. Weil er einen Hang zu verbotenen Wünschen verriet, eine verborgene Sehnsucht nach Überfluss.

Sie hörte ein Geräusch hinter sich und drehte sich wie ertappt um.

Da stand La Lune und die Goldfäden in ihrem Gewand glänzten wie die Leiber der Fische.

»Mara, mein Kind«, sagte sie. »Setzen wir uns und reden.«

☽

Schon an der Tür wurde Jana von Miri und Indra empfangen. Das Kinderhaus hatte eine eigene kleine Bibliothek, die ab und zu durchgesehen werden musste. Gertrud überließ diese Aufgabe immer Jana, weil sie wusste, wie gern sie ins Kinderhaus ging.

»Jana!« Miri blieb vor Jana stehen, ohne sie zu berühren. Sie begriff allmählich, welche Gefühle sie zeigen durfte und welche nicht. »Hast du neue Bücher mitgebracht oder tust du die alten nur nachgucken?«

»Beides, Miri.«

Die Tür zu einem der Gruppenräume stand einen Spaltbreit

offen. Jana hörte im Vorbeigehen Tanja mit ihrer schönen, klaren Stimme vorlesen. Tanja war die jüngste der Kinderfrauen. Die Kinder hingen an ihr wie die Kletten.

»Wollt ihr nicht lieber weiter zuhören?«, fragte Jana.

Miri schüttelte den Kopf. »Die Geschichte vom Regenwurm mag ich nicht.«

»Ich wohl«, sagte Indra. »Das ist meine Lieblingsgeschichte. Ich hab sie schon ganz oft selber gelesen.«

»Kannst du ja gar nicht.«

»Kann ich wohl.«

»Aber nur, weil du sie auswendig kennst«, sagte Miri und machte die Tür zur Bibliothek auf.

»Möchtet ihr die Tasche auspacken?«, fragte Jana, bevor die beiden sich in einen handfesten Streit verwickeln konnten.

Eifrig machten sie sich an die Arbeit. Jana nutzte die Ruhe, um die Bücher in den Regalen zu inspizieren. Als sie sich nach Miri und Indra umsah, stellte sie fest, dass sie sich auf den Boden gelegt hatten und in den neuen Bilderbüchern blätterten.

Nebenan begannen die Kinder zu singen.

»Mond, Mond, Mond,
der hoch am Himmel thront,
schenke uns dein Silberlicht,
oh Mondenschein, verlass uns nicht.«

Jana lächelte. Wie feierlich ihr früher zumute gewesen war, wenn sie dieses Lied gesungen hatte. Sie summte mit.

»Mond, Mond, Mond,
der hoch am Himmel thront,
bist bei uns in der Nacht,
gibst gütig auf uns Acht.«

Damals war die Welt noch geordnet gewesen. Alles hatte seinen Platz gehabt, unverrückbar, das Gute und das Schlechte. Jetzt waren die Dinge in Bewegung geraten. Als wäre Jana beim Schwimmen von einem Strudel erfasst worden. Sie hatte die Orientierung verloren, wusste nicht mehr, wo oben war und wo unten.

Sie fand zwei Bücher, deren Umschläge beschädigt waren, holte Folie, Schere und Klebeband aus der Tasche, ging zu einem kleinen Tisch und setzte sich auf den Kinderstuhl, der davor stand.

Jedes Mal wenn sie im Kinderhaus war, fühlte sie sich wie Gulliver in Lilliput. Sämtliche Einrichtungsgegenstände waren auf die Größe der Kinder zugeschnitten. La Lune wies in den pädagogischen Vorträgen, die sie bei den Informationsveranstaltungen manchmal hielt, gern darauf hin.

In einer Umgebung, die ausschließlich den Bedürfnissen der Erwachsenen gerecht wird, sind die meisten Gegenstände für ein Kind unerreichbar. Alles erscheint dem kindlichen Auge überdimensioniert. Selbst ein Stuhl kann ein unüberwindbares Hindernis darstellen.

Für solche Sätze hatte Jana La Lune geliebt. Nur jemand wie sie, hatte sie gedacht, kann sich so in die Sichtweise eines Kindes einfühlen. Inzwischen wusste sie, dass La Lunes Erkenntnisse nicht neu und vielleicht nicht einmal ihre eigenen waren. Und natürlich verriet La Lune auch nicht, dass sich die Wirklichkeit bei den Kindern des Mondes in vielem von dem unterschied, was La Lune vor dem Mikrofon vertrat.

Da erschien Tanja in der Tür und forderte Miri und Indra auf, wieder in den Gruppenraum zu kommen. Indra klappte sofort das Buch zu, das sie sich angeschaut hatte, trug es zum Tisch und lief hinaus.

Miri blieb liegen.

»Hast du mich nicht gehört?«, fragte Tanja.

»Doch. Ich will aber hier bleiben.«

Tanja nahm ihr wortlos das Buch ab, hob sie hoch und trug sie zur Tür. Jana hörte Miri wütend protestieren, dann ertönte wieder das vielstimmige *Mond, Mond, Mond*.

Jana ballte die Hände zu Fäusten. Ihr war übel. Welchen Sinn machte es, die Räume der Kinder mit niedlichen kleinen Möbelstücken auszustaffieren, wenn die Erwachsenen Riesen blieben?

Rasch brachte sie die Arbeit zu Ende, räumte die neuen Bücher ein, hängte sich die Tasche über die Schulter und verließ das Kinderhaus.

Weglaufen, dachte sie. Miri bei der Hand nehmen und mit ihr weglaufen.

Doch das war keine Lösung. Vor allem dann nicht, wenn man nicht wusste, wohin man laufen sollte.

☽

Der Doktor hatte nach einer kranken Kuh gesehen, die sie im Stall isoliert hatten.

»Wo Sie schon mal da sind«, sagte Marlon auf dem Weg nach draußen, »würden Sie sich auch den Hund angucken? Er kann sich immer schlechter bewegen. Und seit gestern frisst er nicht mehr. Irgendwas ist mit seinem Hals.«

Er hatte die Schwellung am Morgen bemerkt, als er den Hund gestreichelt hatte. Sie hatte ihm einen höllischen Schrecken eingejagt.

Der Hund lag in der späten Nachmittagssonne und hob den Kopf, als er sie aus der Tür kommen sah. Sein Schwanz klopfte freudig auf den Boden.

»Na, alter Junge.« Der Doktor kniete sich neben ihn. »Was machst du denn für Geschichten?«

Behutsam tastete er den Hals ab, den Bauch, fuhr mit geübten Fingern über die Gelenke und zog dann das Stethoskop aus der Tasche.

»Das Herz«, sagte er, als er mit der Untersuchung fertig war. »Und wenn das Herz Probleme macht, sammelt sich oft Wasser im Körper an. Deshalb kann er nicht schlucken.« Er reichte Marlon eine kleine Schachtel. »Gib ihm jeden Tag eine halbe von diesen Herztabletten. Zum Entwässern bekommt er eine Spritze. Nächste Woche sehe ich ihn mir noch mal an. Und was seine Gelenke angeht – Marlon, er ist alt, da kann ich nichts tun. Geh ab und zu ein bisschen mit ihm spazieren, aber lass ihn selbst das Tempo bestimmen.«

Marlon sah ihm nach, als er in seinem klapprigen Renault davonfuhr. Kein Wunder, dass er bei den Bauern beliebt war. Er sah aus wie einer von ihnen und benahm sich auch so. Auf nichts reagierten die Leute im Ort allergischer als auf einen feinen Pinkel.

In der Küche verabreichte Marlon dem Hund die erste halbe Tablette. Er drückte sie in ein Stück Leberwurst, sodass der Hund sie nicht riechen konnte. Dann setzte er sich noch eine Weile an den Schreibtisch.

Bald war Melkzeit und danach würde er dem Rat des Doktors folgen und mit dem Hund einen Spaziergang machen. Der Weg zur Lichtung schien ihm genau der richtige zu sein.

☽

Mara blieb an der Tür stehen und sah sich um. Sie hatte den großen, stillen Raum ganz für sich allein. Vor der Marienskulptur brannten die Kerzen. Durch die bunten Fenster fiel Zauberlicht. Mara atmete tief ein. Dieser Geruch. Wie sie ihn vermisst hatte.

Sie wusste, dass es nicht der Geruch selbst war, der ihr gefehlt hatte, sondern all das, was sie mit ihm verband. Dieser Ort war ihr Stück von der Welt draußen. Ihr Asyl. Jedes Mal für kurze Zeit.

Sie zündete zwei Kerzen an, eine für sich und eine für Timon. Dann legte sie ihre Geschenke daneben, eine Rosenblüte und einen kleinen, runden, zart gemaserten Stein. Langsam ging sie durch den Mittelgang zurück und setzte sich in die letzte Reihe, ganz außen, auf den Platz, der am meisten im Dunkel lag.

Sie hatte La Lune zugehört, die von den Pflichten der Kinder des Mondes geredet hatte, von der Gemeinschaft und der Verantwortung, die jeder Einzelne der Gemeinschaft gegenüber habe. Sie hatte sich das alles angehört und dazu geschwiegen. Kein Wort von Reue war über ihre Lippen gekommen. Sie hatte ihre Strafe verbüßt. Zu mehr war sie nicht bereit. Keine Lügen mehr, kein Vortäuschen von Wahrheiten, die nicht ihre eigenen waren.

La Lune hatte gemerkt, dass sie an eine Grenze gestoßen war und dass Mara ihr nicht erlaubte, sie zu überschreiten. Ihr Lächeln war zu etwas ganz Mechanischem geworden und das hatte es hart aussehen lassen und wie aufgemalt.

»Ich werde für dich und Timon andere Partner auswählen«, hatte sie schließlich gesagt. »Die Mondheit hat mir ein Zeichen gegeben.«

Ihre Rache. Selbstsüchtig, klein und gemein.

Keinen Moment hatte Mara an ein Zeichen der Mondheit geglaubt. Ihr Bild von La Lune war endgültig in sich zusammengefallen.

Jetzt war sie frei. Nichts verband sie mehr mit den Kindern des Mondes und ihren Idealen, an die sie als Kind so unerschütterlich geglaubt und an denen sie später, als die ersten

Zweifel in ihr wach wurden, immer noch hartnäckig festgehalten hatte.

Später hatte La Lune ihr Lächeln wiedergefunden. Aber Mara hatte es ihr nicht mehr abgekauft.

Ruhig saß sie da, sah auf das flackernde Licht der Kerzen und wartete.

☽

»Mach Schluss für heute«, sagte Gertrud. »Mit dem Rest werde ich allein fertig.«

Jana hatte gerade damit anfangen wollen, die zurückgebrachten Bücher wieder einzusortieren.

»Kommt überhaupt nicht infrage«, sagte sie. »Du arbeitest sowieso zu viel. Manchmal denke ich, du würdest am liebsten ganz in die Bibliothek ziehen. Vielleicht warst du in einem früheren Leben einmal ein Buch?«

»Eins mit sieben Siegeln.« Gertrud schmunzelte. »Aber du hast Recht. Ich brauche eigentlich nicht viel mehr als meine Bücher, um … hoppla!« Sie hielt sich die Hand vor den Mund. »Habe ich *meine* gesagt?«

»Natürlich sind es deine. Weil du sie besser kennst als irgendjemand sonst.«

»Lass das La Lune nicht hören. Hast du vergessen, dass Kinder des Mondes nichts besitzen dürfen?«

»Nicht mal Wissen?«

»Nicht einmal das.«

Gertrud nahm die Brille ab und legte sie auf den Schreibtisch. Sie hatte neulich gelesen, man solle die Augen nicht zu sehr verwöhnen und sie dann und wann ein wenig trainieren. Ohne Brille sahen ihre Augen groß und verloren aus und als wären sie maßlos erstaunt über das Leben.

»Aber wie sonst kann die Welt verändert werden, wenn nicht durch Wissen?«, fragte Jana.

Gertrud blinzelte sie kurzsichtig an. »Glaubst du tatsächlich, La Lune ist an Veränderung interessiert?« Sie griff nach einem Kugelschreiber und kaute darauf herum. Das tat sie immer, wenn Unterhaltungen eine kritische Phase erreichten. »Was ist die Welt für dich, Jana?«

Jana hob die Hände und zog einen ungefähren Halbkreis durch die Luft. »Wir. Die Menschen draußen. Die Tiere. Die Pflanzen … alles. Du stellst wirklich komische Fragen.«

»Und was bedeutet die Welt für La Lune?«

»Dasselbe natürlich. Ich meine, sie spricht zwar von der *eigentlichen* Welt, der Welt der Kinder des Mondes, aber …«

»Nein!« Gertrud nahm den Kugelschreiber aus dem Mund. »Nein! La Lunes Welt existiert nur in ihrem Kopf. In ihrem Kopf, Jana! Und wenn sie von dieser Welt spricht, dann spricht sie von einem Hirngespinst, das nur durch eines veränderbar ist: durch ihren eigenen Willen.«

»Und das Wissen?« Janas Blick glitt über die langen Reihen von Büchern.

»Kann La Lune nichts anhaben, solange sie davon überzeugt ist, alles kontrollieren zu können.«

»Und wenn sie das nicht mehr ist?«

»Sollte sie nur ein einziges Mal auf ernsthaften Widerstand stoßen und ihn mit den Büchern in Verbindung bringen, dann ist das hier alles nur noch Papier und sie wird es verbrennen.«

Jana starrte Gertrud entsetzt an.

Seufzend setzte Gertrud sich die Brille wieder auf die Nase. »Entschuldige. Es war nicht richtig, meinen Gefühlen freien Lauf zu lassen. Und nun geh. Wir können ein anderes Mal weiterreden.«

»Aber …«

»Das ist schon in Ordnung, Jana.«

An der Tür drehte Jana sich noch einmal um. Gertrud saß an ihrem voll gepackten Schreibtisch und blickte nachdenklich aus dem Fenster. Sie kam Jana vor wie eine weise Frau, die aus einem vergangenen Jahrhundert übrig geblieben war.

Was würde La Lune mit ihr anstellen, wenn sie erst begriff, wie gefährlich ihr diese Mischung aus Weisheit und Wahrhaftigkeit werden konnte?

☽

Die Spritze wirkte. Alle paar Meter hob der Hund das Bein. Marlon ging langsam, blieb immer ein Stück hinter ihm zurück.

Die Sonne wurde schwächer, der Wind kühler. Die ersten Blätter trudelten über die Straße und sammelten sich am Rand.

Marlon erinnerte sich daran, dass sein Großvater einmal mit ihm einen Herbstdrachen gebaut hatte. Er hatte ihm beigebracht, den Wind einzuschätzen und den Drachen sicher zu führen, und dann, eines Tages, war Marlon allein mit dem Drachen aufs Feld gegangen.

Der Drachen war steil aufgestiegen und hatte im Wind getanzt und heftig an der Schnur gezerrt. Und da hatte Marlon losgelassen. Er hatte dem Drachen nachgesehen, der sich höher und höher schwang und schließlich davontrieb.

Damals hatte er begriffen, was Freiheit bedeutet.

Dem Großvater hatte er erzählt, der Drachen habe sich losgerissen, aber in Wirklichkeit hatte er ihm die Freiheit gegeben.

Der Hund war dabei gewesen. Er hatte sich immer in Marlons Nähe aufgehalten, eine Kindheit lang. Wie hatte Marlon das für selbstverständlich nehmen und sogar vergessen können?

Ein krankes Herz, dachte er, ist kein Todesurteil. Ein krankes Herz kann man schonen. Es hätte schlimmer kommen können.

Erleichtert sog er die frische Waldluft ein. Heute würde Jana da sein. Er wusste es ganz bestimmt.

☽

Die schwere Holztür öffnete sich knarrend und ein kalter Luftzug wehte herein. Mara drehte sich nicht um.

Sie hörte zögernde Schritte, die innehielten und dann auf sie zukamen.

Maras Herz schlug schneller. Wie lange hatte sie auf diesen Augenblick gewartet.

Timon setzte sich neben sie, aber noch berührten sie sich nicht.

Die Kirche war für Timon kein vertrauter Ort. Mara musste ihm Zeit lassen.

»Siehst du den Mann da vorn am Kreuz?«, flüsterte sie. »Das ist ihr Gott.«

»Ein toter Gott.« Timon zog die Schultern zusammen.

»Ein auferstandener«, sagte Mara. »Ich glaube, das heißt so viel wie wiedergeboren.«

»Und die Frau in der Nische, vor der die vielen Kerzen stehen?«

»Das ist Maria, seine Mutter. Der Pfarrer sagt, sie ist keine Göttin. Aber die Leute beten trotzdem zu ihr.«

Timon sah zum Mosaik der Fenster hinauf, auf dem die letzten Sonnenstrahlen spielten. Dann kehrte sein Blick zu Maria zurück.

»Ihr Gewand ist blau«, sagte er. »Genau wie deins.«

Mit einer raschen Bewegung zog er Mara an sich und drückte die Lippen auf ihren Mund.

☽

Es war ein verwilderter Wald mit hohen, alten Bäumen, undurchdringlichen Inseln aus Brennnesseln, weiß getupften Teppichen aus Sauerklee und Tümpeln voller Frösche.

Jana kannte die Stellen, an denen die Walderdbeeren wuchsen, und sie wusste, wo die Himbeeren am süßesten waren. Hier und da lag ein umgestürzter Baum quer über einem der Wege und aus seiner Rinde sprossen neue, hellgrüne Triebe.

Dieser Wald war Niemandsland. Dornröschens Reich. Hier konnte man zwischen kräftigen Farnwedeln einschlafen und erst nach hundert Jahren wieder wachgeküsst werden.

Jana liebte es, hierher zu kommen und allein zu sein.

Kinder des Mondes sind Wesen der Gemeinschaft. Wahres Glück ist nur innerhalb dieser Gemeinschaft möglich.

Und weil sie das Alleinsein so liebte, war sie unvollkommen. Sie hatte den Segen der Mondheit nicht verdient.

Sie tragen ihre Brüder und Schwestern und werden von ihnen getragen.

»Die Babys sind ganz leicht«, hatte Miri einmal gesagt. »Aber die darf ich nicht tragen.« Sie hatte trotzig die Lippen vorgeschoben. »Und wenn ich die andern Mädchen mal tragen will, dann wehren die sich.«

Jana hatte ihr erklärt, was La Lune mit dem Tragen meinte.

»Ach so.« Ein Lächeln war über Miris Gesicht gehuscht. Und sofort wieder verschwunden. »Muss ich dann auch Indra tragen?«

»Ärgere dich nicht immer so über Indra«, hatte Jana gesagt.

»Aber wenn die doch zum Ärgern ist?«

»Indra hat auch ihre guten Seiten, Miri. Das ist bei jedem Menschen so.«

»Bei Indra nicht.«

»Vielleicht kann sie es nur nicht zeigen.«

»Indra hat gesagt, die Mondheit hat sie lieber als mich.«

»Das stimmt nicht. Die Mondheit hat dich genauso lieb.«

»Wo ist die Mondheit, Jana?«

»Überall.«

»Weil sie zaubern kann?«

»Die Mondheit kann alles.«

»Auch Indra verschwinden lassen?«

Wie sicher Jana ihre Antworten gegeben hatte. Und wie wenig sicher sie inzwischen noch war. Liebte sie diesen Wald nicht vor allem deshalb, weil sie hier unbeobachtet war? Weil hier keine Statue der Mondheit stand? Hier hatte niemand Macht über sie. Nicht einmal die Mondheit.

Aber stimmte das wirklich?

Jana sah sich um. Sie war umgeben von dichtem Grün. Irgendwo hämmerte ein Specht. Das war das einzige Geräusch.

Der Tag ging zu Ende. Die Nacht kam. Die Nacht und der Mond mit seinem kalten Licht.

☽ 12 ☾

Marlon hatte den Wald schon immer gemocht. Nie zuvor war er hier jemandem begegnet. Es war kein Wald zum Spazierengehen. Die Wege waren zu schmal und von Gestrüpp fast zugewachsen. Er zog auch die Kinder nicht an. Vielleicht war er ihnen zu still und zu unheimlich. Vor allem die Tümpel strahlten etwas aus, vor dem man sich leicht fürchten konnte.

Richtig entdeckt hatte Marlon den Wald erst mit der Kamera. Vielleicht hatte er hier überhaupt erst gelernt zu sehen. Die schrägen Streifen von Licht am frühen Morgen, wenn es noch dunstig war. Der Dampf, der nach einem Sommerregen vom Boden aufstieg. Die dünne Eisschicht auf den Pfützen an frostigen Wintertagen.

Immer wieder war Marlon hergekommen, um zu fotografieren.

Der Wald hatte ihm gehört.

Und Jana.

Aber davon hatte er nichts geahnt.

Irgendwo hämmerte ein Specht. Es klang wie das Klopfen an einer weit entfernten Tür.

An der Lichtung angekommen, hielt Marlon Ausschau nach einem Schimmer von Blau in all dem Grün. Der Hund hechelte, lahmte auch wieder.

Kein Blau. Nirgendwo.

Marlon setzte sich auf einen umgekippten Baumstamm.

Diesmal würde er nicht einschlafen, egal wie lange es dauerte. Der Hund legte sich schnaufend vor ihm nieder und Marlon wartete.

☽

»Ich hatte vergessen, wie schön es ist, dich zu küssen«, flüsterte Mara.

»Ich nicht.« Timon küsste sie noch einmal.

»Nicht einen Moment lang habe ich geglaubt, dass du mich verraten hättest.«

»Sie haben versucht, mich dazu zu bringen.«

Sein Atem kitzelte sie am Ohr.

»Gespräche mit La Lune und mit dem engsten Kreis, endlose Sitzungen mit den Traumdeutern. Ich habe ihnen allen gesagt, was sie hören wollten.« Er lachte leise. »Ich hab die tollsten Träume erfunden. Sie waren ganz begeistert davon.«

Bestürzt sah Mara ihn an.

»Das war ein gefährliches Spiel!«

»Na und? Habe ich es nicht gewonnen?«

Auch dieses Treffen war gefährlich, viel gefährlicher als alle Treffen vorher.

»Keine Angst.« Timon schien ihre Gedanken erraten zu haben. »Niemand hat mich gesehen.«

Niemand hat mich gesehen.

Wie oft sie diese Worte ausgesprochen hatten. Sie waren fast zu einer Beschwörungsformel geworden.

Niemand hat mich gesehen.

Und dann hatte sie doch jemand beobachtet. Und La Lune informiert. Und La Lune hatte Mara ins Strafhaus verbannt. Und Timon umgedreht. Zumindest musste sie glauben, dass sie es geschafft hätte.

In Wirklichkeit hatte Timon sie an der Nase herumgeführt.

Wie stark er sein konnte, wenn es darauf ankam. Und wie sanft.

Maras Hände nestelten an den Knöpfen seines Hemds, ihre Lippen glitten über seinen Hals. Timon öffnete Maras Bluse und sie drückten sich aneinander.

Ihre Haut erinnerte sich. An alles.

Ein Geräusch von draußen ließ sie zusammenfahren. Rasch brachten sie ihre Kleider in Ordnung. Aber es kam niemand herein.

»Ist vielleicht besser so«, sagte Timon. »Es macht mich ganz nervös, dass er uns dabei zusehen kann, selbst wenn er nur aus Holz ist.« Er sah zum Kreuz hinüber. »Wir haben alle Zeit der Welt.«

Mara legte den Kopf an seine Schulter.

»Nein, Timon. Haben wir nicht.« Leise berichtete sie ihm von ihrem letzten Gespräch mit La Lune.

»Willst du nicht wissen, womit ich in den vergangenen Wochen meine Zeit verbracht habe?«, fragte Timon. Seiner Stimme hörte Mara an, dass er lächelte.

»Erzähl's mir.«

»Ich habe an unserem Fluchtplan gearbeitet.«

Und er setzte ihr seinen Plan auseinander, während Mara auf die Kerzen blickte, von denen eine für Timon brannte und eine für sie.

☽

Nur die Hoffnung, dass Marlon da sein würde, trieb Jana weiter. Sie hatte das Gefühl, beobachtet zu werden, nahm verdächtige Schatten hinter den Büschen wahr, meinte zu sehen, wie sich Zweige bewegten, wo kein Windhauch war.

Irgendwo knackte es.

Jana blieb stehen. Noch konnte sie umkehren. Was hatte sie schließlich getan? Einen Spaziergang gemacht. Niemand hatte ihr verboten, in den Wald zu gehen.

Noch war nichts geschehen.

Lügnerin, dachte sie. Du hast mit ihm gesprochen, du hast mit ihm gelacht und dann hast du dich auch noch in ihn verliebt.

Nur die Bekehrer durften mit den Leuten von draußen sprechen. Sie mussten es sogar, denn ihre Aufgabe bestand darin, möglichst viele von den Idealen der Kinder des Mondes zu überzeugen und die Gemeinschaft zu vergrößern.

Die Bekehrer wurden für ihre Arbeit sorgfältig ausgewählt und geschult. Sie lebten in zwei eigenen Gebäuden, nach Geschlechtern getrennt, wie es bei den unvermählten Kindern des Mondes üblich war.

Warum Bekehrer nicht vermählt wurden, wusste Jana nicht, aber sie konnte es sich denken. Bekehrer hatten sich der heiligen Sache verschrieben. Nichts und niemand sollte sie davon ablenken.

Die meiste Zeit des Jahres verbrachten sie außerhalb der Gemeinschaft, kamen immer nur für einige Wochen zurück. Sie waren Reisende der Mondheit, die die Wahrheit über das Land verbreiten sollten. Bei einer ihrer letzten Reden hatte La Lune angekündigt, dass sie die Bekehrer auch ins Ausland schicken werde, sobald die Zeit dafür gekommen sei.

»Es wird nicht mehr lange dauern«, hatte sie gesagt, »und wir werden die ganze Welt überschwemmen.«

Ihre Wortwahl hatte Jana irritiert. War eine Überschwemmung nicht eine Katastrophe? Wie konnte man die Welt mit der Botschaft von Liebe und Frieden *überschwemmen*?

Wer kein Bekehrer war, durfte den Gruß eines Dorfbewohners erwidern, um der überall spürbaren Feindseligkeit keine neue Nahrung zu geben, aber mehr war nicht erlaubt.

Jana ging langsam weiter. Es war viel zu spät für solche Überlegungen. Sie hatte sich doch längst entschieden.

Sie stolperte über eine bloßliegende Wurzel, die sich quer über den Weg zog.

War da ein Kichern?

Oder waren ihre Nerven so strapaziert, dass sie anfing, Gespenster zu hören?

Sie begann zu rennen. Der schnelle Wechsel von Licht und Schatten blendete sie und machte sie schwindlig.

Sie konnte immer noch umkehren. Wieder nach Hause gehen.

Nach Hause.

Wo war das?

☽

Der Hund knurrte. Er setzte sich auf und starrte geradeaus. Marlon kniff die Augen zusammen, aber er konnte nichts erkennen.

»Ruhig«, sagte er zu dem Hund. »Ich will nicht, dass du sie erschreckst.«

Er hörte jetzt ihre Schritte, hastig, als wäre sie vor etwas oder jemandem auf der Flucht. Und dann kam sie auf die Lichtung gelaufen, blieb stehen und sah sich suchend um.

Marlon nahm den Hund am Halsband und trat ein paar Schritte vor.

Eine Weile standen sie so und sahen sich an.

Dann riss der Hund sich los und lief schwanzwedelnd auf Jana zu. Sie ging in die Hocke und streichelte ihn. Wie eine Katze rieb er den Kopf an ihrem Arm.

Verwirrt war Marlon dem Hund gefolgt.

»Du brauchst keine Angst vor ihm zu haben«, sagte er unnötigerweise, denn vor dem Hund hatte Jana ganz offensichtlich keine Angst. Sie kraulte ihn hinter den Ohren. Der Hund seufzte vor Wohlbehagen.

Jana hatte vor etwas anderem Angst. Sie horchte.

»Er ist schon sehr alt«, sagte Marlon. »Aber er ist immer noch wachsam. Wenn jemand in unsere Nähe kommen sollte, werden wir es merken.«

Trotzdem zogen sie sich in den Schutz der Bäume zurück. Jana setzte sich ins Moos und der Hund rollte sich neben ihr zusammen.

Marlon sah, dass sie schöne Hände hatte, klein und schmal, die Nägel kurz geschnitten. Sie trug keinen Schmuck, nicht einmal eine Armbanduhr. Nur die Kette mit dem silbernen Mond.

Sie sah zu ihm auf und lächelte.

»Willst du dich nicht zu uns setzen?«

Schon beim ersten Mal hatten ihr Lächeln und dann ihre Stimme ihn staunen lassen. Als hätte er noch nie in seinem Leben jemanden lächeln sehen oder reden hören.

»Sieh mich bitte nicht so an«, sagte sie.

Er setzte sich und richtete den Blick auf den Hund, der friedlich neben ihr döste, eng an sie geschmiegt. Er war im Alter wählerisch geworden, was seinen Umgang mit Menschen anging, und auch ein bisschen eigen. Es war ungewöhnlich, dass er so schnell Zutrauen zu einer Fremden fasste.

»Er mag dich.« Marlon wagte es, Jana wieder anzusehen. »Man sollte meinen, er kennt dich schon ewig.«

»Das tut er auch. Wir kennen uns, seit ich ein kleines Mädchen war.«

»Was?«

Sie lachte über seine Verblüffung.

»Er ist uns regelmäßig besuchen gekommen. Aber in letzter Zeit nicht mehr. Ich habe mir schon Sorgen um ihn gemacht.«

»Du meinst, mein Hund hat… dich besucht?«

»Ich habe nicht gewusst, dass er zu dir gehört. Ich hatte immer gehofft, er würde irgendwann bei uns bleiben.« Ihre Stimme wurde ganz leise. »Aber jetzt weiß ich, warum er nicht bleiben wollte.«

Der Hund gähnte und sah Marlon aus dunklen, unergründlichen Augen an.

Janas Hände hatten ihn gestreichelt, jahrelang. Es hatte immer eine Verbindung zwischen Marlon und ihr gegeben und keiner von ihnen hatte es geahnt.

»Du durchtriebener alter Mistkerl«, sagte Marlon.

Jana legte dem Hund die Hand auf den Kopf. »Beschimpf ihn nicht. Das hat er nicht verdient. Er war immer für mich da, hat mir zugehört und mich getröstet, wenn ich traurig war. Er kennt all meine Geheimnisse. Fast alle.« Sie stockte und wurde rot. »Ich habe ihn ja länger nicht gesehen.«

Der Hund leckte ihr die Hand und schlief wieder ein.

»Bei mir war es genauso«, sagte Marlon. »Manchmal hab ich auf ihn eingeredet, dass ich dachte, ihm fallen die Ohren ab.«

»Oh nein, wo er doch so schöne weiche Schlappohren hat.«

Sie zupfte den Hund zärtlich an den Ohren. Wahrscheinlich, dachte Marlon, dürfte sie ihm sogar das Bauchfell kraulen, ohne dass er zuschnappen würde.

»Dann gehört er also eigentlich uns beiden«, sagte er. »An den Gedanken muss ich mich erst gewöhnen.«

Jana schüttelte den Kopf. »Kein Wesen gehört einem anderen. Wir Menschen haben uns die Welt nur so eingerichtet, dass wir über die Tiere verfügen.«

»Und das sagst du dem Sohn eines Bauern?«

»Ist es denn nicht so?«

»Wir leben von unseren Tieren«, sagte Marlon. »Wir verkaufen ihre Milch, ihre Eier und ihr Fleisch.«

Jana schauderte.

»Ihr esst kein Fleisch?«

»Nein.« Jana sah ihn offen an. »Ich kann mir nicht einmal vorstellen, Tiere zu töten und dann ihr Fleisch zu essen.«

»Und wenn es keine andere Möglichkeit gäbe?«, fragte Marlon. »Würdest du dann lieber verhungern?«

»Es gibt andere Möglichkeiten.«

Sie hatte das freundlich gesagt und doch stieß es Marlon vor den Kopf.

»Aber ihr habt Kühe«, sagte er, als müsste er ihr etwas beweisen. »Und Hühner.«

»Wir trinken die Milch und essen die Eier, aber wir schlachten die Tiere nicht.«

Marlon nickte. Wie ein alter Mann, dem die Welt zu vertraut geworden war, saß er da und nickte. Hinter jedem weiteren Wort zwischen ihnen würde sich eine Kluft auftun. Es war vielleicht besser, den Mund zu halten.

»Für euch ist die Sonne heilig«, sagte Jana, »für uns der Mond.« Sie hatte genau gespürt, was in ihm vorging.

»Nein«, widersprach Marlon. »Die Sonne ist uns nicht heilig.«

Erstaunt sah Jana ihn an.

»Aber ihr feiert doch den Sonntag.«

»Das ist ein Überbleibsel aus uralten Zeiten«, sagte Marlon. »Damals wurde der Tag nach der Sonne benannt. Im Christentum wurde der Sonntag zum Tag Gottes. Er ist einfach ein Tag zum Innehalten, ein Tag der Ruhe, an dem nicht gearbeitet werden darf. Für manche Berufe gilt das nicht, zum Beispiel für uns Bauern. Wir müssen das Vieh versorgen, müssen aufs Feld, wenn das Wetter günstig ist. Sonntage gibt es für uns nur im

Kalender. Und manchmal schaffen meine Eltern es, in die Kirche zu gehen.«

»Du nicht?«

»Nein.«

»Was tun sie in der Kirche?«

»Sie beten. Und feiern eine Messe.«

»Eine Messe.« Marlon sah, dass sie über das Wort nachdachte. »Für euren Gott?«

»Ja.«

»Wie sieht er aus, euer Gott?«

Es war lange her, seit Marlon zuletzt über Gott nachgedacht hatte.

»Sein Sohn war ein Mensch«, sagte er. »Aber gleichzeitig war er auch Gott.«

Jana runzelte die Stirn.

»Wie ist das möglich?«

»So was fragst du mich besser nicht, Jana. Ich weiß ja nicht einmal mehr, ob ich noch an Gott glaube. Vielleicht ist er für jeden Menschen etwas anderes.«

»Dann wäre er nur eine Illusion.« Unwillkürlich glitten ihre Finger über den Mond an ihrer Kette.

»Erzähl mir von deinem Leben«, sagte Marlon. »Ich möchte es verstehen.«

»Und du mir von deinem.« Jana lächelte. »Morgen? Um dieselbe Zeit?«

»Musst du denn schon gehen?«

Als hätte die Berührung des Silbermonds sie zurückgerufen. Sie war plötzlich wieder unruhig. Auch der Hund schien es zu spüren, denn er hob den Kopf.

»Ja«, sagte Marlon. »Morgen.«

Sie standen auf. Marlon beugte sich vor und gab ihr einen Kuss auf die Stirn. Sie wich zurück und lief los.

☽

So bald schon!

Mara trug das Geschirr in die Küche. Sie war froh, dass sie heute Abend Küchendienst hatte. Das verschaffte ihr eine Atempause. Sie musste sich darüber klar werden, was sie Jana sagen sollte.

Timon hatte es ihr überlassen. Er hatte nicht von ihr verlangt zu schweigen. Mit Jana hatte er Frieden geschlossen, ganz für sich allein, denn zu einem Gespräch zwischen den beiden war es nicht mehr gekommen.

Jana war damit beschäftigt, die Spülmaschine einzuräumen. Ihre Bewegungen wirkten beherrscht. Als müsse sie sich bei jedem Handgriff konzentrieren.

Seit La Lune die Spülmaschine angeschafft hatte, benötigten sie für den Küchendienst viel weniger Zeit. Es mussten auch nicht mehr so viele dafür eingeteilt werden. Heute waren es nur Mara, Jana, Gerald und Tom.

Mara sah Gerald heimlich von der Seite an. Timon hatte ihr erzählt, dass er glaubte, von ihm überwacht zu werden. Wenn es so war, ließ er sich nichts anmerken. Lässig räumte er auf und scherzte mit Tom, einem Jungen, der hauptsächlich in der Kleiderkammer arbeitete, wo die Kleidung der Kinder des Mondes angefertigt wurde, aber auch die Kleidung, die für den Verkauf bestimmt war.

Für Gerald und Tom waren schon Partnerinnen ausgesucht worden. Sie gaben nicht zu erkennen, ob sie damit glücklich waren oder nicht. Beide strahlten Zufriedenheit aus, wie das die meisten Kinder des Mondes taten.

Zufriedenheit und Bescheidenheit sind die Grundpfeiler des Glücks.

Mara hatte sich ihr Leben lang vergeblich darum bemüht.

Wie sollte sie mit einem Leben zufrieden sein, das von allen Seiten eingezäunt war? Wenn sie schon nicht über diese Zäune klettern konnte, versuchte sie doch wenigstens, einen Blick hinüberzuwerfen.

Und die Bescheidenheit?

Mara hatte immer alles gewollt oder nichts. Es gab Dinge, die reduziert nicht denkbar waren. Freiheit. Freundschaft. Liebe.

Was sollte das sein, ein bisschen Freiheit? Ein bisschen Freundschaft?

Und Liebe?

Liebe ist geistiges Einssein.

Mit dem von La Lune ausgewählten Partner. Nach einer von La Lune bestimmten Zeit. Nach von La Lune festgelegten Regeln.

Die Liebe der Einzelnen mündet in die Liebe zu allen.

Als Kind hatte Mara sich das vorstellen können. Es war ein schönes Bild. Aber zuallererst musste man fähig sein, alle Kinder des Mondes zu mögen. Und das war schwer.

Sie gipfelt in der allumfassenden Liebe zur Mondheit.

Es klang so einfach, so klar. Aber wie konnte man etwas lieben, was man fürchtete?

Nacht für Nacht war Mara früher aus Albträumen hochgeschreckt, in denen die Mondheit sich wie ein Berg vor ihr aufgerichtet hatte. Groß und gewaltig, dunkel und drohend.

Die Traumdeuter hatten sich mit Mara befasst. Sie hatten sie mit in das grüne Zimmer genommen, mit ihr gemalt und gespielt und dabei lächelnd ihre gefährlichen Fragen gestellt, die Mara bereitwillig beantwortet hatte.

Wie unschuldig sie gewesen war. Und wie dumm.

Sie war den Traumdeutern gern in das grüne Zimmer gefolgt, weil es so geheimnisvoll war. Und weil sie gern malte und spielte. Sie hatte sich besonders geliebt gefühlt, weil sie so oft hierher kommen durfte.

Es war, als hätte sie ihnen eine Glaskugel in die Hand gegeben, in der ihr ganzes Leben sichtbar war und alles, was noch kommen würde.

Später dann, als Mara gelernt hatte, ihre Träume zu verschweigen, hatten die Traumdeuter sie Stunde um Stunde in dem grünen Zimmer festgehalten, das sie inzwischen als finster und bedrückend empfand, in dem sie kaum Luft bekam.

Ihre kindliche Unbefangenheit hatte sie längst verraten. Man traute ihr nicht mehr.

Zu Recht, wie sich herausstellte, denn schließlich hatte die erwachsene Mara etwas getan, wofür sie das Strafhaus verdient hatte.

Nein, dachte Mara. Keiner hat das Strafhaus verdient. Nicht einmal ich. Was habe ich denn verbrochen?

Über die Sexualität schwieg La Lune sich aus. Sie kam einfach nicht vor. Nur in einem einzigen Satz:

Um geistiges Einssein zu erreichen, muss die Körperlichkeit überwunden werden.

La Lune lebte das vor. Sie war nicht vermählt, hatte ihr Leben der Mondheit gewidmet und dem Dienst an der Gemeinschaft.

Es gab auch andere, die unvermählt geblieben waren, nicht nur die Mitglieder des engsten Kreises, die Bekehrer und die Dienerinnen La Lunes, zu denen nur unvermählte Frauen bestimmt wurden. Gertrud zum Beispiel.

Unvermählte Männer und Frauen galten als rein. Sie genossen innerhalb der Gemeinschaft hohes Ansehen.

So wie die Mönche und Nonnen in der Welt draußen. Der Pfarrer hatte Mara davon erzählt. Männer und Frauen, die sich ihrem Gott geweiht hatten.

Mara stellte den nächsten Geschirrstapel ab. Gerade rechtzeitig, denn ihre Hände hatten angefangen zu zittern. Beunruhigt sah Jana sie an.

Es gab so viele Parallelen zwischen der Welt der Kinder des Mondes und der Welt draußen. Woher sollte Mara wissen, ob sie nicht vom Regen in die Traufe geraten würde?

Rasch ging sie in den Speisesaal zurück, weg von Gerald und seinen wachsamen Augen. Dort rückte sie ein paar Stühle zurecht, bevor sie sich wieder traute, Geschirr anzufassen.

Es hatte Bratkartoffeln, Eier und Salat gegeben und der Gestank des heißen Fetts lag immer noch in der Luft. Die Teller waren klebrig.

Mara hätte sich gern die Hände gewaschen. Und das Gesicht. Am liebsten hätte sie sich unter die Dusche gestellt und sich die Haut abgeschrubbt. Sie fühlte sich so schmutzig. Als wäre ihr ganzer Körper von etwas Unsichtbarem besudelt.

Fühlte man sich so, wenn man eine Verräterin war?

Sie würde die Kinder des Mondes verraten.

Und Jana im Stich lassen.

Sie würde Hals über Kopf in ein Leben springen, von dem sie nichts wusste.

In der Küche rutschte ihr das Geschirr aus den Händen und zersprang klirrend auf den Bodenfliesen.

Mara versteckte die zitternden Hände hinterm Rücken.

»Was ist los mit dir?«, fragte Gerald.

»Was soll mit ihr los sein?« Jana fing an, die Scherben aufzusammeln. »Sie ist gestolpert. Geh dich umziehen, Mara. Du bist ganz voll gespritzt.«

Ausziehen, dachte Mara, während sie langsam die Küche

verließ. Duschen. Abtrocknen. Anziehen. Eins nach dem anderen.

Wenn sie aufpasste, würde sie keinen Fehler machen.

☽ 13 ☾

»Marlon! Wie schön, dich zu sehen.«

Marsilios Mutter breitete die Arme aus und Marlon beugte sich zu ihr hinunter. Sie war klein und rundlich und ihr kräftiges schwarzes Haar zeigte erste Spuren von Grau.

»Lass dich anschauen!«

Sie trat einen Schritt zurück und sah ihm forschend ins Gesicht. »Du bist dünner geworden. Isst du auch genug?«

Große Probleme löste sie mit ihrer nie versagenden praktischen Fantasie, kleinere mit ihrem vorzüglichen Essen. Marlon kannte sie schon ewig und durfte sie beim Vornamen nennen, was sie nicht jedem erlaubte.

»Mach dir keine Sorgen, Giulietta, mir geht's gut.«

»Mach dir keine Sorgen!« Sie warf die Arme hoch. »Das sagt ihr immer, ihr schrecklichen Jungen.«

Seit die beiden älteren Söhne aus dem Haus waren, überschüttete Giulietta ihren Jüngsten mit ihrer geballten Liebe. Und Marlon gleich mit.

»Che c'è, Mama?« Marsilio kam die Treppe herauf. »Wieso hältst du Marlon hier auf?«

»Sprich deutsch mit mir, Marsilio! Italienisch nur, wenn wir allein sind. Wie oft muss ich dir das sagen?«

Sie nahm Marlon die Jacke ab, hängte sie an die Garderobe und wandte sich wieder ihrem Sohn zu.

»Ich musste ihn doch erst mal richtig begrüßen. Was hast du nur für ein Benehmen, eh?«

»Schon gut, Mama. Mach keinen Stress.«

»Stress! Porca Miseria!« Grummelnd verschwand Giulietta in der Küche.

»Du hast lange auf dich warten lassen.« Marsilio legte Marlon den Arm um die Schultern. »Wir dachten schon, du kommst nicht mehr.«

»Ich bin aufgehalten worden«, sagte Marlon. »Entschuldige.«

Aus der Kellerbar drang laute Musik herauf, in die sich Gelächter mischte.

Einmal im Monat trafen sich die Leute vom Fotokurs abwechselnd bei den einzelnen Teilnehmern. Angeblich, um zu arbeiten. Aber sie hatten noch nie mehr als fünf Sätze über das Fotografieren verloren.

Marlon gab Marsilio die Flasche Sambuca, die er mitgebracht hatte, und folgte ihm die Treppe hinunter.

Zuckendes, buntes Licht empfing sie. Und das Gegröle aller Anwesenden, als sie die Flasche in Marsilios Hand sahen. Der erste Bierkasten war schon halb geleert.

Marlon nahm sich eine Cola und setzte sich auf einen der Hocker. Und gleich trieben seine Gedanken davon.

Am Nachmittag war er zum zweiten Mal vergeblich auf der Lichtung gewesen. Er hatte noch Janas Stimme im Ohr: »Morgen? Um dieselbe Zeit?« Bis neun hatte er gewartet, dann war er wieder nach Hause gegangen.

Seine Schwestern hatten ihn beim Melken vertreten, dafür hatte er ihnen eine Techno-CD überlassen, auf die sie schon lange scharf gewesen waren. Aber als er nach Hause kam, empfing Marlene ihn mit mürrischem Gesicht.

Eine Kuh hatte gekalbt, früher als erwartet, und weil Marlon nicht da gewesen war, hatten die Zwillinge wieder für ihn einspringen müssen.

»Ich hab gebadet, mir pfundweise Gel ins Haar geschmiert

und mich mit Parfüm eingenebelt«, jammerte Marlene, »aber ich rieche immer noch nach Stall.«

Greta duschte gerade. Man hörte es am Scheppern des alten Boilers.

»Und das Abendessen dürfen wir auch noch machen, weil Mama bei Eschens ist, zum Kranzflechten für irgendeine Silberhochzeit.« Marlene warf Marlon einen vorwurfsvollen Blick zu. »Ganz schön viel Arbeit für eine einzige CD.«

»Tut mir wirklich Leid«, sagte Marlon.

»Wenn du Papa suchst«, Marlene fing an, mit gereiztem Klappern den Tisch zu decken, »den findest du im Stall. Das Kalb ist uns fast krepiert.«

Marlon ging zum Stall hinüber. Er wollte gerade die Tür öffnen, als sein Vater herauskam.

»Schwierigkeiten, Papa?«

»Jetzt nicht mehr, aber es war verdammt kritisch.«

»Kann ich noch irgendwas tun?«

»Habt ihr nicht heute Abend euer Fototreffen?«

»Eigentlich ja, aber …«

»Was stehst du dann noch hier herum?« Das Gesicht des Vaters war grau von Müdigkeit.

»Danke, Papa.«

Marlon sah dem Vater nach, wie er zum Haus schlurfte. Ihm war zum Heulen zumute.

Unterwegs war plötzlich ein ungemütlicher Wind aufgekommen. Er hatte Blätter von den Bäumen gerissen und sie vor sich hergejagt. Herbst, dachte Marlon. Viel zu früh.

»Essen fassen!«, rief Marsilio.

Giulietta ließ es sich nicht nehmen, die Gäste ihres Sohnes jedes Mal zu verwöhnen. Der Tisch im Nebenraum war wieder mit Köstlichkeiten beladen.

»*Barchette di sedano ripiene*«, erklärte Marsilio, »gefüllte Sellerieschiffchen. *Prosciutto crudo e melone*, roher Schinken mit Melone. *Bruschetta*, geröstetes Knoblauchbrot. *Salatini al timo*, Thymianpasteten. *Crema di porri*, Lauchcremesuppe. *Tiramisù all'arancia*, Tiramisu mit Orange. Und *Biancomangiare*, Mandelcreme. Und jetzt futtert, was das Zeug hält, sonst ist Mama beleidigt.«

Marlon merkte, wie hungrig er war. Er hatte seit dem Mittag nichts mehr gegessen.

Doch dann brachte er nur ein paar Bissen herunter.

Was hatte Jana aufgehalten?

Ihm war auf einmal kalt.

☽

Gertrud kniete hinter dem Schreibtisch und kramte in einer der Schubladen. Nur ihr wirrer grauer Haarschopf schaute noch hervor.

»Hallo, Jana.« Sie reckte den Hals und lächelte.

»Woher hast du gewusst, dass ich es bin?«, fragte Jana.

»Erstens kenne ich deine Schritte und zweitens käme niemand sonst auf die Idee, mich so spät noch in der Bibliothek zu besuchen. Nicht einmal die Mitglieder der Kommission. Die lassen sich immer nur morgens blicken.«

»Ich habe noch Licht bei dir gesehen.«

Jana ließ sich auf den Stuhl fallen, der vor dem Schreibtisch stand. Sie war so erschöpft, dass es ihr vor den Augen flimmerte.

»Störe ich dich?«

»Du störst mich nie, das weißt du doch.«

Gertrud machte die Schublade zu und erhob sich ächzend.

»Wie geht es dir?«

Jana konnte die Tränen nicht mehr zurückhalten. Sie hatte sich schon den ganzen Tag zusammennehmen müssen.

Mit ein paar Schritten war Gertrud bei ihr und nahm sie in die Arme.

»Ist ja gut«, murmelte sie. »Ist ja gut.«

Allmählich gewann Jana die Fassung wieder. Sie bat Gertrud um ein Taschentuch und putzte sich geräuschvoll die Nase.

»Sie haben mich ganz normal in die Schule gehen lassen. Aber gleich nach dem Mittagessen fing das Verhör wieder an. Dieselben Fragen wie gestern. Immer wieder. Wann ich Mara zum letzten Mal gesehen habe. Was sie zu mir gesagt hat. Wie sie es gesagt hat. Sie glauben mir einfach nicht, dass ich nichts weiß.«

Gertrud hatte sich hingesetzt. Über den Schreibtisch hinweg sah sie Jana aufmerksam an.

»Du guckst schon genau wie sie«, sagte Jana.

»Entschuldige. Das wollte ich nicht.« Gertrud lächelte ein wenig schief.

»Hast du eine Ahnung, wie das ist, wenn sie dich stundenlang fragen, fragen, fragen und mit Argusaugen deine Reaktionen belauern? Und dir nicht einmal Zeit lassen zu begreifen, was eigentlich passiert ist?«

»Nein. Bei mir hat die Befragung nur eine Stunde gedauert.«

»Dich haben sie auch verhört?«

»Sie nehmen sich alle vor, zu denen Mara näheren Kontakt hatte. Aber ich habe Mara seit ihrer Entlassung aus dem Strafhaus nicht mehr gesehen und damit haben sie sich schließlich zufrieden geben müssen.« Sie beugte sich vor. »Und du weißt wirklich nichts?«

Jana schüttelte den Kopf. »Nur, dass Timon die Flucht sorgfältig vorbereitet hat.« Sie drückte sich das Taschentuch gegen die Augen. »Ich schäme mich so, Gertrud. Ich habe ihn behandelt wie einen Verräter. Und ich konnte ihm nicht einmal mehr sagen, wie Leid mir das tut.«

»Das weiß er auch so, ganz bestimmt.«

»Meinst du?«

Gertrud nickte. »Etwas anderes macht mir Sorgen. Ohne Geld und ohne Papiere bist du nichts in der Welt da draußen. Wie wollen die beiden sich in diesem Dschungel zurechtfinden? Sie kennen doch keine Menschenseele außerhalb unserer Gemeinschaft.«

Außer dem Pfarrer, fuhr es Jana durch den Kopf. Sie starrte Gertrud an.

»Was ist?« Gertrud starrte erschrocken zurück.

»Hat Mara dir jemals von ihren Besuchen in der Kirche erzählt, Gertrud?«

»Von ihren …«

»Und dass sie den Pfarrer kennt?«

»Den … nein, das hat sie nicht.«

»Sie kennt ihn seit Jahren.«

»Du meinst …«

»Könnte es nicht sein, dass er ihnen geholfen hat?«

Jana sprang auf. Sie war plötzlich wieder hellwach. Und hungrig.

»Hast du noch ein paar von diesen sündhaft leckeren Mandelbroten?«, fragte sie. »Ich sterbe vor Hunger.«

Gertrud lächelte. »Nur wenn du mir erlaubst, dazu einen sündhaft guten Tee zu servieren.«

»Überredet. Und dieses Gespräch vergessen wir ganz schnell, ja?«

»Gespräch?« Gertrud gab Janas Blick mit großen, unschuldigen Augen zurück. »Welches Gespräch?« Sie lachte leise. »Wir machen doch bloß Überstunden.«

☽

Bestimmt hast du auf mich gewartet, Marlon, und verstehst nicht, warum ich nicht gekommen bin. Sie lassen mich nicht aus den Augen.

Wenn ich dir doch nur ein Zeichen geben könnte!

Aber vielleicht spürst du, dass ich an dich denke?

An dich denke.

An dich denke.

Immerzu.

☽

Marlon half Marsilio noch beim Aufräumen. Die anderen waren lärmend aufgebrochen und Giulietta und ihr großer, hagerer Mann, der immer ein wenig traurig wirkte, waren schlafen gegangen. Eine tiefe Ruhe hatte sich über die Stadt gesenkt.

»Manchmal geht mir diese Sauferei tierisch auf die Nerven.« Marsilio verzog angewidert den Mund. »Als hätten wir Schiss davor, nüchtern zu sein. Du natürlich ausgenommen.«

»Verpass mir bloß keinen Heiligenschein«, sagte Marlon. »Wenn ich das Zeug vertragen könnte, hätte ich mich heute zugedröhnt.«

»Dacht ich's mir doch, dass irgendwas mit dir nicht stimmt. Du warst den ganzen Abend so komisch. Was ist los?«

Marlon zögerte. Marsilio war sein bester Freund. Wenn er einem vertrauen konnte, dann ihm.

»Da gibt es ein Mädchen …«

»Ein Mädchen?«

»Hörst du schlecht?«

»Also, da gibt es ein Mädchen. Weiter.«

»Nichts weiter.« Es ging einfach nicht. »Vergiss es.«

Marsilio schwieg. Das brachte Marlon dazu, es noch einmal zu versuchen.

»Sie ist etwas ganz Besonderes. Und ich bin verrückt vor Angst um sie.«

»Angst? Wieso?«

»Weil sie … ein Kind des Mondes ist.«

Wenn Marsilio jetzt falsch reagierte, würde er ihm eine reinhauen und verschwinden. Sie hatten oft Witze über die Sekte gerissen, früher, als ihre Mitglieder für Marlon noch gesichts- und namenlos waren, bis auf La Lune, die wie ein altes Schneewittchen in den ersten Talkshows auftauchte und jeden Angriff mit ihrem Haifischlächeln parierte.

Marsilio reagierte nicht falsch. »Ein Kind des Mondes.« Er machte noch eine Flasche Bier auf. »Da hast du wirklich ein Problem, alter Junge. Oh, Mann.« Er schnalzte mit der Zunge. »Und was für ein Problem!«

»Wir waren verabredet«, sagte Marlon, »aber sie ist nicht gekommen.«

»Wie lange kennst …?« Marsilio wischte die angefangene Frage mit einer Handbewegung weg. »Ist ja auch egal. Verdammt, das Mädchen hat Mumm!«

»Vielleicht hat uns beim letzten Mal jemand beobachtet«, sagte Marlon. »Und du weißt doch, dass sie dieses Strafhaus haben …« Wieder wurde ihm eiskalt.

»Denk nicht gleich an das Schlimmste, Marlon. Kann doch sein, dass ihr einfach was dazwischengekommen ist.«

»An zwei Tagen hintereinander?«

Ratlos starrte Marsilio sein Bier an.

»Und ich kann sie nicht erreichen. Ich kann nur zu unserem Treffpunkt gehen und auf sie warten.«

»Verfahrene Kiste! Kann ich irgendwas für dich tun?«

»Du kannst für uns beten«, sagte Marlon bitter.

»Guter Witz.« Marsilio rülpste. »Damit hab ich schon vor Ewigkeiten aufgehört.«

☽

Jana konnte nicht einschlafen. Das Mondlicht war so hell, dass es selbst durch den Vorhang ins Zimmer drang und ihr deutlich zeigte, was sie gern für eine Weile vergessen hätte – dass Maras Bett leer war.

Sie fragte sich, wo Mara und Timon in diesem Augenblick wohl sein mochten. Wenn der Pfarrer ihnen wirklich geholfen hatte, und an diese Hoffnung klammerte sie sich, dann hatte er ihnen bestimmt auch eine Unterkunft besorgt und sie irrten nicht irgendwo allein durch die Nacht.

Wahrscheinlicher aber war, dass sie sich tagsüber versteckt hielten und nachts versuchten weiterzukommen. Vielleicht gab es sogar mehrere Helfer, die sich abwechselten. Vielleicht fuhren sie gerade mit einem von ihnen im schützenden Dunkel eines Autos zu ihrem nächsten Versteck.

Würden sie in Deutschland bleiben?

Jana drehte sich stöhnend auf die andere Seite. Wenn sie sich doch bloß an die Bücher erinnern könnte, die Timon bei seinem letzten Besuch in der Bibliothek ausgeliehen hatte.

Die Bücher! Jana hielt den Atem an.

Wer außer Gertrud und ihr wusste von Timons Spezialgebiet? Ein Zurückverfolgen seiner Ausleihen wäre zwar schwierig, aber nicht unmöglich.

Gerald! Er war damals auch in der Bibliothek gewesen. Er hatte Timon angesprochen. Hatte er nicht sogar etwas über die Bücher gesagt?

Jana dachte fieberhaft nach.

Na? Wieder Lesefutter für Wochen ausgeliehen?

Und Timon?

Er hatte nicht geantwortet, sondern lächelnd seine Bücher zusammengepackt.

Lächelnd! Das konnte doch nur bedeuten, dass er sich sicher fühlte.

Es hielt Jana nicht mehr im Bett. Sie stand auf, warf sich den Bademantel über, ging zum Fenster und schob den Vorhang ein Stück zur Seite. Wie das Mondlicht die Dinge veränderte. Als gäbe es neben der Welt, die Jana kannte, eine zweite, in der selbst die Träume erfroren.

Warum hatte Timon sich so sicher gefühlt? Warum?

Jana legte sich wieder ins Bett. Sie lächelte.

»Du hast dich sicher gefühlt, weil du eine falsche Spur gelegt hast«, flüsterte sie.

☽ 14 ☾

Die Luft schien von den Geräuschen zu vibrieren. Sägen, Hämmern, Bohren, Rufe und immer wieder Gelächter. Die meisten Bauern des Dorfs und ihre Söhne beteiligten sich am Wiederaufbau von Heiner Eschens Scheune und auch einige Töchter machten mit. Selbst Marlene und Greta hatten sich aufgerafft, an diesem Samstagmorgen zu helfen.

Es war eine eindrucksvolle Demonstration von Solidarität, gerade hier, so nah bei den Gebäuden der Sekte. So leicht ließen sie sich nicht einschüchtern. Keinen Zentimeter würden sie zurückweichen.

Ab und zu ein grimmiger Blick hinüber zu *denen da*, ein verächtliches Grinsen, ein Ausspucken, das Pfeifen einer kleinen Melodie – kommt nur rüber mit eurem nächsten Angebot! Wir werden es euch um die Ohren hauen!

Selten war ihnen eine Arbeit so leicht von der Hand gegangen, selten hatten sie dabei solche Euphorie verspürt. Wir sind das Dorf! Wir haben die Zügel in der Hand! Wollt ihr Krach? Könnt ihr haben!

Marlon war einer von ihnen, doch er gehörte nicht mehr dazu. Er verstand, warum sie in dieser Stimmung waren, aber er selbst konnte sie nicht nachempfinden. Ruhig tat er seine Arbeit. Er atmete den Duft des frisch geschnittenen Holzes ein und freute sich, dass etwas Neues entstand. Seine Hände fassten überall da an, wo sie gebraucht wurden. Aber immer wieder kehrte sein Blick zu den Kindern des Mondes zurück, die jenseits der unsichtbaren Grenze ihren eigenen Beschäftigungen nachgingen.

Ihre Gesichter konnte man von hier aus nicht erkennen. Und so zuckte Marlon jedes Mal zusammen, wenn er eine blau gekleidete Gestalt sah.

»Die haben ein paar ziemlich schnuckelige Jungs da drüben«, hörte er Greta sehnsüchtig sagen.

»Unberührbare.« Das war Marlenes Stimme. »Die heiraten nur ihre eigenen Mädchen.«

»Das Leben ist schrecklich ungerecht.«

»Und wenn wir überlaufen?«

Die beiden kicherten und wandten sich wieder anderen Dingen zu.

Marlon stand wie erstarrt. Das wäre tatsächlich der einzige Weg. Er könnte einer von ihnen werden. Wie viel war ihm seine Liebe wert?

Er setzte den Nagel an, hob den Hammer und ließ ihn wieder sinken. Wie viel ihm seine Liebe wert war? Zu viel, um sie so aufs Spiel zu setzen.

Er hatte nicht das Zeug zu einer universellen Liebe. Er wollte Jana lieben und nicht die ganze Gemeinschaft.

Und wenn sie Kinder bekämen?

Kinderhaus. Mädchenhaus. Jungenhaus.

Strafhaus.

Es musste einen anderen Weg geben. Irgendwo. Entschlossen hob Marlon den Hammer und schlug zu.

☽

Jana hatte Dienst im Kinderhaus, doch sie war nicht bei der Sache. Sie musste eine Gelegenheit finden, in die Kirche zu gelangen, wo sie hoffentlich den Pfarrer antraf.

Und sie musste Marlon sehen.

Sie bewegte sich auf schlüpfrigem Boden. Ein falscher Schritt und sie würde fallen.

Mara hatte oft darüber gespöttelt, dass Jana die Gesetze der Mondheit so gewissenhaft befolgte.

»Neben dir verblasst sogar La Lunes Heiligenschein«, hatte sie einmal gesagt. »Wenn du so weitermachst, wirst du noch ihre Nachfolgerin.«

Sie hatte sich in gespielter Ehrfurcht vor Jana verneigt, und Jana war so verlegen gewesen, dass sie nicht gewusst hatte, wo sie hinsehen sollte.

»Was nicht das Schlechteste wäre.« Mara war plötzlich wieder ernst geworden. »Dann hätten wir alle endlich die Möglichkeit, wirklich glücklich zu sein.«

Wirklich glücklich.

Die Worte hatten sich in Janas Kopf eingenistet. Wünsche ausgebrütet. Und Träume.

Mara hatte versucht, ihr die Augen zu öffnen für die Dinge im Leben der Gemeinschaft, die sie *unmenschlich* nannte. Jana hatte ihr zugehört. Und sie verstanden. Aber sie war davon überzeugt gewesen, dass es sich dabei lediglich um eine Unvollkommenheit des Systems handelte, die überwunden werden konnte.

»Irgendwann«, hatte sie gesagt, »irgendwann wird alles gut und richtig sein.«

»Nein«, hatte Mara geantwortet. »Irgendwann wirst auch du aufwachen und feststellen, dass du eine Widerständlerin bist.«

Und das war sie jetzt. Eine Widerständlerin. Eine Untergrundkämpferin. Sie konnte die Verbote, die sie bereits übertreten hatte, kaum noch zählen.

»Jana! Du hörst gar nicht zu!«

»Entschuldige, Miri. Was hast du gesagt?«

»Ich sag das nicht zweimal.«

»Mir sind gerade ein paar Gedanken durch den Kopf gegangen, Miri.«

»Haben denn die Beine?«

»Wenn Jana das sagt, dann stimmt das auch.« Indra stand neben ihnen, eine kleine, böse Gewitterwolke.

»Das ist nur eine Redensart«, erklärte Jana. »Ich meine damit, dass ich nachgedacht habe.«

»Worüber?«, fragte Miri.

»Kinder des Mondes fragen nicht«, wies Indra sie zurecht. »Sie horchen in sich hinein.«

»Ich hör nichts in mir drin.« Miri streckte Indra die Zunge heraus. »Und deswegen frag ich so viel, wie ich will!«

»Ich habe über mich selbst nachgedacht«, beantwortete Jana Miris Frage.

Indra kletterte ihr auf den Schoß und schlang die Arme um ihren Hals.

»Ich denke auch viel nach«, sagte sie. »Und meine Gedanken haben wohl Beine! Auch wenn das bloß eine Redensart ist.«

Jana sah Miris finsteren Gesichtsausdruck. Sie hob Indra sanft von ihrem Schoß, griff ins Regal und zog ein Buch heraus.

»Soll ich euch eine Geschichte vorlesen?«, fragte sie.

Indra nickte.

Miri schüttelte den Kopf.

»Weil du Jana für dich alleine haben willst«, sagte Indra, die Janas Schoß nur unfreiwillig verlassen und sich missmutig auf den Boden gesetzt hatte. »Immer willst du alles für dich alleine haben.«

Miri wehrte sich nicht, das war ungewöhnlich. Jana schaute sie sich genauer an. Miris Augen hatten einen eigentümlichen Glanz.

»Fühlst du dich nicht wohl?« Jana befühlte Miris Stirn.

»Mir ist heiß bloß von dem Hüpfspiel eben.« Miri schob Janas Hand weg. »Können wir nicht ein bisschen Musik hören?«

»Das würde mir auch gefallen.« Jana stellte das Buch wieder weg. »Und dir, Indra?«

»Wenn ich die CD einlegen darf.«

Um Musik hören zu können, mussten sie in den eigens dafür eingerichteten Raum gehen. Auch Miris Hand war heiß.

»Vielleicht kriegst du eine Erkältung«, sagte Jana.

»Will ich aber nicht. Dann muss ich immer im Bett liegen und eklige Sachen trinken und darf überhaupt nichts machen und bin ganz viel alleine. Dann hab ich Angst.«

Jana konnte sich noch gut an die langen Nachmittage ihrer Kindheit erinnern, die sie allein im Schlafsaal verbracht hatte. Während in ihrem Kopf das Fieber getobt hatte, waren in den Ecken und Winkeln die Gespenster wach geworden. Die Schatten hatten mit langen Fingern nach ihr gegriffen und sie hatte sich die Bettdecke über den Kopf gezogen.

»Nichts verraten!« Miri sah Jana flehend an.

»Nein, ich verrate nichts. Aber du musst mir versprechen, dass du dich meldest, wenn es schlimmer wird. Tust du das?«

»Bei der hochheiligen Mondheit!« Miri hob drei Finger zum Schwur.

»Und jetzt sag mir, was du hören willst.«

»Medi … musik.«

»Meditationsmusik? Gut.«

Indra legte die CD ein. Die Mädchen streckten sich auf den Liegekissen aus und machten die Augen zu. Jana setzte sich auf ihr Kissen, zog die Knie an und umschlang sie mit den Armen.

Sobald sie die Augen schloss, brachte die Musik Bilder in ihr hervor.

Sie spazierte über eine weite grüne Ebene, die von roten und weißen Blüten gesprenkelt war. Unter ihren nackten Füßen konnte sie Heidekraut fühlen. Torfgeruch stieg ihr in die Nase. Hier und da wuchs eine Kiefer, schief vom Wind. Der Himmel war blau, von feinen Dunstschleiern überzogen.

Eine Hand legte sich auf ihre Schulter und Jana drehte sich um.

Marlon lachte, zog sie an sich und küsste sie auf den Mund.

Sie gingen zusammen weiter, Hand in Hand.

Eine Möwe segelte durch die Luft und ließ sich ein paar Meter vor ihnen nieder. Wind kam auf und fuhr ihnen durchs Haar. Sie hörten das Meer, bevor sie es sahen. Wellen rollten an den Strand, brachen sich an den Felsen. Weiß spritzte Gischt auf. Der Wind blies ihnen die Nässe ins Gesicht. Jana schmeckte Salz auf den Lippen.

Sie öffnete die Augen, weil sie die Bilder nicht mehr ertrug. So würde es niemals sein. In Wirklichkeit wusste sie nicht, wie Salzwasser schmeckte. Sie kannte auch das Meer nur von Bildern. Und sie war noch nie über Heidekraut gelaufen.

Indra wurde unruhig, rutschte hin und her, stand schließlich auf und huschte hinaus. Miri hob nicht einmal den Kopf.

Es erstaunte Jana immer wieder, welche Wirkung diese Musik auf Miri hatte. So wenig sie sonst auch nur für eine Minute stillhalten konnte – in diesem Zimmer machte sie eine verblüffende Wandlung durch. Ruhig und entspannt lag sie da, Beine und Arme ausgestreckt, den Kopf zur Seite geneigt.

Die meisten Kinder in ihrem Alter verhielten sich, wie Indra es eben getan hatte. Miri dagegen war von Anfang an förmlich mit der Musik verschmolzen.

Jana legte sich hin und überließ sich ihren Gedanken.

Schon vor Jahren, an dem Tag genau, an dem sie den ersten Satz in ihr Tagebuch schrieb, hatte sie den ersten Schritt getan und den Weg verlassen, der den Kindern des Mondes vorgezeichnet war.

Absoluter Gehorsam und rückhaltlose Aufrichtigkeit sind den Kindern des Mondes ein Bedürfnis und eine Freude. Jeden ihrer Gedanken breiten sie offen vor der Mondheit und der Gemeinschaft aus.

Wohin würden die weiteren Schritte sie führen?

Eine kleine heiße Hand legte sich auf ihre. Jana umschloss sie mit den Fingern. Es war wie ein Versprechen. Sie würde sehr, sehr vorsichtig sein.

☽

Martha Eschen brachte ihnen das Essen. Sie breitete eine Decke auf dem Boden aus und leerte ihre Körbe. Brot und Käse, kaltes Fleisch, Wurst und Schinken, Kartoffelsalat, Obst, Kaffee und Tee und zwei Bleche mit frisch gebackenem, noch warmem Pflaumenkuchen.

Marlon goss sich Tee ein und wärmte die klammen Finger an dem Becher. Ein kräftiger Ostwind war aufgekommen, kalt und aggressiv, ein Vorbote herbstlicher Stürme. Sie rückten näher zusammen.

Die Gesichter waren Marlon fast so vertraut wie die seiner Eltern und Schwestern. Nachbarschaft bedeutete jedem hier mehr als nur die Zugehörigkeit zu einer zufälligen Dorfgemeinschaft. Sie waren wie eine große Familie und wussten so gut wie alles voneinander. Die wenigen Geheimnisse, die übrig blieben, ließen sie unangetastet.

Und wie war es bei Jana?

Was wusste Marlon von ihrer Welt?

Romeo und Julia, dachte er, getrennt von einer unüberwindlichen Mauer.

Und das Furchtbarste an dieser Mauer war, dass sie sich in den Köpfen aufgerichtet hatte.

»Zwei von denen sollen die Flatter gemacht haben«, sagte Heiner Eschen und schnitt sich eine dicke Scheibe Salami ab. »Seitdem ist es da drüben, als hätte wer mit einem Stock in einem Ameisenhaufen gestochert.«

Marlon hob den Kopf.

»Lisbeth Jansen hat's mir erzählt. Sie ist auf dem Weg zum Briefkasten und da steht plötzlich ein kleines Mädchen vor ihr und spricht sie an, wo doch nie einer von denen mit uns redet. ›Weißt du, wo Mara ist?‹, fragt sie Lisbeth. ›Ich suche sie überall.‹ Lisbeth, die natürlich nicht mal den Namen kannte, hat den Kopf geschüttelt, und da hat das Mädchen gesagt, diese Mara wär verschwunden und einer, der Timo heißt oder so ähnlich, auch. Und in dem Augenblick ist eine von diesen Kinderfrauen fuchsteufelswild angerannt gekommen und hat das Mädchen zurückgeholt. Von wegen, Liebe und Verständnis unter den Menschen! Lisbeth hat gesagt, es ist ihr bei ihrem Anblick kalt über den Rücken gelaufen.«

»Ein blondes Mädchen?«, fragte Marlon. »Etwa fünf Jahre alt?«

»Darüber hat sie nichts Genaues gesagt.« Heiner Eschen sah Marlon verwundert an. »Na, jedenfalls war bei denen zwei Nächte lang die Hölle los. Ein Hin und Her von Autos und überall Licht. Ihr wisst ja, dass wir von unserm Hof aus das ganze Gelände überblicken können. Und weil ich nicht gut schlafe und nachts oft auf bin, hab ich das beobachtet. Hast du noch einen Kaffee für mich, Martha?«

Er ließ sich einschenken und trank.

»Bei Gott! Ich wünsch den beiden, dass sie es schaffen.«

Marlon ging wieder an die Arbeit. Er musste darüber nachdenken, was diese Nachricht für ihn bedeutete. Und seine Gefühle unter Kontrolle bekommen.

Er hatte sich nie an den Gedanken herangewagt, dass auch Flucht ein Weg sein könnte.

Aber selbst wenn Jana dazu bereit wäre, selbst wenn es ihm gelänge, sie da herauszuholen – wo sollte er sie verstecken?

Er sah über die Schulter. Da saßen sie und steckten die Köpfe zusammen. Wäre von ihnen Hilfe zu erwarten?

☽

Auf dem Weg zur Bibliothek spähte Jana zu den Bauern hinüber. Offenbar bauten sie die Scheune wieder auf, die neulich abgebrannt war. Ob auch Marlon dabei war?

Marlon.

Sie senkte den Blick. Neugier würde sie verdächtig machen. Sie durfte sich keinen Fehler erlauben.

Miri hatte sie nicht gehen lassen wollen. Ihr Gesicht war voller Angst gewesen.

»Beim Mittagessen sehen wir uns doch wieder, Miri.«

»Du gehst nicht für immer weg? Wie Mara?«

Jana hatte sie an den Schultern gefasst.

»Ich lasse dich nie, nie, niemals allein, hörst du? Niemals, Miri.«

Miri hatte sie forschend angesehen, als wollte sie sich vergewissern, dass die Worte auch wirklich mit dem übereinstimmten, was sie in Janas Augen lesen konnte. Ihr Gesicht hatte sich entspannt und sie war wieder zu den anderen Kindern gelaufen.

Gertrud saß lesend an ihrem Schreibtisch. Sie lächelte und klappte das Buch zu.

»*Die schönsten Sagen des klassischen Altertums*«, sagte sie. »Als Kind habe ich sie geliebt. Jetzt wollte ich sie noch einmal lesen und muss feststellen, dass ich mir all die Namen kaum noch merken kann. Ich werde alt, Jana.«

»Nein, nicht alt. Du wirst weise.«

»Wenn das bedeutet, dass man keine Namen mehr behalten kann und beim Reden nach jedem dritten Wort suchen muss, dann ist Weisheit nicht eben ein erstrebenswerter Zustand, meinst du nicht auch?«

Jana zog sich einen Stuhl heran. Es gab doch noch ein paar verlässliche Dinge. Diesen Raum. Dass Gertrud da war. Und dass sie ihr trauen konnte.

Sie erzählte ihr, worüber sie in der vergangenen Nacht nachgegrübelt hatte.

»Genial«, sagte Gertrud. »Und ich bin mir sicher, dass Timon nicht nur *eine* falsche Spur gelegt hat. Fast wünsche ich mir, dass sie auf die Idee kommen, hier herumzuschnüffeln. Das würde Mara und Timon wertvolle Zeit verschaffen. Und wer weiß?« Sie zwinkerte Jana zu. »Vielleicht kann ich noch zusätzlich ein bisschen Verwirrung stiften?«

Sie gingen zum Speisesaal hinüber.

Offenbar sollte es heute kein Verhör mehr geben. Am Nachmittag würde Jana wieder in der Bibliothek arbeiten. Es war keine Ausleihe. Sie hatten sich vorgenommen, einige neue Regale aufzustellen.

»Kann ich heute für eine Weile verschwinden?«, fragte Jana mit gedämpfter Stimme. Aus sämtlichen Gebäuden strömten die Kinder des Mondes. Vorm Speisesaal hatte sich schon eine Warteschlange gebildet.

»Verschwinden?«

»Ich sage dir später, warum.«

Gertrud grüßte freundlich lächelnd nach rechts und links.

»Denken wir uns einen hübschen Grund aus«, sagte sie. »Nur für den Fall.«

☽

Marlon nahm ein Bad. Er war so ausgekühlt, dass er noch im heißen Wasser fröstelte.

Er hatte sich ein Buch mit in die Wanne genommen, das Stauffer ihm geliehen hatte. Es trug den Titel *Perspektiven* und setzte, wie Stauffer es formuliert hatte, theoretisch um, was Marlon instinktiv richtig machte.

»Du sollst auch weiterhin deiner Intuition vertrauen«, hatte Stauffer gesagt, »aber es kann nicht schaden, wenn du *weißt*, was du tust.«

Marlon las die Einleitung und fand sie reichlich verworren. Als wäre der Autor mehr in seine Worte verliebt als in sein Thema. Er sah sich die Fotografien an, die als Beispiele dienen sollten. Sie waren von mieser Qualität und Marlon wandte sich wieder dem Text zu.

Aber er konnte sich nicht richtig darauf einlassen. Immerzu schweiften seine Gedanken ab.

Seine Schwestern hatten sich wie die Geier auf das Gerücht von der Flucht der beiden Kinder des Mondes gestürzt. Ein Junge und ein Mädchen? Das konnte nur eine Liebesgeschichte sein.

»Sie hätten doch heiraten können«, hatte Greta auf dem Heimweg gesagt. »Warum fliehen?«

»Weil es da ein dunkles Geheimnis gibt«, hatte Marlene geantwortet. »Vielleicht hat man es ihnen nicht erlaubt.«

»Oder sie konnten einfach diesen haarsträubenden Unsinn von der Mondheit und all dem anderen Zeug nicht mehr hören«, hatte der Vater sich eingemischt. »Es sollen ja schon öfter welche versucht haben abzuhauen.«

»Und was ist mit denen passiert?«, hatten Greta und Marlene gleichzeitig gefragt.

»Sie werden sie wieder eingefangen haben.«

Einfangen, hatte Marlon gedacht. Wie Tiere.

»Die beiden haben nicht die Spur einer Chance«, hatte der Vater das Thema beendet. »Diese La Lune hat ihre dreckigen Pfoten doch überall im Spiel.«

Das heiße Wasser machte Marlon schläfrig. Die Augen fielen ihm zu.

Er wurde davon wach, dass jemand gegen die Tür hämmerte.

»Andere wollen auch mal ins Bad!«, hörte er Gretas Stimme.

Und dann sah er das Buch. Es trieb im Wasser, klatschnass, vollkommen ruiniert.

Er fischte es heraus und schleuderte es gegen die Tür.

☽

Mara hatte ihr so viel von diesem Ort erzählt, dass Jana ihn sofort erkannte, obwohl sie noch nie hier gewesen war. Sogar der Geruch kam ihr vertraut vor, ein Geruch nach altem, von unzähligen Berührungen poliertem Holz, nach frischen und welken Blumen, dem Wachs der brennenden Kerzen und nach etwas, was sie nicht benennen konnte.

Langsam ging sie nach vorn. Es war kalt hier drinnen und sie zog die Jacke fest um den Körper. Sie sah zu den Fenstern hoch, die farbige Lichtflecken auf den Boden und an die gekalkten Wände warfen.

Die Stille hatte dieselbe Wirkung auf sie, die Mara beschrieben hatte. Jana fühlte sich aufgehoben und geschützt, wusste jedoch, dass dieses Gefühl sie trog. Sie betrachtete den Dahlienstrauß auf dem Altar, die reich bestickte Borte der weißen Decke.

Und dann sah sie den gekreuzigten Gott, über den Mara so oft gesprochen hatte.

Sein magerer Körper war aus Holz geschnitzt.

Die Statuen der Mondheit waren alle aus Stein.

Jana dachte an Marlons Worte. *Sein Sohn war ein Mensch. Aber gleichzeitig war er auch Gott.* Wenn das hier der Sohn eines Gottes war, wieso hatte er dann so grausam sterben müssen?

Links vom Altar befand sich eine Tür. Jana öffnete sie vorsichtig. Ein Schrank, ein Tisch und zwei Stühle, sonst nichts.

Mara war dem Pfarrer nur manchmal begegnet. Offenbar war er nicht immer hier. Aber Jana konnte nicht auf ihr Glück vertrauen und warten. Sie hatte keine Zeit.

Sie schlüpfte wieder hinaus, tauchte rasch in den Schatten der alten Linden ein, von denen die Kirche umgeben war, und schlich davon wie ein Dieb.

☽

Marlon pfiff nach dem Hund und hängte sich die Kamera über die Schulter. Auch als er Jana das erste Mal getroffen hatte, war er mit der Kamera unterwegs gewesen. Vielleicht brachte sie ihm Glück.

Kurz vor dem Waldweg kam ihnen Eschens Sohn Dietmar auf dem Traktor entgegen. Er hielt an und beugte sich zu Marlon hinaus.

»Auf Fotosafari?«

»Wieder mal«, antwortete Marlon. »Muss ein bisschen was für die Schule tun.«

»Jo.« Dietmar winkte ihm zu und fuhr weiter.

Marlon sah dem Traktor nach, bis er verschwunden war, erst dann bog er in den Waldweg ein. Sein Herz klopfte schneller. Er war zu früh, aber er hätte es keine Stunde länger zu Hause ausgehalten.

»Wenn sie nicht da ist«, sagte er zu dem Hund, »kommen wir eben später noch mal. Und morgen und übermorgen wieder.«

Der Hund drehte flüchtig die Ohren nach ihm, bellte einmal kurz und aufgeregt, flitzte dann los und war im Grün des Dschungels verschwunden.

Marlon beschleunigte seine Schritte. Bitte, sei da, dachte er, bitte!

☽

Jana war von der Kirche aus direkt zur Lichtung gegangen. Sie hatte sich auf einen Baumstamm gesetzt, der von Moos und Flechten überwachsen war und auf den ersten Blick aussah wie ein tief unter Wasser verrottendes Teil eines vor Jahren versunkenen Wracks.

Ihre Angst hatte sich ein wenig gelegt. Übrig geblieben war eine schmerzhafte Anspannung all ihrer Nerven, mit der sie jedes Geräusch und jeden Wechsel des Lichteinfalls registrierte.

Und so hörte sie den Hund eine ganze Weile, bevor er unter den Bäumen auftauchte. Sie stand auf und ging ihm entgegen. Hechelnd kam er auf sie zugelaufen, sprang an ihr hoch und umkreiste sie, fiepend vor Freude.

»Bist du allein gekommen oder hast du Marlon mitgebracht?«, fragte sie ihn, und er schoss wieder davon und kam mit Marlon zurück.

»Dass du da bist!« Marlon hielt Jana, als wolle er sie nie wieder loslassen. »Dass du wirklich da bist!«

Neben ihnen knurrte der Hund und sie fuhren alarmiert auseinander.

Es war nur ein Eichhörnchen, dem der Hund kläffend nachjagte, bis es den Stamm einer Tanne erreicht hatte und daran hochkletterte.

Jana lachte vor Erleichterung, dann traten ihr Tränen in die Augen.

»Wir werden uns immer verstecken müssen, Marlon. Selbst

ein harmloses kleines Eichhörnchen versetzt uns in Angst und Schrecken. Kannst du dir so ein Leben vorstellen?«

Marlon zog sie an sich. »Alles kann ich mir vorstellen«, flüsterte er. »Solange du bei mir bist.«

Er kam sich vor wie ein Tölpel. Was nützten ihm jetzt all die Romane, die er gelesen hatte? In denen den Menschen immer das rechte Wort zur rechten Zeit auf der Zunge lag?

Er konnte Jana nur ansehen und halten und Angst um sie haben.

»Halt mich fest«, sagte sie. »Halt mich einfach ganz fest.«

☽ 15 ☾

Auf dem Heimweg dachte Marlon über das nach, was Jana ihm erzählt hatte. Immer wieder waren ihr Tränen über die Wangen gelaufen. Marlon hatte es kaum ausgehalten, sie weinen zu sehen. Sie war ihm so zerbrechlich vorgekommen.

»Maras Kleider hängen alle noch im Schrank«, hatte sie gesagt. »Als wäre sie nur mal eben kurz aus dem Zimmer gegangen. Und dann ihre Schulsachen, Marlon! Manchmal schlage ich eines ihrer Hefte auf und gucke mir ihre Schrift an. Es ist, als hätte sie die Sätze und Zahlen gerade erst geschrieben.«

Sie hatte sehr leise gesprochen. Und hastig. Als hätte sie das Gefühl gehabt, ihm ihr ganzes Leben in ein paar Minuten erklären zu müssen.

Er versuchte, sich die Namen ins Gedächtnis zurückzurufen. Mara. Timon. Gertrud. Miri. Anna. Gerald. Und natürlich La Lune. Immer wieder La Lune.

Unmerklich hatten einzelne Kinder des Mondes für ihn Gestalt angenommen. Er würde sie nie mehr als gesichtslose Mitglieder einer Sekte betrachten können. Vor allem diese Gertrud nicht. Sie schien ein außergewöhnlicher Mensch zu sein, und Marlon hatte den Eindruck, dass sie Jana beschützen konnte. Soweit das überhaupt möglich war, denn auch sie war ein Kind des Mondes und ihre Macht endete genau da, wo La Lune ihr die Hände gebunden hatte.

Dürers *Betende Hände* kamen ihm in den Sinn. Eine billige Reproduktion davon hing in der Schlafstube seiner Eltern. Als

Kind hatte er oft davor gestanden und sie betrachtet. Es ging etwas von ihnen aus, was ihn verwirrte und verstörte, sogar heute noch, allerdings betrat er die Schlafstube seiner Eltern nur noch selten.

Betende Hände, dachte Marlon. Gefesselt mit einem Strick.

☽

»Da bist du ja.«

Gertrud sagte das betont beiläufig, aber in ihrer Stimme tanzte Erleichterung. Sie machten sich sofort an die Arbeit.

Die Kinder des Mondes widmen ihr Leben in Demut dem Dienst an der Gemeinschaft, denn damit dienen sie der Mondheit.

»Ich frage dich nicht, wo du gewesen bist«, sagte Gertrud, stemmte das erste Regal hoch und trug es an die dafür vorgesehene Stelle. Vor Anstrengung trat ihr eine dicke Ader auf der Stirn hervor und ihr Gesicht lief rot an.

»Weil du es ahnst.« Jana versuchte, das zweite Regal anzuheben, aber es war zu schwer. Sie fasste es anders und probierte es noch einmal, wieder vergebens.

Ein Kind des Mondes bewältigt jede ihm aufgetragene Arbeit. Es begrüßt schwierige Aufgaben freudig, weil sie ihm die Möglichkeit geben, daran zu wachsen.

Gertrud packte mit an. Über ein Regalbrett hinweg sahen sie sich in die Augen.

»Frailty, thy name is woman«, sagte Gertrud atemlos.

»Was so viel heißt wie?«

»Schwachheit, dein Name ist Weib.«

»Und das ist von wem?«

»Shakespeare. Hamlet, glaube ich, und selbstverständlich

meint es etwas anderes, als dass Frauen sich schwer tun, Regale zu schleppen. Es fiel mir nur ein, als ich dich da rütteln und rucken sah, als wollte eine Ameise ihre Kraft an einem Baumstamm erproben.«

Sie lachten und setzten das Regal ab und lachten weiter und hielten sich die Seiten, denn es war ein Lachen, das immer heftiger wurde und fast schon an Hysterie grenzte, ein Lachen, in dem sich sämtliche Spannung der vergangenen Tage entlud.

»Hör auf!« Gertrud zog ein Taschentuch aus dem Ärmel hervor und wischte sich die Augen. »Hab Erbarmen, Jana! Ich bitte dich!«

Aber Jana konnte nicht aufhören. Obwohl das Lachen sie beinah zerriss.

Nur ganz allmählich ebbte es ab. Gertrud lehnte erschöpft an der Wand, Jana saß auf dem Boden, die scharfen Kanten des Heizkörpers im Rücken. Sonnenlicht lag auf den Eichendielen und ließ das Holz warm leuchten. Jana streckte die Beine aus, bewegte die Füße und beobachtete, wie sie Schatten warfen.

Gertrud wischte sich ein letztes Mal die Augen und schnäuzte sich dann energisch.

»Ich bin froh, dass es dich gibt«, sagte Jana.

Gertrud strich ihr das Haar aus der Stirn.

»Manche Dinge müssen wir uns nicht sagen, Jana. Weil wir sie wissen.«

☽

»Hast du was dagegen, wenn ich ein paar Fotos von dir mache?«, fragte Marlon seine Mutter, die damit beschäftigt war, die Herdplatten zu schwärzen.

»Besser nicht«, wehrte sie ab. »Ich bin nicht foto…, wie sagt man dazu?«

»Fotogen«, sagte Marlon. »Red dir nichts ein, Mama. Du bist, wie du bist, und genau so will ich dich auf den Fotos haben.«

Sie zögerte immer noch.

»Morgen?«

»Am liebsten gleich jetzt.«

Sie drehte sich nach ihm um, das Schwärzmittel in der Hand.

»Ich hab noch so viel zu tun, Marlon, die Betten beziehen, waschen, bügeln …«

»Kann ich dich nicht bei der Arbeit fotografieren?«

»Also gut.« Sie seufzte. Mit der freien Hand strich sie sich die Schürze glatt, dann fuhr sie sich übers Haar.

»Lass alles so, wie es ist.« Marlon packte die Kamera aus. »Du bist schön genug.«

Noch eine Stunde bis zum Melken und er würde diese Stunde nicht allein verbringen müssen, eingesperrt in seine Gedanken.

»Schön?«, sagte sie. »Wer schön sein will, darf nicht so hart arbeiten.«

Marlon nahm sie von der Seite auf.

»Mach weiter, Mama. Kümmere dich nicht um mich. Du musst die Kamera einfach vergessen.«

Er fotografierte ihre Hände, zuerst die linke, mit der sie sich auf der Arbeitsfläche abstützte, dann die rechte, in der sie ein weiches Tuch hielt, um jetzt die Herdplatten zu polieren.

»Willst du auch noch aufnehmen, wie ich mir die Hände wasche?«

Sie lachte und er fing dieses Lachen ein, das sie um Jahre jünger machte. Doch, dachte er, du bist schön. Vor allem wenn du lachst. Du weißt es bloß nicht.

Fotografieren ist ein Akt äußerster Konzentration, hatte er in Stauffers Buch gelesen, dessen durchweichte Seiten zwar trocknen, sich jedoch nie wieder glätten würden. Hoffentlich war es nicht zu teuer gewesen, denn er musste es Stauffer ersetzen.

Marlon folgte seiner Mutter in den Keller, fotografierte sie, wie sie vor der Waschmaschine kniete und Kochwäsche einfüllte, folgte ihr die Treppen hinauf und in die Schlafstube. Man erkennt die Menschen vor allem an den Händen und daran, was sie damit tun, dachte er. Und an den Augen. Es gibt lebendige und tote Augen. Schon die Augen eines Kindes können leblos sein.

In der Schlafstube war es kalt. Sie lag nach Norden und das Fenster wurde von einem riesigen roten Haselnussstrauch verdunkelt. Die Mutter zog die Betten ab und Marlon fotografierte ihre hochgereckten Arme.

Plötzlich waren die *Betenden Hände* über ihrem Haar, fast so, als wollten sie sich in Erinnerung bringen. Marlon drückte auf den Auslöser und ließ die Kamera sinken.

»Was hast du, Marlon? Du bist auf einmal ganz blass.«

»Das macht bestimmt nur die Lampe.«

Die Lampe? Diese kraftlose Funzel über dem Bett, deren Licht nicht mal bis zu den Wänden reichte?

»Das Bild da, Mama, woher habt ihr das?«

»Die *Betenden Hände*?« Sie sah verwundert zu dem Bild und dann wieder zu Marlon. »Das war ein Hochzeitsgeschenk. Von wem, weiß ich nicht mehr. Was ist damit?«

»Ich fand es immer irgendwie unheimlich«, sagte Marlon.

»Am Beten ist doch nichts Unheimliches.« Sie betrachtete das Bild und legte den Kopf schief. »Ich habe das Bild immer … rechtschaffen gefunden.«

Rechtschaffen.

»Es hat dich nie beunruhigt?«

»Beunruhigt? Nein. Es hat mich eher getröstet. Bist du mit dem Fotografieren fertig?«

Marlon sah auf die Uhr. Es war Zeit, sich zum Melken umzuziehen. Er gab seiner Mutter einen Kuss. »Danke, Mama.«

»Schon gut.«

An der Tür drehte Marlon sich noch einmal nach dem Bild um. Obwohl kein Strick diese Hände fesselte, sah er ihn, und bedrückt fragte er sich, welche Art von Messer scharf genug wäre, ihn zu zerschneiden.

☽

Beim Abendessen hatte Jana Aufsicht am Kindertisch. Schon ein paar Mal hatte La Lune zu ihr herübergesehen. Jana war ihrem Blick ausgewichen.

La Lune hatte die Kinder des Mondes gleich am Morgen nach Maras und Timons Flucht, noch vor dem Gebet, über das Verschwinden zweier ihrer *über alles geliebten Kinder* informiert.

Einige hatten sich entsetzt die Hand vor den Mund gehalten. Die meisten hatten betroffen den Blick gesenkt.

La Lune hatte Mara und Timon zärtlich mit verirrten Schafen verglichen, die man suchen und in den Schutz der Gemeinschaft zurückholen müsse. »Die Welt da draußen ist eine tödliche Gefahr für sie«, hatte sie gesagt. »Ich bitte euch alle, mir zu helfen, sie wiederzufinden.« Sie hatte das Gebet gesprochen und die Mondheit um Erleuchtung angefleht.

Und dann hatte sie sich vor aller Augen gegeißelt, um die Schuld ihrer *verlorenen Kinder* auf sich zu nehmen. Während die Riemen ihren Rücken peitschten, hatte sie gelächelt, ein Lächeln voller Hingebung und Schmerz.

Jana, die bereits am Abend zuvor zu einem Gespräch gerufen worden war, hatte eine ganz andere La Lune vorgefunden. In diesem ersten Verhör hatte sie Mara und Timon nicht mit verirrten Schafen verglichen. Sie hatte sie Verräter an der heiligen Sache genannt, Abtrünnige, die sich für ihr schändliches Tun vor der Mondheit und vor der Gemeinschaft würden verantworten müssen. Niemals zuvor hatte Jana sie so erlebt, so hart und unversöhnlich, so zornig und unbeherrscht.

Zwei Gesichter, dachte Jana, während sie den Kindern auffüllte. Wie bei der Mondheit. Und die wenigsten von uns haben das andere Gesicht gesehen.

Miri rührte ihren Teller nicht an, obwohl es Milchreis gab, ihr Lieblingsgericht.

»Nimm ruhig noch ein bisschen Zucker«, flüsterte Jana.

Die Kinder des Mondes üben sich in Mäßigung. Ihre Nahrung ist bescheiden und schlicht. Nur so bleibt ihr Geist wach und gesund.

Miri presste die Hand auf das linke Ohr und stöhnte.

»Tut dir das Ohr weh?«, fragte Jana.

Miri nickte vorsichtig.

»Wie lange schon?«

»Weiß nicht.«

»Hast du den Kinderfrauen davon erzählt?«

»Ja. Tanja hat mir warmes Öl reingetan.«

»Aber es ist nicht besser geworden?«

Miri begann zu weinen. Jana hob sie hoch und trug sie hinaus.

»Nicht in den Schlafsaal!«

»Pscht! Sei ganz ruhig. Ich bringe dich in mein Zimmer. Du weißt ja, dass Mara nicht mehr in ihrem Bett schläft. Vielleicht erlaubt La Lune, dass du bei mir bleiben kannst, bis du wieder richtig gesund bist.«

Von Schritt zu Schritt wurde Miri schwerer. Als Jana die Treppe hochgestiegen war und endlich die Tür zu ihrem Zimmer aufmachte, keuchte sie vor Anstrengung. Sie legte Miri behutsam auf Maras Bett und deckte sie zu.

»Mein Ohr! Mach, dass es aufhört, Jana!«

»Ich spreche jetzt mit La Lune, ja? Hab keine Angst. Ich bin gleich wieder da.«

»Du sollst nicht weggehn!«

Jana setzte sich zu ihr auf die Bettkante.

»Mond, Mond, Mond«, sang sie leise, *»der hoch am Himmel thront.«*

Miri drehte sich auf die Seite, bettete die Wange auf Janas Hand und schloss die Augen.

»Schenke uns dein Silberlicht, oh Mondenschein, verlass uns nicht.«

Jana spürte, wie Miris Atem über ihr Handgelenk strich, sah die flatternden Augenlider ruhig werden, spürte, wie der kleine Kopf auf ihrer Hand schwer wurde.

»Mond, Mond, Mond, der hoch am Himmel thront, bist bei uns in der Nacht …«

Lautlos öffnete sich die Tür und Sonja kam herein. Jana legte einen Finger auf die Lippen. Sonja blieb bei der Tür stehen.

»… gibst gütig auf uns Acht. Mond, Mond, Mond.«

Vorsichtig zog Jana die Hand unter Miris Gesicht hervor, stand auf und schlich mit Sonja aus dem Zimmer.

»Sie ist krank«, sagte sie, als sie auf dem Flur standen.

»La Lune möchte dich sprechen.«

Sonja berührte Janas Schulter, ganz leicht, nur mit den Fingerspitzen. Wie seltsam, dachte Jana, dass ausgerechnet die Kinder des Mondes mit ihrer Sehnsucht nach allumfassender Liebe eine solche Scheu vor Berührungen haben.

»Soll ich … soll ich ihr sagen, ich hätte dich nicht gefunden?«

Und wie schön, dachte Jana, dass ab und zu, wenn auch nur sehr selten, der eine oder andere eine der tausend Grenzen überschreitet. Ausgerechnet Sonja, die das feste Regelwerk von Gesetzen und Formeln brauchte, um nicht das Gleichgewicht zu verlieren, machte gleich einen ganz großen Schritt in eine verbotene Richtung.

»Du brauchst nicht für mich zu lügen, Sonja. Ich wollte sowieso zu ihr. Ich wollte nur warten, bis Miri sich beruhigt hatte.« Sie drückte Sonjas Hand. »Aber danke, dass du es für mich getan hättest.«

Die Bäume hatten schon viel Laub verloren. Rot, gelb und braun tupfte es den Weg. Bald würde es nicht mehr so leicht sein, sich im Wald zu verstecken. Die nackten Zweige würden nicht nur den Wind und die Kälte durchlassen, sondern auch neugierige Blicke.

»Du wirst Schwierigkeiten bekommen«, sagte Sonja und überschritt wieder eine Grenze. »La Lune ist außer sich.«

»Ich stecke sowieso bis zum Hals in Schwierigkeiten.«

Jana hob ein rotes Ahornblatt auf, betrachtete die feinen Verästelungen seiner Adern, warf es dann in die Luft und sah ihm zu, wie es wieder auf den Boden segelte.

»Hast du dir schon einmal gewünscht, fliegen zu können, Sonja?«

»Hat sich das nicht jeder schon mal gewünscht?«

»Durch den Himmel fliegen, Sonja! Stell dir das vor! Überallhin!«

»Und wenn du nicht die Einzige wärst, die Flügel hätte?« Sonja stockte, und als sie weitersprach, war ihre Stimme ganz leise. »Wenn… alle fliegen könnten? Was hätte der Himmel dann noch für eine Bedeutung?«

Sie hatte Recht. Er wäre nur ein vergrößertes Gefängnis.

Sonja ging schneller. Vielleicht bereute sie ihre Offenheit schon. Doch an der Tür zum Speisesaal blieb sie stehen, die Klinke in der Hand.

»Ich wünsche dir, dass dir Flügel wachsen, Jana. Du hast den Mut zum Fliegen.«

☽

Mathematik war für Marlon ein großes Geheimnis, in das er nie würde eindringen können, selbst wenn er es noch so sehr versuchte. Eine beachtliche Reihe von Mathelehrerinnen hatte ihn abwechselnd in Langeweile versetzt und in Verzweiflung gestürzt. Sie unterschieden sich nur andeutungsweise voneinander. Im Wesentlichen waren sie sich ähnlich wie die Aufgaben, die sie stellten, sachlich, wortkarg und unzugänglich.

Marlon füllte das Papier mit Zahlen und strich alles wieder durch. Er begann, die freien Stellen mit Männchen zu bekritzeln und mit obszönen Worten auszuschmücken. Die Schule kam ihm vor wie ein Panoptikum. Trrreten Sie ein, meine Damen und Herren! Trrreten Sie ein! Jeeedes Fach ein Unikat! Und zu jedem die Lehrer im Dutzend!

Der Hund lag auf dem Bett und schlief. Ab und zu winselte er, tief in einen Traum verstrickt.

Können Hunde träumen?, schrieb Marlon.

»Klar«, sagte er laut. »Warum sollten sie nicht träumen können?«

Beim Klang seiner Stimme richtete der Hund kurz die Ohren auf und schlief dann weiter. Verschwiegen hütete er die Geheimnisse, die Marlon und Jana ihm, unabhängig voneinander, über Jahre anvertraut hatten.

Wusste er, ob Jana Mathe mochte?

Marlon hatte Lust, ein Gedicht zu schreiben. Dabei hasste er Gedichte. Er hatte schon zu viele auswendig lernen und später interpretieren müssen. Widerwillig hatte er den Sätzen das Fell abgezogen und in den Innereien herumgestochert. Nein, kein Gedicht. Aber reden musste er. Unbedingt.

Der Hund wurde sofort wach, als Marlon die Tür aufmachte,

und trottete verschlafen hinter ihm her. Seine Krallen verursachten ein kratzendes Geräusch auf dem Holz der Treppe.

Der Vater war im Stall und reparierte zwei Fenster, die irgendjemand eingeschlagen hatte. Welche von *denen da*, davon war er fest überzeugt. Er hatte vor Wut geschäumt, als er den Schaden bemerkt hatte, und war sofort zur Polizeidienststelle des Nachbarorts gefahren und hatte Anzeige gegen unbekannt erstattet.

»Und das war's auch schon«, hatte er gesagt, als er wieder zu Hause war. »Die werden diesen Fall genauso wenig aufklären wie all die anderen Fälle. Die da sind schlau. Die wissen, wie man Spuren verwischt.«

Die Zwillinge stromerten irgendwo mit Freundinnen herum. Marlon hatte seine Mutter für sich allein.

Sie saß in der Küche und löste das Kreuzworträtsel in einer der Frauenzeitschriften, die sie manchmal kaufte. Seit kurzem besaß sie eine Lesebrille, an die Marlon sich noch nicht gewöhnt hatte. Sie offenbar auch nicht, denn sie verlegte sie immerzu und war ständig auf der Suche danach. Jetzt aber trug sie sie.

Marlon setzte sich zu ihr an den Tisch.

»Gattin des Odysseus«, sagte sie. »Acht Buchstaben, der vierte ist ein E.«

»Penelope.«

Sie zählte nach und schaute ihn überrascht an.

»Stimmt! Woher weißt du so was nur?«

»Reiner Zufall, Mama.«

Sie schrieb die Buchstaben in die Kästchen und nahm die Brille ab.

»Von wegen, Zufall! Du bist klug, mein Junge, und ich bin stolz auf dich.«

»Erzähl das mal meiner Mathelehrerin.«

»Mathe? Meinst du, es macht dich zu einem besseren Menschen, wenn du mit Zahlen jonglieren kannst?« Sie klappte die Zeitschrift zu und legte den Kugelschreiber weg. »Und nun sag mir, worüber du wirklich mit mir sprechen willst.«

»Hast du den sechsten Sinn, Mama?«

»Den haben alle Mütter. Ich kenne dich doch, Marlon, und ich merke, dass du dir Sorgen machst.«

»Zwei von den Kindern des Mondes sind geflohen.«

»Ich weiß. Papa hat es mir erzählt.« Sie legte die Brille neben sich auf die Bank. Dort würde sie sie vergessen und dann wieder das ganze Haus danach absuchen. »Ist dein Mädchen dabei gewesen?«

»Nein. Aber sie war mit dem Jungen und dem Mädchen, die weggelaufen sind, befreundet. Und jeder denkt nun, sie wär eingeweiht gewesen. Sie sind äußerst rigoros, wenn sie jemanden verdächtigen.«

»Das Strafhaus.« Die Mutter nickte. »Mir wird jedes Mal schlecht, wenn ich es auch nur von weitem sehe.«

»Ich kann nichts für sie tun«, sagte Marlon. »Nicht solange sie da ist, wo sie ist.«

»Solange sie ... Junge, du wirst dich doch nicht zu etwas Unüberlegtem hinreißen lassen?«

»Wir könnten sie nicht hier verstecken, oder?«

»Selbst wenn, Marlon, was wäre das für ein Leben? Ein junges Mädchen, das sich weder draußen noch am Fenster blicken lassen darf! Wir müssten unsere Freunde belügen und würden jedes Mal zusammenzucken, wenn jemand an der Tür wäre.« Sie stockte. »Mein Gott, es ist dir wirklich ernst mit ihr, ja?«

Marlon antwortete nicht. Das Bild, das seine Mutter gezeichnet hatte, ließ ihn die ganze Ausweglosigkeit spüren.

»Eigentlich habe ich es von dem Moment an gewusst, als ich

die Fotos gesehen habe. Und jetzt sehe ich es an deinen Augen.« Sie nahm seine Hand. »Ich wollte, ich könnte etwas für euch tun.«

☽

Sie hatten Miri aus Janas Zimmer geholt und sie fortgebracht. Miri hatte sich verzweifelt gewehrt. Sie hatte die Arme nach Jana ausgestreckt und sie mit einem Ausdruck angesehen, den Jana nie vergessen würde. Dann hatte sie geschrien und Jana hatte sich die Ohren zugehalten, noch lange nachdem nichts mehr zu hören gewesen war.

Mit zitternden Händen zog sie ihr Tagebuch unter der Wäsche hervor. Sie musste sich beruhigen! Schreiben! Nachdenken!

Aber sie konnte kaum erkennen, was sie schrieb. Alles verschwamm ihr vor den Augen.

Tränen tropften auf das Papier und ließen graue, wellige Flecken wachsen.

Ruhig. Ruhig!

Worte finden. Aufhören zu weinen. Nach einem Ausweg suchen.

Nur wenn sie überlegt handelte, konnte sie darauf hoffen, Miri besuchen zu dürfen. Sie musste La Lune entgegenkommen.

»Eine Mittelohrentzündung«, hatte La Lune gesagt. »Das ist eine häufige Krankheit bei kleinen Kindern. Wir werden bei Miri keine Ausnahme machen. Sie wird sich in ihr eigenes Bett legen und dort wieder gesund werden.«

Ich habe überreagiert, dachte Jana. Ich bin mit den Nerven herunter.

Aber etwas sagte ihr, dass ihre Angst um Miri berechtigt war.

Krankheiten sind Hilfeschreie verstörter Seelen. Man behandelt sie, indem man die Seelen wieder gesund macht.

Kräuter, Salben, Essigumschläge, warmes Öl, Ingwer mit Honig. Gebete. Rituale. Und La Lunes heilende Hände.

Der Glaube an die Mondheit macht uns stark und widerstandsfähig.

Und wenn man krank wurde, war das ein Zeichen dafür, dass der Glaube unzureichend war.

Jana erinnerte sich daran, wie sie sich als Kind für jeden Schnupfen geschämt hatte. War ihre Liebe zur Mondheit nicht groß genug? Stand ihr Glaube auf wackligen Füßen?

La Lune an ihrem Bett, als Jana einmal eine Grippe gehabt hatte. Ihre Hände auf Janas heißer Stirn. Der beißende Geruch des Ingwers. Das Würgen in der Kehle. Und dann La Lunes Stimme. Die Worte, mit denen sie Jana getröstet hatte.

Und dann wurde Jana nach und nach wieder gesund. Die Selbstzweifel hörten auf. La Lune hatte alles ins Lot gebracht.

Jana verstaute das Tagebuch unter der Wäsche. Sie ging in den Waschraum, wusch sich das Gesicht und machte sich auf den Weg zum Abendgespräch. Sie würde mit La Lune reden und sie bitten, Miri besuchen zu dürfen. Sie musste nur die richtigen Worte finden.

☽ 16 ☾

»Klar«, sagte Marsilio. »Komm vorbei. Soll ich Tim fragen, ob er auch Zeit hat? Dann machen wir zu dritt einen drauf.«

»Die drei Musketiere«, sagte Marlon lächelnd.

»Einer für alle und alle für einen«, antwortete Marsilio prompt.

»Wir drei gegen den Rest der Welt.«

»Im Auftrag der Königin«, sagte Marsilio. »Beeil dich.« Und er legte auf.

Wie oft sie diese Losung ausgesprochen hatten. Früher in kindlichem Ernst, dann in pubertärem Trotz. Den Rest der Welt hatten sie nicht besiegt, aber sie hatten nicht aufgehört, es zu versuchen.

Marlon zog die gesteppte Jacke über. Gegen Abend wurde es schon ziemlich frisch und eine Erkältung konnte er sich nicht leisten. Es gab die Begabten und die Fleißigen und zu der ersten Gruppe gehörte er leider nicht. Er musste sich sein Wissen hart erarbeiten und wurde durch Fehlzeiten in der Schule jedes Mal zurückgeworfen.

Als er auf den Hof trat, sah er, dass es angefangen hatte zu nieseln. In den kleinen Stallfenstern schimmerte schon Licht. Ab jetzt würden die Tage rapide kürzer werden. Er setzte den Helm auf und fuhr los.

Beim Waldweg schlug sein Herz wieder schneller. War es wirklich erst ein paar Stunden her, seit er Jana gesehen hatte? Er hätte gern gewusst, was sie gerade machte. Ob sie für die Schule arbeitete, wie er es eigentlich auch tun müsste?

Der Regen wurde stärker. Marlon richtete den Blick nach vorn. Bei dem vielen Laub überall konnte sich die Straße im Handumdrehen in eine Rutschbahn verwandeln.

Die Jacke hatte ihn gut geschützt, aber seine Hose war, als er bei Marsilio ankam, völlig durchnässt.

»Nimm eine von mir«, sagte Marsilio und holte eine Jeans aus dem Schrank. Marlon zog sich um, und sie überlegten, wie sie den Abend verbringen wollten.

»Das *Pradis*?«, fragte Marsilio.

Tim verzog den Mund. »Keine Weiber heute. Hab mich gerade entliebt und noch höllisch dran zu knabbern.«

»Wieder mal?« Marsilio beugte sich zu ihm vor. »Timmie, wieso passt du nicht ein bisschen auf deine Gefühle auf?«

»Bin ich der Hüter meiner Gefühle?«

»Wer sonst?« Marsilio hob den Zeigefinger. »Ich sag dir eins, Tim, es treibt dich ständig in die falschen Arme. Und wenn du's selbst nicht merkst, muss man's dir eben sagen.« Er fing Marlons Blick auf und ließ den Zeigefinger verlegen wieder sinken. »Du weißt schon, wie ich das meine«, grummelte er. »Kommt mit in die Küche. Meine Eltern sind weg, also haben wir sturmfreie Bude.«

Sie folgten ihm in die Küche, einen sehr großen, chaotischen Raum mit einem langen Tisch, an dem sogar ein Sofa Platz gefunden hatte. Marsilio öffnete den Kühlschrank, der mit lauter Fotos vom Heimatdorf seiner Eltern beklebt war.

»Für dich auch ein Bier, Marlon?«

Marlon nickte. Ein Schleier würde sich über seine Gedanken legen. Mehr wünschte er sich im Augenblick gar nicht, nur einen Zustand von Gleichgültigkeit, in dem er für eine Weile zur Ruhe käme.

Marsilio stellte das Bier auf den Tisch.

»Und wenn ihr Hunger habt – der Kühlschrank ist voll.«

»Du redest schon wie meine Mutter«, sagte Tim. »Die will mich auch immer mästen.« Er hob seine Flasche. »Einer für alle und alle für einen!«

»Wir drei gegen den Rest der Welt!« Marsilio hielt seine Flasche neben die von Tim.

»Im Auftrag der Königin!« Auch Marlon hob seine Flasche.

Sie stießen an und tranken.

»Früher haben wir die Schwerter in die Luft gestreckt«, sagte Marlon.

»Oder die Fäuste«, sagte Marsilio.

»Die Zeiten ändern sich«, sagte Tim. »Irgendwann konnte ich das auch mal auf Lateinisch.«

»Und wir?«, fragte Marsilio. »Ändern wir uns auch?«

Tim nickte düster.

»Seit die Frauen in unser Leben gekommen sind, haben wir uns in Marionetten verwandelt. Sie ziehen die Fäden, und wir machen, was sie wollen. Schöne Scheiße.«

»Ich hänge an keinem Faden«, behauptete Marsilio.

»Das ist es ja eben.« Tim seufzte. »Dass man es nicht mal merkt.«

Marlon hatte nicht vorgehabt, über Jana zu sprechen, aber ihre alte Losung hatte, fast wie früher, etwas in ihm berührt. Wenn er sich auf irgendjemanden verlassen konnte, dann auf seine Freunde. Drei gegen den Rest der Welt. Das war nicht die schlechteste Konstellation.

Er fing an zu erzählen.

☽

Die Abendgespräche fanden in vier Gruppen statt und wurden entweder von La Lune selbst oder von einem Mitglied des engsten Kreises geleitet. Die Frauen blieben unter sich, die

Männer, die Jungen und die Mädchen. La Lune besuchte immer die Gruppe, in der ein Problem aufgetreten war.

Heute hieß das Problem Jana, und alle wussten es schon, bevor La Lune das Wort ergriff.

»Ich dulde keine eigenmächtigen Handlungen und keine Regelverstöße«, sagte La Lune. »Das Abendessen ist erst dann zu Ende, wenn ich das Abschiedsgebet gesprochen habe. Daran, Jana, hast du dich nicht gehalten.«

Jana durfte nichts entgegnen, bevor La Lune sie dazu aufforderte. Also schwieg sie.

»Wenn ein Kind des Mondes krank ist«, fuhr La Lune fort, »heile ich es mithilfe der gütigen Mondheit. Die Zeit seiner Krankheit verbringt es in seiner gewohnten Umgebung. Auch daran hast du dich nicht gehalten, Jana. Was hast du dazu zu sagen?«

»Ich bitte dich, mir zu verzeihen.« Jana brachte die Worte kaum heraus, aber es gab keine anderen, mit denen sie La Lune hätte besänftigen können. »Miri weinte, und ich wollte nicht, dass sie allein im Schlafsaal liegt. Es war gedankenlos von mir.«

»Was ist gegen den Schlafsaal der Mädchen einzuwenden?«, fragte La Lune.

»Nichts. Er ist nur sehr groß und Miri ist so klein. Ich glaubte, sie würde sich in meiner Nähe sicherer fühlen.«

Sie war zu weit gegangen. Jana bemerkte es an der Art, wie La Lune die Augenbrauen hochzog.

»Haben Kinder des Mondes Grund, sich zu fürchten?«, fragte La Lune.

»Nein. Aber wenn sie krank sind, spielt ihnen die Fantasie vielleicht Streiche.«

La Lunes Augenbrauen senkten sich wieder. Wenn Krankheit der Aufschrei einer verstörten Seele war, dann durfte man dem Kranken seine Gefühle nicht anlasten.

Schach, dachte Jana. Die erste Hürde hatte sie überwunden.

»Hättest du dich auch um ein anderes Mädchen so gesorgt wie um Miri?«, fragte La Lune.

»Ja.« Jana sah La Lune fest in die Augen. »Ich hätte es für jede meiner kleinen Schwestern getan. Aber ich weiß jetzt, dass es unrecht war.«

Sie senkte den Kopf und wartete.

»Ich verzeihe dir«, sagte La Lune endlich. »Und ich erwarte, dass du dich in Zukunft auf deine Pflichten besinnst und deinen Hang zur Aufsässigkeit bekämpfst.«

»Danke. Ich habe noch eine Bitte, La Lune.«

Mit einem Nicken gab La Lune ihr zu verstehen, dass sie ihre Bitte äußern durfte.

»Ich möchte meinen Fehler mit harter Arbeit wieder gutmachen und bitte dich, mir zu erlauben, Miri zu pflegen.«

Für einen kurzen Moment wirkte La Lune verwirrt. Sie schien Janas Bitte auf mögliche Hintergedanken abzuklopfen. Dann lächelte sie.

Matt, dachte Jana. Aus dieser Falle kommt sie nicht heraus, ohne vor den anderen ihr Gesicht zu verlieren.

»Das erlaube ich dir gern, mein Kind«, sagte La Lune, und es war etwas in ihrer Stimme, was Jana an ihrem Sieg zweifeln ließ. »Sprich dich morgen mit den Pflegefrauen ab.«

Jana bedankte sich, rückte sich auf dem Sitzkissen zurecht und hörte La Lune zu, die über die Schwäche der menschlichen Seele sprach, die den Körper immer wieder anfällig für Krankheiten mache.

Aber ihre Aufmerksamkeit war nur oberflächlich. Sie dachte über den merkwürdigen Unterton nach, den sie in La Lunes Stimme wahrgenommen hatte.

☽

»Verdammt!«, sagte Tim. »Und da behauptet ihr, *ich* würde mir immer die falschen Mädchen aussuchen.«

»Das hilft Marlon bestimmt enorm weiter.« Marsilio stand auf, um noch ein paar Flaschen Bier aus dem Kühlschrank zu holen.

»Für mich bitte nicht mehr.« Marlon winkte ab. »Ich hab genug.«

»Du musst sie da rausschaffen«, sagte Tim.

»Und wenn sie das gar nicht will?«, fragte Marsilio. »Du weißt doch, dass die ihren Mitgliedern eine Gehirnwäsche verpassen. Die sind gar nicht mehr sie selbst.«

»Aber ihre Freundin ist auch abgehauen, oder?«

»Das stimmt allerdings.« Marsilio ließ sich schwer auf seinen Stuhl fallen.

»Selbst wenn Jana sich entschließen sollte, die Kinder des Mondes zu verlassen«, sagte Marlon, »und selbst wenn ich sie da rausbringen könnte, was dann? Ich kann sie unmöglich auf unserem Hof verstecken.«

»Irgendwie erinnert mich das an die Mafia.« Tim war ein Fan von Krimis, die in diesem Milieu spielten. »Wenn sich einer von denen entschließt, auszusteigen und in einem Prozess auszusagen, dann fällt er unter diese Zeugenschutzprogramme, wo die Polizei den Leuten eine neue Identität verpasst, mit der sie abtauchen können.«

»Eine Sekte ist nicht die Mafia«, sagte Marsilio. »Die bleiben äußerlich immer schön legal. Hast du vergessen, dass ein Mitglied der Kinder des Mondes bereits im Gemeinderat sitzt? Diese Leute werden nicht nur geduldet, Junge, sie haben sich von dem großen Kuchen Macht schon ein fettes Stück abgeschnitten.«

Sie versanken in Schweigen, unterbrochen nur vom Knarren der Stühle, wenn einer von ihnen sich bewegte.

»Es gibt doch für alles Selbsthilfegruppen und Organisationen«, sagte Tim schließlich. »Warum nicht für Sektenaussteiger? Bestimmt hat irgendwer schon so was ins Rollen gebracht, wo sie Leute aus Sekten rausholen.«

»Natürlich! Mensch, Timmie!« Marsilio schlug Tim auf die Schulter. »Ich hab sogar mal was darüber gelesen. Allerdings ging es dabei um eine Sekte in Amerika. Da haben Angehörige von Sektenmitgliedern so eine Art Fluchthilfeorganisation gegründet. Wieso sollte es das nicht auch bei uns geben?«

»Jana ist noch nicht volljährig«, sagte Marlon. »Und ihre Eltern leben ebenfalls bei den Kindern des Mondes. Ich kann mir nicht vorstellen, wie das funktionieren soll.«

»Das ist doch rauszukriegen.« Marsilio war Feuer und Flamme. »Gleich morgen fange ich an nachzuforschen.«

»Wir zäumen das Pferd von hinten auf«, sagte Tim. »Zuerst muss doch klar sein, ob Jana die Sekte überhaupt verlassen will.«

Beide sahen Marlon an.

»Ich glaube, so weit ist sie noch lange nicht«, sagte Marlon.

Und wieder versanken sie in Schweigen.

☽

Marlon. Ich streichle deinen Namen und küsse dich in Gedanken. Und mir wird schwindlig wie bei unserem ersten Kuss im Wald.

Ich wünsche mir, dass mir immer mehr und mehr schwindlig wird, bis meine Welt und deine sich so heftig um uns drehen, dass sie zu einer werden.

Ich werde beim Einschlafen an dich denken. Vielleicht kann ich dich dann mitnehmen in meinen Traum.

Mein
Alles
Red mit mir
Lach mit mir
Oder küss mich
Nur ganz still

☽

»Zur Ablenkung«, hatte Marsilio gesagt. »Bloß für ein Glas oder zwei.«

Und so standen sie jetzt an der Theke des *Pradis*, die Diskokugel an der Decke warf Lichtblitze in den schäbigen Raum und der Lärm war ohrenbetäubend.

Der Wirt, der gleichzeitig Diskjockey, Barkeeper und Rausschmeißer war, wurde gerade in seiner dritten Funktion tätig, packte einen Störenfried am Kragen und beförderte ihn kurzerhand hinaus. Dann reduzierte er die Lautstärke der Musik auf ein erträgliches Maß.

»Dieser Witzbold hat doch tatsächlich geglaubt, er kann sich an meiner Anlage zu schaffen machen«, erklärte er und rieb sich die Hände, als wäre er gerade erst so richtig in Fahrt gekommen. »Da hat er sich aber geschnitten. Hab noch keinen Bock auf ein Hörgerät.«

»Lauter! Lauter!«, johlten welche an einem Tisch ganz hinten.

»Und wenn die da so weitermachen«, sagte der Wirt, »dann fliegen sie in hohem Bogen hinterher, so viel steht fest!«

»Es geht doch nichts über Zucht und Ordnung.« Tim grinste ihn an.

»Und du könntest, wie ich das sehe, der Nächste sein. Ich lass mich von euch nicht zum Affen machen, merkt euch das!«

Sie nahmen ihre Gläser und verzogen sich an einen der freien Tische. Heute war wenig los. Vielleicht war der Wirt deswegen so schlecht gelaunt. Keiner seiner Vorgänger hatte sich länger als ein Jahr im *Pradis* über Wasser gehalten und man munkelte, dass es auch ihm schon bis zum Hals stand.

Marlon ging die Treppe hinunter, die zu den Toiletten führte. Putz war von den fleckigen Wänden abgeblättert, die Fliesen auf dem Boden waren kaputt und verdreckt. Marlon ließ sich kaltes Wasser über die Handgelenke laufen, eine braune Brühe, die in langen Jahren das Waschbecken dunkel verfärbt hatte. Der Geruch hier unten stülpte ihm fast den Magen um.

Als er wieder nach oben kam, sah er, dass Tim und Marsilio tanzten. Am Tisch saß lächelnd ein Mädchen und wartete auf ihn.

»Hast du Lust?« Sie wies mit dem Kopf zur Tanzfläche.

»Tut mir Leid«, log er. »Ich hab mir den Fuß verstaucht.«

»Dann bleiben wir einfach hier sitzen«, sagte sie. »Erzähl mir was.«

Sie war nicht von hier und noch vor ein paar Wochen hätte ihre direkte Art Marlon gefallen. Er hätte mit ihr getanzt und wäre neugierig auf ihr Lachen gewesen. Er hätte auch Worte gefunden.

Ihre Haare waren kurz geschnitten und leuchtend rot gefärbt. Ihre Lippen waren schön geschwungen und voll. Bestimmt hätte es ihn gereizt, sie zu küssen.

»Sei mir nicht böse«, sagte er. »Aber ich wollte gerade gehen.«

»Schade.« Sie hob die Schultern. »Ich hätte dich früher ansprechen sollen.«

Er stand auf, gab seinen Freunden ein Zeichen und ging zur Tür. Langsam und mit einem leichten Hinken, um einen verstauchten Fuß glaubhaft zu machen.

Die Landstraße war nicht beleuchtet und das Licht des Scheinwerfers reichte nicht weit. Marlon hatte das Gefühl, mitten in die Nacht hineinzufahren wie in ein großes schwarzes Loch. Niemand begegnete ihm und niemand überholte ihn. Es war, als hätte die Dunkelheit alles ausgelöscht und nur ihn übrig gelassen.

Beim Dorfeingang stieg er ab und schaltete den Motor aus. Er schob den Roller an den Gebäuden der Kinder des Mondes vorbei. Es regnete nicht mehr. Die Wolkendecke hatte sich geöffnet und den Mond freigegeben, fern und rund und kalt.

Vor dem Mädchenhaus blieb Marlon stehen und schaute zu den Fenstern hoch. Hinter einem dieser Fenster war Jana. Er hatte Lust hineinzustürmen, die Türen aufzureißen und nach ihr zu suchen. Sie aufzuheben und auf den Armen hinauszutragen, wie es die Ritter seiner Kindheit getan hätten.

Aber seine Kindheit war vorbei. Ritter gab es nur noch in Romanen und Märchen. Nur der Drache hatte überlebt. Er nannte sich *Mondheit* und ließ seine Jungfrauen gut bewachen.

☽ 17 ☾

Judith bat Jana herein und begrüßte sie freundlich. Wie die meisten Kinder des Mondes hatte sie verschiedene Aufgaben. Sie war eine der Pflegefrauen und organisierte gleichzeitig den Kräuterverkauf auf den Wochenmärkten der Umgebung. Judith war eine dieser unscheinbaren Frauen, deren Alter man nicht schätzen kann, früh ergraut, das Gesicht jedoch glatt und faltenlos. Nie sah man sie untätig herumsitzen. Unermüdliche Arbeit schien die Quelle ihrer Kraft zu sein.

Nach ihren ersten Worten wusste Jana, warum dieser Unterton am Abend zuvor in La Lunes Stimme gewesen war. Sie würde sich nicht ausschließlich um Miri kümmern können, weil es noch zwei andere kranke Mädchen gab, Linn und – ausgerechnet – Indra.

»Magen-Darm-Infektion«, erklärte Judith knapp. »Am besten, ich zeige dir zuerst einmal alles.«

Sie führte Jana in die kleine Küche.

»Die Mädchen sollen so viel wie möglich trinken, vor allem Indra und Linn. Ich habe schon Tee vorbereitet. Wenn er nicht ausreicht – hier im Schrank findest du Kamillenblüten. Zu essen bekommen sie vorerst nichts. Jede Stunde gibst du ihnen einen Löffel von diesem Sud.«

Sie hob ein Schälchen hoch, in dem sich eine undefinierbare, fast schwarze Flüssigkeit befand, in der kleine Stücke von etwas ebenso Undefinierbarem schwammen.

»Auch Miri?«, fragte Jana.

Judith nickte.

»La Lune hat ihn selbst zubereitet. Er wirkt fiebersenkend und reinigend.«

»Haben sie Schmerzen?«, fragte Jana.

»Indra und Linn sind sehr tapfer«, sagte Judith. »Sie haben Krämpfe, beklagen sich aber mit keinem Wort.«

»Und Miri?«

»Wir behandeln ihre Mittelohrentzündung mit warmem Öl und heißen Umschlägen. Sie ist … nun ja, keine einfache Patientin.«

Sie gingen zum Schlafsaal hinüber.

»Wo der Waschraum und die Toiletten sind, weißt du noch?«

Jana nickte. Sie erinnerte sich an jeden Winkel, sie wusste sogar noch, wie viele Schritte es von der Tür des Schlafsaals bis zu ihrem Bett gewesen waren, wie viele Schritte vom Schlafsaal bis zum Waschraum oder vom Waschraum bis zur Küche. Kinderschritte. Meistens barfuß auf dem kalten Boden.

Es war ein verhangener Tag, und in dem spärlichen Licht, das durch die Fenster fiel, wirkte der Schlafsaal wie abgedunkelt. Leise Meditationsmusik erklang von irgendwoher. Jana erschrak vor dem Ansturm längst vergessener Gefühle.

In dem letzten Bett auf der linken Seite hatte sie geschlafen. Maras Bett war das daneben gewesen. Oft hatten sie noch in der Dunkelheit geflüstert, mäuschenleise, damit die Kinderfrau es nicht hörte. Und manchmal war Mara in der Nacht zu Jana ins Bett gekrochen, wenn sie wieder aus einem hässlichen Traum aufgeschreckt war.

Vom ersten Schrei der Vögel waren sie wach geworden, aus lauter Angst davor, dass die Kinderfrau sie zusammen in Janas Bett finden könnte, denn jedes Mal wenn das geschehen war, hatte La Lune sie bestraft.

Streng und gerecht.

Gerecht?

Bis zum Abend fasten war eine der Strafen gewesen. Kalt duschen zu müssen, eine andere. Am schrecklichsten aber war es gewesen, einen ganzen Tag lang allein in einem Zimmer eingesperrt zu sein, das völlig leer war. Kein Tisch, kein Stuhl, kein Spielzeug, nicht einmal ein Kissen. Das Nichts war seitdem für Jana immer ein leerer Raum gewesen.

Ihre Schritte hatten komische Geräusche gemacht in diesem Zimmer. Ihre Stimme war an den nackten Wänden hochgeklettert und oben an der Decke hängen geblieben. Jana hatte versucht, nicht zu weinen, weil sich das anhörte, als weinte noch ein Mädchen neben oder hinter ihr, das sie nicht sehen konnte. Sie hatte sich in eine Ecke gekauert und sich ganz klein gemacht. Und die Augen zugekniffen, damit das unsichtbare Mädchen sie nicht finden konnte. Sie war sich sicher, dass dieses Mädchen böse war.

Und dann war La Lune gekommen und hatte die Tür aufgemacht. Und Jana hatte sich erst für die Strafe bedanken müssen, bevor sie wieder hinauslaufen durfte. Zu den anderen. Zu Mara. Und Mara hatte ein weißes Gesicht gehabt, fast so weiß wie die Wände in diesem Zimmer.

Als wäre all das erst gestern passiert.

Plötzlich empfand Jana heftiges Mitleid für das kleine Mädchen, das sie gewesen war. Sie hätte gern mit ihm gesprochen und es getröstet, aber Judith stand neben ihr, die Arme vor der Brust verschränkt.

Mauern. Überall. Aus Steinen. Aus Holz. Aus Armen.

»Dann lasse ich dich jetzt allein«, sagte Judith leise. »Gegen Mittag löse ich dich ab.«

Ihre Schritte entfernten sich auf dem Flur. Jana schob die Erinnerungen beiseite und ging geräuschlos an den Betten entlang. Indra und Linn schliefen. Miri lag wach.

»Jana«, flüsterte sie.

Jana setzte sich auf den Stuhl, der neben dem Bett stand, und nahm Miris Hand. Sie war so klein, so heiß und so kraftlos. Watte steckte in Miris Ohr, gelb von dem Öl, das sie ihr eingeträufelt hatten.

»Wie geht es dir, Miri?«

»Mein Ohr tut so weh! Und mein Kopf! Und mir ist so heiß!«

»Warte. Ich hole dir etwas zum Kühlen.«

»Nein! Geh nicht weg!« Miri atmete schwer. Als wäre das Sprechen eine viel zu große Anstrengung für sie. Wimmernd presste sie die Hände gegen den Kopf.

Hilflos sah Jana sie an.

»Haben sie dir etwas gegen die Schmerzen gegeben, Miri?«

»Ich muss immer Tee trinken und noch was anderes. Das ist ganz bitter. Und La Lune hat mit mir gebetet und ...« Ihre Finger krallten sich ins Bettzeug. Sie stöhnte auf.

»Mach die Augen zu, Miri. Versuch zu schlafen. Wenn du schläfst, spürst du die Schmerzen nicht mehr.«

Miri rollte sich auf den Bauch. Sie drückte das Gesicht auf das Kissen, warf sich wieder herum, tastete nach Janas Hand.

»Psch! Es wird alles wieder gut. Das verspreche ich dir.«

Jana summte das Mondlied. Sprach leise auf Miri ein. Hielt die kleine verschwitzte Hand fest.

Miri fiel in einen unruhigen Schlaf.

Mondtag. Es war sehr still. Keine Geräusche aus der Tischlerei, kein Sägen, kein Hämmern. Nur das ferne Tuckern eines Traktors. Jana spürte ein feines Klopfen in ihrer Hand. War das ihr eigener Puls oder der von Miri? Es musste ihr eigener sein, denn er war langsam und gleichmäßig, und sie meinte, sich zu erinnern, dass der von Kindern schneller ging.

Sie bemerkte jetzt, warum ihr die Stille aufgefallen war. Die

Musik hatte aufgehört. Aber Jana würde nicht nach dem Rekorder suchen und die Kassette wechseln, nicht solange die Mädchen schliefen. Das hatte Zeit.

Jede Stunde einen Löffel von dem schwarzen Sud. Dazu musste sie wissen, wie spät es war. Leise stand sie auf, schlich hinaus und schaute auf die Uhr über der Eingangstür.

Sieben Uhr. Ein langer Tag lag vor ihr, ein Tag, an dem sie mit ein wenig Glück auch Marlon sehen würde. Sie musste eine Pause machen, sich besinnen, wie es Pflicht war an den Mondtagen. Wie sie das taten, blieb den Kindern des Mondes selbst überlassen. Jana würde einen Spaziergang durch den Wald machen. Besinnung in der freien Natur verstieß gegen keine Regel.

Sie ging in den Waschraum, öffnete den großen Einbauschrank und nahm einen Waschlappen heraus. Dann suchte sie in der Küche nach einer Schüssel. Sie füllte sie halb mit kaltem Wasser und kehrte in den Schlafsaal zurück.

Miris Schlaf war immer noch unruhig und flach. Jana stellte die Schüssel auf dem Boden ab, tauchte den Waschlappen in das Wasser, wrang ihn aus und legte ihn behutsam auf Miris Stirn.

Allmählich wurde Miri ruhiger. Immer wieder tauchte Jana den Waschlappen in das kalte Wasser. Er wurde auf Miris glühender Stirn so schnell wieder warm, dass sie erschrak.

☽

Marlon begleitete seine Eltern in die Kirche. Er hatte das so lange nicht mehr getan, dass seine Mutter mit einem ganz feierlichen Gesichtsausdruck neben ihm ging.

Greta und Marlene waren zu Hause geblieben. Spöttisch hatten sie das Gel in Marlons Haar registriert.

»Für wen hast du dich denn schön gemacht?«, hatte Marlene gefragt.

»Für den Pfarrer bestimmt nicht«, hatte Greta gesagt. »Hab ich nicht Recht, Bruderherz?«

Ihr Gekicher war ihm auf die Nerven gefallen und er hatte sich seine Jacke geschnappt und wortlos die Küche verlassen.

In gewisser Weise hatte Marlon sich tatsächlich für den Pfarrer zurechtgemacht. Jana hatte ihm anvertraut, dass Mara manchmal heimlich in die Kirche gegangen war und dass sie den Pfarrer gekannt hatte. Sie vermutete, er könnte Mara und Timon bei der Flucht geholfen haben.

Das war ein Ansatzpunkt. Der einzige, den Marlon hatte. Er wollte mit dem Pfarrer sprechen. Vielleicht würde er etwas erfahren, was Jana beruhigen konnte. Vielleicht würde er auch etwas in Erfahrung bringen, was ihn selbst beruhigte.

In ihrer Sonntagskleidung kamen ihm die Eltern fremd vor. Der Anzug seines Vaters war alt, aber gut gepflegt und sorgfältig gebürstet. Ebenso verhielt es sich mit dem Kostüm seiner Mutter. Sein schlichter, zeitloser Schnitt täuschte darüber hinweg, dass sie es zu besonderen Anlässen trug, so weit Marlon zurückdenken konnte.

Die Nachbarn, die auf dem Kirchplatz zusammenstanden, wirkten wie Personen auf einer alten Fotografie, an die man sich nur undeutlich erinnern kann. Vor allem die Männer bewegten sich steif und ungelenk in ihrer ungewohnten Kluft. Immer wieder fuhr der eine oder andere sich mit den Fingern in den Hemdkragen, der ihm die Luft abschnürte.

Die Orgel klang, als müsse sie dringend überholt werden. Alle Lieder wurden eine Oktave zu hoch gespielt und die dünnen Stimmen hatten Mühe, dem Tempo zu folgen. Marlon spürte, dass er nicht mehr hierher gehörte. Die Rituale waren ihm noch vertraut, aber viele der Worte, die dazugehörten, hatte er bereits vergessen.

Nach der Messe gingen Marlons Eltern mit den Nachbarn zum Frühschoppen in den *Dorfkrug*. Marlon wartete vor der Kirche auf den Pfarrer.

»Ein seltener Besucher«, sagte der Pfarrer, den man mit seinen Jeans und dem ausgeleierten Pulli nicht so leicht für einen Pfarrer gehalten hätte.

»Ich möchte mit Ihnen sprechen«, sagte Marlon.

»Dann gehen wir am besten ins Haus. Hier draußen ist es ein bisschen ungemütlich.«

Sein Wohnzimmer schien gleichzeitig das Arbeitszimmer zu sein. Bücher stapelten sich auf dem Boden und auf dem Sofa. Sie mussten sich dazwischen hindurchschlängeln, um zu den beiden Sesseln zu gelangen.

»Was kann ich für dich tun, Marlon?«

Marlon hatte sich nicht überlegt, wie er dieses Gespräch beginnen wollte. Er hatte sich nur vorgenommen, Jana aus dem Spiel zu lassen. Aber er stellte schnell fest, wie schwierig das war.

»Ich habe gehört, dass zwei von den Kindern des Mondes abgehauen sind«, sagte er.

»Von wem hast du das gehört?«, fragte der Pfarrer.

»Man erzählt es sich im Dorf.«

»So. Tut man das.«

»Das Mädchen, sie heißt Mara, soll manchmal in der Kirche gewesen sein und mit Ihnen gesprochen haben.«

»Erzählt man sich das auch im Dorf?«

Marlon war in eine Sackgasse geraten. Prüfend sah er dem Pfarrer ins Gesicht. Er wusste nicht, ob er ihm trauen konnte. Seine Art, sich anzuziehen, ein nachlässiger Dreitagebart und das liebenswerte Chaos ringsum machten ihm diesen Mann sympathisch. Ebenso die Tatsache, dass Mara seine Nähe gesucht hatte. Aber reichte das aus, um offen mit ihm über Jana zu sprechen?

Andrerseits – welche Gefahr konnte denn von ihm ausgehen? War er als Pfarrer nicht ein berufsmäßiger Feind von Sekten? Marlon erinnerte sich an Predigten, bei denen er mit den Kindern des Mondes hart ins Gericht gegangen war.

»Marlon, warum bist du hergekommen?«

»Um Sie zu fragen, ob Sie den beiden bei der Flucht geholfen haben.«

Der Pfarrer kniff die Augen zusammen.

»Du bist ziemlich direkt.«

»Drum-herum-Reden liegt mir nicht.«

Woher soll er wissen, ob er *mir* trauen kann?, dachte Marlon. Vielleicht hat er dasselbe Problem wie ich und fragt sich, welches Risiko ich für ihn darstelle. Wenn er Mara und Timon geholfen hat, wird er nicht im Traum daran denken, es mir oder irgendjemandem sonst auf die Nase zu binden.

»Warum willst du das wissen, Marlon?«

Die Frage war berechtigt und es gab jetzt nur noch zwei Möglichkeiten: die Antwort zu umgehen, womit das Gespräch über kurz oder lang beendet wäre, oder den ersten Schritt in Richtung Vertrauen zu tun.

»Ich kenne ein Mädchen, das bei den Kindern des Mondes ist«, sagte Marlon. »Und sie ist in großen Schwierigkeiten.«

Aufmerksam sah der Pfarrer ihn an.

»Warum ist sie in Schwierigkeiten?«

»Man verdächtigt sie, von der Flucht der beiden gewusst zu haben.«

»Hat sie davon gewusst?«

Marlon zögerte, dann beschloss er, einen weiteren Schritt zu tun.

»Ja«, sagte er. »Sie wusste, dass die beiden weglaufen wollten, mehr aber nicht.«

»Ist sie eine Freundin von Mara?«

Marlon nickte. Dass der Pfarrer Mara so selbstverständlich beim Namen nannte, war ein stillschweigendes Eingeständnis. Er kannte sie, sonst hätte er sich ihren Namen, den Marlon anfangs nur einmal beiläufig erwähnt hatte, nicht gemerkt.

»Sie macht sich große Sorgen um sie und wäre erleichtert, wenn sie wüsste, dass die beiden nicht mutterseelenallein irgendwo herumirren. Wenn sie sicher sein könnte, dass ihnen jemand … Kontakte verschafft hat.«

»Davon würde ich an ihrer Stelle ausgehen«, sagte der Pfarrer.

Sie sahen sich in die Augen. Der Pfarrer hatte alles gesagt und doch nichts preisgegeben. Marlon entspannte sich.

»Danke.«

Er stand auf und der Pfarrer begleitete ihn zur Tür.

»Wenn ich dir sonst irgendwie helfen kann …«

»Würden Sie das tun?«

»Jederzeit.«

»Obwohl ich nicht mehr in die Kirche komme?«

Noch bevor er den Satz ausgesprochen hatte, wusste Marlon, wie albern er war. Der Pfarrer lachte leise auf.

»Mit den Zweiflern tue ich mich weniger schwer als mit den ewig Gottesfürchtigen. Was meinst du, in welche Kategorie ich mich selbst einordne?« Er öffnete die Tür. »Solltest du meine Hilfe brauchen, Marlon, komm am Abend, wenn es dunkel ist.«

☽

Miri fuhr immer wieder auf, vergewisserte sich, dass Jana noch da war, und dämmerte wieder ein. Jana hatte ihr einen frischen

Schlafanzug angezogen, aber nach einer halben Stunde war auch der durchgeschwitzt.

Jana wünschte sich sechs Hände und Arme, um jedem der Mädchen gerecht zu werden. Linn hatte sich schon zweimal erbrochen, Indra hatte so heftigen Durchfall, dass sie es nicht immer rechtzeitig bis zur Toilette schaffte.

In der Wäschekammer türmte sich ein Berg schmutziger, stinkender Wäsche und auch im Schlafsaal hatte sich ein penetranter Geruch ausgebreitet. Jana öffnete eines der Fenster und sog gierig die frische Luft ein, bevor sie in die Küche ging, um neuen Tee aufzubrühen.

Sie sehnte die Mittagspause herbei und schämte sich dafür. Die Pflegefrauen taten diese Arbeit Tag für Tag und sie war schon nach ein paar Stunden völlig erschöpft. Es machte ihr zu schaffen, dass sie sich vor dem Geruch im Schlafsaal ekelte, dass es ihr kaum gelungen war, Linns Bett abzuziehen, ohne zu würgen, und dass sie Indras beschmutzte Wäsche mit spitzen Fingern in die Wäschekammer getragen hatte.

Sie war nicht fähig zu der Liebe, die sie jedem Kind des Mondes entgegenbringen sollte. Ihr Herz war nicht groß genug.

Indra und Linn schluckten brav ihre Medizin. Miri schlug um sich. Der Löffel flog durch die Luft und landete klirrend auf dem Boden. Miris Kinn war schwarz verschmiert, auch auf der Bettdecke waren schwarze Flecken.

Jana wollte Miri das Gesicht waschen, aber Miri wand sich.

»Geh weg! Geh weg! Lass mich!«

Jana fand den Rekorder auf einer Konsole an der hinteren Wand des Schlafsaals. Sie legte eine Kassette ein.

Und allmählich beruhigte Miri sich wieder, trieb auf den Klängen der Musik davon in einen der Träume, die sie nach kurzer Zeit schweißgebadet wieder aufschrecken ließen.

☽

Marlon ging am Rand der Lichtung auf und ab. Die Warterei machte ihn fertig. Allmählich fing er an, seine Arbeit zu vernachlässigen, die zu Hause und auch die für die Schule.

»Willst du schon wieder weg?«, hatte sein Vater ihn gefragt.

Die morschen Bretter der Karnickelställe mussten ausgetauscht und die Wände des Kuhstalls geweißt werden. Sie hatten sich vorgenommen, die Fenster des Hauses abzudichten, bevor der Winter kam, und die Waschmaschine zu reparieren, die nicht mehr richtig schleuderte.

»Nur ganz kurz«, hatte Marlon geantwortet und war gegangen, bevor sein Vater weitere Fragen stellen konnte.

Der Sonntag war günstig. Jana fand ganz sicher eine Möglichkeit, sich wegzustehlen. Aber wann? Marlon wartete nun schon seit zwei Stunden. Er hatte sich überlegt, später noch einmal wiederzukommen, und war dann doch geblieben. Die Vorstellung, Jana zu verpassen, war ihm unerträglich.

Er freute sich darauf, ihr Gesicht zu beobachten, wenn er ihr von den Neuigkeiten erzählte. Dass ihre Vermutung richtig gewesen war. Dass Mara und Timon nicht auf sich allein gestellt waren. Dass sie gute Chancen hatten, unentdeckt zu bleiben.

Doch Jana musste erst einmal kommen.

Marlon nahm sich vor, noch eine halbe Stunde zu warten. Und sich keine Sorgen zu machen. Aber das war nicht so einfach.

☽

»Kann Miri nicht etwas gegen die Schmerzen bekommen?«, fragte Jana.

»Sie hat alles, was sie braucht«, antwortete Judith und sortierte die schmutzige Wäsche. Sie würgte nicht, wandte das Gesicht nicht ab, verzog nicht einmal die Lippen. »La Lune kommt heute Nachmittag, um mit ihr zu beten und ihr die Hand aufzulegen.«

»Und wenn das nicht ausreicht?« Jana war an der Tür stehen geblieben. Sie atmete nur ganz flach. Der Gestank drehte ihr den Magen um. »Wenn ihre Krankheit schlimmer ist, als La Lune glaubt?«

Judith sah sie mit einem sonderbaren Ausdruck an.

»Zweifelst du?«

Jana ließ den Kopf sinken.

»Nein. La Lune weiß, was sie tut.«

»Dann geh jetzt«, sagte Judith. »Und komm nach dem Essen wieder.«

Es war noch ein wenig Zeit bis zum Mittagessen. Jana ging in die Bibliothek.

»Du siehst müde aus«, sagte Gertrud.

»Bin ich auch. Ich könnte im Stehen einschlafen.«

»Wie geht es Miri?«

»Schlecht. Sie hat große Schmerzen und hohes Fieber.« Die friedliche kleine Küche übte wieder ihren Zauber aus. Vielleicht, dachte Jana, könnte Miri hier gesund werden. »Gertrud?«

»Ja?«

»Miri hat eine Mittelohrentzündung. Indra und Linn sind auch krank. Sie haben eine Magen-Darm-Infektion. Und alle drei werden mit demselben Mittel behandelt.«

Gertrud runzelte die Stirn.

»Bist du sicher?«

»Ich habe es ihnen doch jede Stunde verabreicht.«

»Welche Symptome hat Miri?«

»Zuerst hat sie über Ohrenschmerzen geklagt. Jetzt tut ihr

auch der Kopf weh. Gertrud, du kennst sie. Miri hält eine Menge aus. Aber diese Kopfschmerzen müssen fürchterlich sein.«

»Schläft sie?«

»Sehr unruhig. Sie hält sich ständig den Kopf und wälzt sich im Bett herum.«

»Das hört sich nicht gut an.«

»Sie geben ihr nichts gegen die Schmerzen, nur dieses Mittel, von dem Judith sagt, es sei fiebersenkend und reinigend.«

»Und ab und zu kommt La Lune vorbei und betet mit ihr?«

»Ja.«

»Und legt ihr die Hand auf.«

»Ja.«

Gertrud schwieg eine ganze Weile. »Ich möchte dich nicht noch mehr beunruhigen, Jana«, sagte sie dann, »aber die Symptome, die du beschreibst ...«

Jana wappnete sich.

»... könnten auf eine Hirnhautentzündung hindeuten.«

»Was heißt das?«

»Dass Miri lebensgefährlich erkrankt ist. Eine Hirnhautentzündung kann innerhalb weniger Tage ...«

Jana erstarrte.

»Warte«, sagte Gertrud. »Du weißt, dass medizinische Nachschlagewerke auf dem Index stehen. Aber vielleicht finden wir in einem normalen Lexikon etwas, was uns weiterhilft.«

*Hirnhautentzündung (*Meningitis*), auch* Genickstarre *genannt, da einhergehend mit sehr heftigen Kopfschmerzen und Nackensteife; epidemisch, tuberkulös, nach Verletzung oder anderen Infektionen.*

»Das bringt uns nicht weiter.« Gertrud klappte das Buch ärgerlich zu. »Du musst Miri beobachten, Jana. Wenn sich ihr Zustand nicht bald bessert, braucht sie Hilfe.«

»Du meinst ...«

»Sie muss in ein Krankenhaus.«

»Das wird La Lune niemals erlauben.«

»Nein. Sicher nicht.«

»Aber wir wissen ja nicht einmal, wo das nächste Krankenhaus ist!«

»Du kennst jemanden, der es weiß, Jana.« Gertrud zog ihre Jacke an. »Vielleicht machen wir uns ganz unnötige Gedanken. Doch wenn nicht – ich bin hier, wenn du mich brauchst.«

Schweigend gingen sie zum Speisesaal hinüber, während es aus dem dunklen Himmel zu regnen begann.

☽ 18 ☾

Nachdem Marlon eine weitere halbe Stunde zugegeben hatte, beschloss er, nicht länger zu warten und es irgendwann am Nachmittag noch einmal zu versuchen. Er war bis zum Ende der Lichtung gekommen, als er schnelle Schritte hinter sich hörte.

Jana trug ihr Mondtagsgewand, das sie mit beiden Händen gerafft hielt, damit es sie beim Laufen nicht behinderte, und darüber ein Umhängetuch, das sie vor der Brust verknotet hatte.

Atemlos warf sie sich in Marlons Arme.

Ihr Haar und das Tuch waren nass vom Regen. Ihre Lippen waren kalt. Marlon zog die Jacke aus, legte sie ihr um die Schultern und sie gingen zu der Stelle zurück, an der er auf sie gewartet hatte. Die Tannen bildeten hier ein schützendes Dach, und der Boden war so trocken, dass sie sich setzen konnten.

»Du hattest Recht mit dem Pfarrer«, sagte Marlon. »Er hat Mara und Timon geholfen. Er hat ihnen Kontakte verschafft.«

Eigentlich hatte er nicht so damit herausplatzen wollen. Er hatte sich vorgenommen, Jana langsam darauf vorzubereiten, um die Freude auf ihre Reaktion länger auskosten zu können.

Jana schloss die Augen. Sie atmete tief ein und aus. Dann lächelte sie. Und küsste ihn. Lange.

»Du hast mit ihm gesprochen?«

»Ja. Heute Morgen. Aber er ist absolut verschwiegen. Er hat es mir mehr zwischen den Sätzen zu verstehen gegeben.«

»Das ist gut. Dann kriegen auch die Spitzel nichts raus.«

»Spitzel? Du meinst diesen Gerald?«

»Heute ist es Gerald, morgen Tanja oder Tom. Sie tun nur ihre Pflicht und eigentlich dürfte ich sie gar nicht so nennen. Mara und Timon haben die Gesetze verletzt und die Mondheit verraten. Ihre Seelen sind in Gefahr und können nur durch Läuterung gerettet werden. Aber dazu muss man Mara und Timon erst einmal zurückholen.«

»Das glauben sie?«

»Ja. Das glauben sie. Sie würden alles tun, um aus Mara und Timon wieder gute Kinder des Mondes zu machen.«

»Und du?«

»Ich weiß nicht mehr, was ich glaube.« Jana sah in den Regen hinaus. »Marlon?«

»Ja?«

Sie nahm seine Hand. »Ich brauche deine Hilfe.«

☽

»Miri hat die ganze Zeit nach dir gerufen«, sagte Judith mit leisem Vorwurf.

Jana wusste nicht, ob Judith damit ausdrücken wollte, sie sei zu lange fortgeblieben, oder ob sie andeuten wollte, die Beziehung zwischen Jana und Miri sei zu eng. Aber das war jetzt unwichtig.

»Wie geht es ihr?«, fragte sie.

»Unverändert«, antwortete Judith. »Jede Krankheit hat ihre Zeit.«

Alles hat seine Zeit, dachte Jana. Auch die Zweifel. Und wenn diese Zeit vorbei ist, was kommt dann? Klarheit?

»Du erkundigst dich gar nicht nach Indra und Linn«, sagte Judith.

»Das hätte ich schon noch getan.« Jana bemühte sich, nicht zu scharf zu klingen.

Doch Judith hatte ein feines Gehör. »Bist du sicher?«

Jana ging nicht darauf ein.

»Hat Miri inzwischen ein Mittel gegen die Schmerzen bekommen?«

Judith hatte frischen Tee aufgebrüht und goss ihn nun durch ein Sieb.

»La Lune war bei ihr. Sie hat ihr Kraft gegeben.«

Kraft gegeben. Jana kam sich vor, als würde sie gegen eine Mauer rennen.

»Und wenn es eine Hirnhautentzündung ist, Judith? Ich war gerade in der Bibliothek und habe in einem Lexikon nachgesehen. Miris Symptome sprechen dafür.«

Judith fuhr zu ihr herum, so heftig, dass Jana einen Schritt zurückwich.

»Ich will nichts davon hören, Jana! Miris Seele ist verwirrt. La Lune wird sie heilen und dann werden auch die Schmerzen vergehen.«

Es war sinnlos. Jana durfte Judith nicht gegen sich aufbringen.

»Du hast Recht«, murmelte sie. »Ich bin zu ungeduldig.«

»Ja, das bist du.« Judith war besänftigt und lächelte sie an. »Jung und ungestüm. Vertrau auf die Mondheit. Sie wird dir den rechten Weg weisen.«

Die Mondheit führt ihre Kinder sicher durch das Dunkel der Nacht.

»Danke für dein Verständnis, Judith.«

»Schon gut.«

Jana ging in den Schlafsaal, sah pflichtschuldig zuerst nach Indra und Linn, die beide schliefen, und trat dann auf Zehenspitzen an Miris Bett.

»Ich bin wieder da, Miri.«

Miri versuchte, sich aufzusetzen, sank aber wimmernd zurück.

Die Wasserschüssel stand noch auf dem Boden. Jana tupfte Miri das Gesicht ab, kühlte ihr Stirn und Arme. Sie zog das zerwühlte Bettzeug glatt und setzte sich auf den Stuhl neben dem Bett.

Wieder fiel Miri in einen unruhigen Schlaf und Jana bewachte ihn.

☽

Auf dem Heimweg überlegte Marlon, wie er vorgehen sollte. Den Hausarzt einzuweihen, hatte wenig Sinn. Wenn Janas und Gertruds Vermutung stimmte, würde er Miri sowieso in ein Krankenhaus einweisen. Sie würden nur einen Umweg machen und kostbare Zeit verlieren.

Zuallererst musste er mit seinen Eltern sprechen.

Und einen klaren Kopf behalten.

Aber wie sollte das gehen, wenn die Dinge sich plötzlich so überstürzten?

Sein Vater hatte damit angefangen, die Stallwände zu weißen. Er trug die Klamotten, die er immer anzog, wenn Malerarbeiten zu erledigen waren. Hose und Jacke und sogar die Kappe, die er aufgesetzt hatte, waren steif von getrockneten Farbflecken.

»Papa«, sagte Marlon, »ich muss mit dir und Mama reden.«

Wenig später saßen sie am Küchentisch, und Marlon fasste so knapp wie möglich zusammen, was er zu sagen hatte.

Die Empfindungen seiner Mutter konnte er an ihren Händen ablesen, die rastlos über die Tischplatte fuhren, an ihren Mund wanderten, über ihren Hals glitten und wieder auf die

Tischplatte sanken. Sie unterbrach ihn nicht, sah ihn nur unverwandt an.

Auf dem Gesicht des Vaters spiegelten sich abwechselnd Bestürzung, Wut und Ratlosigkeit. Er hatte die Kappe abgenommen, drehte sie in den Händen, drückte sie zusammen und strich sie wieder glatt. Eine Weile war es so still in der Küche, dass Marlon meinte, sein Herz schlagen zu hören, doch dann wurde ihm bewusst, dass es die Bässe der Musik waren, die von morgens bis abends aus den Zimmern der Zwillinge drang.

»Nein!« Der Vater schob heftig den Stuhl zurück. »Nein! Ich will mit denen da nichts zu tun haben!« Er ging hinaus und schlug die Tür hinter sich zu.

»Lass ihn.« Die Mutter hielt Marlon am Arm fest. »Du kennst ihn doch. Er muss erst nachdenken.«

»Dazu haben wir keine Zeit, Mama.«

»Ich weiß. Mein Gott! Das arme Kind!«

☽

Miri war ruhiger geworden, aber es war keine gute Ruhe. Es war, als fühle sie sich zu matt, um sich bewegen zu können. Sie dämmerte vor sich hin, wachte auf, suchte Jana und schloss die Augen wieder.

Ihr Gesicht schien von einer Stunde auf die andere schmaler geworden zu sein. Spitz ragte ihr Kinn hervor und unter ihren Augen lagen Schatten. Sie murmelte Worte, die Jana nicht verstand, und knirschte mit den Zähnen.

Jana versorgte Indra und Linn mit Tee und Sud, begleitete sie zur Toilette, brachte sie wieder ins Bett, deckte sie zu und kehrte zu Miri zurück. Sie hatte schon lange keine Kassette mehr eingelegt, weil Miri inzwischen jedes Geräusch als schmerzhaft empfand. Sie hatte auch kein Licht gemacht, weil es Miri in den Augen wehtat. Es war dämmrig und still. Man hörte nur den Regen, der gegen die Fensterscheiben prasselte.

Regentropfen,
die auf die Erde klopfen …

Jana war wieder fünf. Sie lag in ihrem Bett und sagte flüsternd Gedichte auf. Wenn sie ihre Stimme hörte, leise, ganz, ganz leise, dann hatte sie weniger Angst. Sie war ein Kind des Mondes. Sie brauchte keine Angst zu haben. Die Mondheit schützte sie und es würde nicht mehr lange dauern und La Lune würde zu ihr kommen. La Lune vertrieb die Schatten mit ihrem Lächeln, mit ihren Händen und mit Worten.

Und dann ging La Lune wieder fort.

Und die Schatten krochen aus den Winkeln. Sie flüsterten und lachten. Und wurden immer größer.

… die Blumen in den Töpfen
nicken mit den Köpfen …

Es war so heiß und stickig. Und Jana musste ganz dringend aufs Klo. Aber dazu musste sie an den Schatten vorbei. Sie weinte. Leise, ganz leise. Damit die Schatten es nicht hörten. Ihr Gesicht wurde nass. Und dann war das ganze Bettzeug nass. Unten. Da wo keine Tränen hinkommen konnten.

Und sie blieb in dem nassen Bettzeug liegen. Liebe Mondheit, mach, dass es keiner merkt!

»Jana?«

»Ich bin hier, Miri.«

»Jana? Jana!«

»Psch! Ich bin hier, Miri. Da. Nimm meine Hand. Hab keine Angst. Niemand wird dir etwas tun, hörst du? Niemand.«

☽

Marlons Vater saß auf einer umgedrehten Kiste im Stall, die Arme auf den gespreizten Beinen, die Kappe immer noch in den Händen. Er sah nicht auf, als sie hereinkamen. Er nickte, als überprüfe er Gedanken, die ihm im Kopf herumgingen.

»Rolf…«, sagte die Mutter.

Der Vater hob den Kopf und betrachtete Marlon, der an der Tür lehnte.

»Wie bist du da nur reingeschlittert, Junge?«

Es war keine Frage, auf die er eine Antwort erwartete, also schwieg Marlon.

Der Vater stand auf und hielt sich den Rücken. Er streckte sich und seufzte. »Da haben wir wohl keine Wahl, oder?«

»Ihr habt die Wahl«, sagte Marlon. »Ich nicht.«

»Lass uns mit dem Pfarrer sprechen«, sagte der Vater. »Er ist ein gebildeter Mann. Er weiß, was man tun kann.«

Marlon nickte. Wenn der Vater es nicht vorgeschlagen hätte, hätte er es selbst getan.

☽

Miri wollte nicht mehr angefasst werden. Sie fantasierte und war mit Worten kaum noch zu erreichen. Obwohl ihr Fieber nicht gesunken war, beschloss Jana, für eine Weile mit dem Kühlen aufzuhören. Sie holte frischen Tee für Linn und Indra und verabreichte ihnen ihre Medizin. Beide hatten sich ein wenig erholt, waren jedoch so müde, dass sie sofort wieder einschliefen.

Jana warf einen Blick auf die Uhr, bevor sie an Miris Bett zurückkehrte. In zwanzig Minuten würde der Gong in den Häusern die Kinder des Mondes zum Abendessen rufen. Alle würden sich in den Speisesaal begeben und eine Dreiviertelstunde dort bleiben.

Danach würde Judith kommen, um Jana abzulösen und den Nachtdienst zu übernehmen.

Sie würde nach den Mädchen sehen und Miris Bett leer vorfinden. Dabei würde sie sich zuerst nichts denken. Sie würde glauben, Jana hätte Miri zur Toilette begleitet.

Erst nach ein paar Minuten würde sie anfangen, sich zu wundern. Und nachsehen.

Sie würde Indra und Linn befragen.

Und Alarm schlagen.

Jana rieb sich die Hände, die eiskalt waren. Sie sah zum Fenster. Es regnete immer noch. Dicke Tropfen zogen ihre Spuren auf dem Glas.

Die Uhr. Jana musste wissen, wie spät es war.

Sie schlich auf den Flur. Noch zwölf Minuten.

Zuerst war die Zeit so langsam vergangen und jetzt schien sie zu rasen.

Jana dachte an Gertrud, die nach dem Essen wieder in die Bibliothek zurückgehen würde, um dort auf eine Nachricht zu warten. Aber nicht Jana würde sie ihr bringen.

Sie wird es verstehen, dachte Jana. Sie wird verstehen, dass ich das Risiko nicht eingehen konnte. Und dann wurde ihr bewusst, dass sie Gertrud vielleicht nie wieder sehen würde.

Wenn alles gelang.

Wie würden die anderen sich an sie erinnern?

Jana? Das war doch dieses Mädchen, das die Mondheit und unsere Ideale verraten hat. Sie hat damals sogar ein hilfloses fünfjähriges Mädchen entführt.

Die Einzigen, die liebevoll an sie zurückdenken würden, wären Gertrud und Sonja. Und Anna.

Um Gertrud sorgte Jana sich nicht. Sie war stark und würde

die Verhöre unbeschadet überstehen. Danach würde sie zu ihren Büchern zurückkehren und diese Welt aus Buchstaben und Gedanken zu schützen wissen. Aber Sonja? Sie hatte doch gerade erst begonnen, an ihre Fantasie zu glauben.

Ich wünsche dir, dass dir Flügel wachsen.

Und wenn ich abstürze?, dachte Jana. Ich habe doch nur vom Fliegen geträumt und es nie ausprobiert.

Noch zehn Minuten.

Indra setzte sich im Bett auf. »Ich friere so, Jana.«

Jana holte eine Decke aus dem Schrank und breitete sie über Indra aus.

»Hör zu«, sagte sie leise. »Ich werde gleich mit Miri einen kleinen Spaziergang machen.«

»Kann sie denn laufen?«

»Ich trage sie.« Jana lächelte. Es fiel ihr schwer, denn ihr war mehr nach Weinen zumute. Sie spürte, wie Panik in ihr hochstieg. »Es kann ein bisschen dauern. Du hast doch keine Angst, eine Weile mit Linn allein zu bleiben, oder?«

Indra schüttelte den Kopf. »Ich bin ein tapferes Mädchen.«

»Das bist du.« Jana gab ihr einen Kuss. »Ich bin stolz auf dich, Indra.«

Der Gongschlag.

Jana nahm eine zweite Decke aus dem Schrank und ging zu Miris Bett hinüber.

»Miri?«

Miri öffnete die Augen, aber sie fielen ihr sofort wieder zu. Jana setzte sich auf die Bettkante. Vorsichtig fasste sie Miri unter den Armen und richtete sie auf. Miris Kopf sank an ihre Schulter.

»Ich nehme dich jetzt mit«, flüsterte Jana und schlang die Decke um den kleinen Körper. »Wir müssen mucksmäuschenstill sein, damit uns niemand hört.«

»Ganz viel Wasser«, murmelte Miri. »Überall.«

Jana hob sie aus dem Bett und ging zur Tür.

»Ich passe solange auf Linn auf«, sagte Indra. »Soll ich ihr eine Geschichte erzählen, wenn sie wach wird?«

»Gute Idee, Indra. Aber ihr müsst beide liegen bleiben. Versprichst du mir das?«

»Bei der hochheiligen Mondheit«, sagte Indra feierlich.

☽

Es regnete so heftig, dass der Waldweg ganz aufgeweicht war. Marlon hatte den Pfarrer im Wagen zurückgelassen und ging jetzt auf der Lichtung auf und ab. Bei jedem Schritt gluckste es unter seinen Füßen.

Sie hatten überlegt, einen Krankenwagen zu rufen, aber der wäre zu auffällig gewesen, und so hatten sie sich entschieden, den Wagen des Pfarrers zu nehmen, der zuverlässiger und schneller war als der klapprige Ford der Eltern.

Der Pfarrer hatte mit dem Krankenhaus telefoniert und danach einen Freund angerufen.

»Er verfügt über wichtige Kontakte«, hatte er gesagt. »Wenn uns einer weiterhelfen kann, dann er.«

Mara und Timon waren zum Zeitpunkt ihrer Flucht volljährig gewesen. Auf Jana und Miri traf das nicht zu. Sie aus der Sekte herauszuholen, hatte der Pfarrer erklärt, sei äußerst problematisch.

»Vielleicht sollten wir Sie dann doch besser nicht mit da reinziehen«, hatte Marlon gesagt.

»Und wenn diesem kleinen Mädchen etwas zustößt?«, hatte der Pfarrer gefragt. »Glaubst du wirklich, ich brächte es fertig, mir die Hände in Unschuld zu waschen wie Pontius Pilatus?« Er hatte den Kopf geschüttelt. »Wenn das Mädchen tatsächlich so krank ist und ihre Eltern auf die Heilkünste dieser La Lune vertrauen und keinen Arzt holen, dann stehen die Chancen gut, sie alle wegen unterlassener Hilfeleistung anzuzeigen.«

»Und was ist mit Jana?«, hatte Marlon gefragt.

»Eins nach dem anderen«, hatte der Pfarrer gesagt. »Zuerst bringen wir Miri ins Krankenhaus, dann schaffen wir Jana an einen sicheren Ort.«

Marlon sah auf die Uhr. Er wischte sich über das nasse Gesicht. Beeil dich, Jana, dachte er, beeil dich. Und sei vorsichtig.

☽

Jana öffnete die Tür und spähte hinaus. Was, wenn sich ein Kind des Mondes verspätet hatte und sie ihm genau in die Arme lief? Vielleicht wartete sie besser noch einen Moment.

Große Pfützen hatten sich auf der Straße gesammelt. Durch den Türspalt beobachtete Jana, wie der Regen fiel. Sie würden in kürzester Zeit bis auf die Haut durchnässt sein. Sie zog die Decke ein Stück höher, damit Miri so gut wie möglich geschützt war.

Lange konnte sie nicht mehr warten. Miri wurde immer schwerer. Schon jetzt taten Jana die Arme weh. Sie hatte Mühe, Luft zu bekommen, die Angst schnürte ihr die Kehle zu.

Jeden Augenblick konnte etwas Unvorhergesehenes geschehen. Vielleicht kam Judith früher vom Essen, um sie abzulösen. Vielleicht hatte La Lune beschlossen, noch einmal nach Miri zu sehen. Vielleicht hielt Indra sich nicht an ihr Versprechen, im Bett liegen zu bleiben. Vielleicht hatte sie Verdacht geschöpft und kam gleich schreiend in den Flur gerannt.

Miri murmelte etwas, was wie *Zauberkraut* oder *Zauberbraut* klang. Vielleicht träumte sie, und das war das Beste, was ihr passieren konnte. Wenn es ein guter Traum war. Sie würde noch eine ganze Weile mit bösen Träumen zu kämpfen haben, nachdem das hier vorbei war.

Nein, dachte Jana und erschrak. Sie träumt nicht, sie fantasiert. Es ist kein gutes Zeichen, es ist ein schlechtes.

Sie packte Miri fester, spähte noch einmal hinaus und begann zu laufen.

Miris Kopf rollte auf ihrer Schulter hin und her. Jana lief durch die Pfützen. Das Gewand wurde nass und schlug ihr bei jedem Schritt gegen die Beine. Nicht fallen, dachte Jana, bloß nicht hinfallen!

Miri bewegte sich und rutschte ihr fast aus den Armen. Jana hörte sich keuchen. Die Haare klebten ihr im Gesicht, weil sie vergessen hatte, sie zusammenzubinden. Noch ein paar Meter, dachte sie, dann kann ich es riskieren, stehen zu bleiben und kurz zu verschnaufen.

Bei den ersten Bäumen wagte sie es, sich umzuschauen. Still und wie verlassen lagen die Gebäude der Kinder des Mondes da, von Regenschleiern verhangen, wie ein Ausschnitt aus einem alten, ausgebleichten Gemälde.

Jana hockte sich hin und stützte Miris Gewicht mit den Oberschenkeln ab. Sie hatten noch den langen Weg durch den Wald vor sich und sie musste ihre Arme entlasten.

Die Decke hatte sich mit Regen voll gesogen und war schwer geworden. Der strenge Geruch nach nasser Wolle stieg Jana in die Nase. Sie befühlte Miris Schlafanzug. Er war nur verschwitzt, also war die Nässe von außen noch nicht durchgedrungen.

Jana hob Miri wieder hoch und stand mit wackligen Knien auf.

Im Wald war es dunkel. Die hohen Bäume ließen von dem kärglichen Licht kaum etwas durch.

»Hab keine Angst«, sagte Jana, »wir machen nur einen kleinen Spaziergang. Marlon wartet auf uns. Kannst du dich an Marlon erinnern, Miri? Den Jungen mit dem Roller? Der uns fotografiert hat?«

Es war eine Wohltat, nicht mehr laufen zu müssen, sondern einfach zu gehen. Es tat auch gut, nicht mehr flüstern zu müssen.

»Natürlich erinnerst du dich an ihn. Marlon wird uns in ein Krankenhaus bringen. Und da werden sie dir Medizin geben, die dich bald wieder gesund macht. Und wir werden immer zusammen sein und du brauchst dich vor nichts mehr zu fürchten.«

Es kam Jana vor, als würden ihre Arme immer länger. Und Miri immer schwerer. Sie stolperte über Wurzeln, die sie nicht sehen konnte, das nasse Gewand wickelte sich ihr um die Beine.

Hatte sie noch Zeit für eine klitzekleine Pause?

Sie hockte sich hin, verlagerte Miris Gewicht wieder auf die Oberschenkel, lehnte sich mit dem Rücken gegen einen Baum und wünschte sich, mehr Kraft zu haben.

Miris Kopf lag in ihrer Armbeuge. Ihre Augen waren geschlossen. Ihr Gesicht ganz unbewegt.

Jana beugte sich vor, um zu horchen, ob sie noch atmete. Doch sie hörte nur ihren eigenen Atem in kurzen, heftigen Stößen. Sie beugte sich weiter hinunter, bis ihre Wange ganz nah an Miris Mund war. Und da spürte sie Miris Atem auf der Haut.

Sie weinte vor Erleichterung. Und aus Angst.

Es war das Atmen eines kleinen Vogels, viel zu schwach.

Jana drückte Miri an sich, stand schwankend auf und begann wieder zu laufen.

Irgendwann spürte sie ihre Arme und Beine nicht mehr. Es war, als bestünde sie nur noch aus einem einzigen Schmerz.

☽

Marlon sah Jana und rannte auf sie zu. Ihr Gewand war nass und schmutzig. Die Decke, in die sie Miri gehüllt hatte, war so lang, dass sie fast über den Boden schleifte. Sie wankte unter dem Gewicht.

Er nahm ihr Miri ab und sie liefen über die Lichtung und den Waldweg hinunter.

Der Pfarrer holte zwei trockene Decken aus dem Kofferraum. Er legte Jana eine davon um die Schultern und half ihr in den Wagen. Marlon hüllte Miri in die zweite Decke und setzte sich mit ihr zu Jana auf den Rücksitz. Der Pfarrer warf die nasse Decke in den Kofferraum, schlug den Deckel zu, setzte sich ans Steuer und legte den ersten Gang ein.

»Danke«, sagte Jana. »Vielen, vielen Dank!«

☽ 19 ☾

Ich sitze in einem hübschen kleinen Zimmer mit blauen Vorhängen und einer sonnenblumengelben Tagesdecke auf dem Bett. Der Schreibtisch ist aus Kiefernholz und steht vor dem Fenster, aus dem ich auf eine Obstwiese sehen kann.

Die Bäume haben keine Blätter mehr. Hier, so weit oben im Norden, ist schon lange Herbst.

Über den Himmel ziehen ein paar Wolken, ganz weiß. Die Sonne scheint. Man sollte meinen, es sei warm draußen, dabei geht ein kalter Wind.

Hinter dem Obstgarten beginnen die Felder. Und dahinter liegt das Meer. Es ist wie auf den Fotos, die ich gesehen habe, weit bis an den Rand des Himmels.

Ich kann schreiben, was und so lange ich will. Muss das Tagebuch nicht verstecken. Es ist ein neues. Frau Schubert hat es mir geschenkt. Das alte habe ich in meinem alten Leben zurückgelassen.

Frau Schubert hat mir auch Kleider geschenkt. Das Gewand habe ich mit einer Schere zerschnitten und im Garten vergraben, hinten an der Hecke. Frau Schubert hat mich nicht gefragt, warum ich das getan habe. Sie fragt mich überhaupt nichts. Aber wenn ich reden möchte, hört sie mir zu.

Sie erinnert mich an Gertrud, obwohl sie viel älter ist. Ihr Mann ist vor ein paar Jahren gestorben. Seitdem lebt sie allein in diesem Haus, das voller Bücher ist.

Ich habe mich noch nicht daran gewöhnt, Jeans zu tragen

und bunte Pullover. Wenn ich mich in dem großen Spiegel sehe, der in der Diele hängt, muss ich mir jedes Mal erst sagen: Das bin ich.

Miri liegt nicht mehr auf der Intensivstation. Sie haben sie in ein normales Krankenzimmer verlegt. »Es war fünf Minuten vor zwölf«, hat der Arzt zu Marlon gesagt. Es ist wirklich eine Hirnhautentzündung gewesen.

Marlon besucht Miri jeden Tag. Er hat ihr erklärt, was geschehen ist, und ihre Fragen beantwortet. Er hat ihr gesagt, dass ich sie nicht verlassen habe, dass ich an einem sicheren Ort darauf warte, wieder mit ihr zusammen zu sein. Wann das sein wird und wie, das wissen wir alle noch nicht.

Er hat ihr auch versprochen, bald einmal den Hund ins Krankenhaus zu schmuggeln. Wenn das überhaupt jemand schafft, dann Marlon.

Jeden Abend ruft er mich an. Wir nennen den Ort, in dem ich jetzt lebe, nicht beim Namen. Wir sind sehr vorsichtig.

Er hat mir das Krankenhaus und die Ärzte und Miris Zimmer genau beschrieben, damit ich mir alles vorstellen kann.

Marlon sagt, ich gelte als vermisst. Viele Mädchen in meinem Alter verschwinden in der Welt draußen, die ganz allmählich zu meiner Welt wird, und tauchen nie oder erst sehr viel später wieder auf.

Es ist sonderbar, verschollen zu sein und sich doch so lebendig zu fühlen.

Nachts habe ich schlimme Träume. Das wird noch lange so sein. Es wird auch noch lange so sein, dass ich bei Vollmond die Vorhänge zuziehe.

Sobald Gras über die Sache gewachsen ist, hat der Pfarrer gesagt, darf ich Mara und Timon wiedersehen.

Und Gras, das weiß ich, wächst sehr schnell.

Monika Feth

Der Erdbeerpflücker

320 Seiten cbt 30258

Als ihre Freundin ermordet wird, schwört Jette öffentlich Rache – und macht den Mörder damit auf sich aufmerksam. Er nähert sich Jette als Freund und sie verliebt sich in ihn, ohne zu ahnen, mit wem sie es in Wahrheit zu tun hat …

Monika Feth

Nele oder Das zweite Gesicht

192 Seiten cbt 30045

Nele hat das zweite Gesicht. Sie sieht Dinge, die in der Zukunft liegen. Die Bilder ängstigen Nele, sie kann mit ihren übersinnlichen Fähigkeiten nicht umgehen. Ein Spezialist für Parapsychologie ist ihre letzte Hoffnung, doch dem Wissenschaftler geht es keineswegs um Neles Wohl …